MANUAL PRÁTICO DO ÓDIO

FERRÉZ

Manual prático do ódio

Companhia Das Letras

Copyright © 2024 by Ferréz

Grafia atualizada segundo o Acordo Ortográfico da Língua Portuguesa de 1990, que entrou em vigor no Brasil em 2009.

Capa
Oga Mendonça

Foto de capa
Ênio Cesar

Preparação
Milena Varallo

Revisão
Érika Nogueira Vieira
Valquíria Della Pozza

Dados Internacionais de Catalogação na Publicação (CIP)
(Câmara Brasileira do Livro, SP, Brasil)

Ferréz
    Manual prático do ódio / Ferréz. — 1ª ed. — São Paulo : Companhia das Letras, 2024.

    ISBN 978-85-359-3590-5

    1. Ficção brasileira I. Título.

23-170000   CDD-B869.3

Índice para catálogo sistemático:
1. Ficção : Literatura brasileira   B869.3

Aline Graziele Benitez – Bibliotecária – CRB-1/3129

Todos os direitos desta edição reservados à
EDITORA SCHWARCZ S.A.
Rua Bandeira Paulista, 702, cj. 32
04532-002 — São Paulo — SP
Telefone: (11) 3707-3500
www.companhiadasletras.com.br
www.blogdacompanhia.com.br
facebook.com/companhiadasletras
instagram.com/companhiadasletras
twitter.com/cialetras

Aos que conspiraram e torceram pela minha queda, nada mais justo que apresentar a terceira lâmina. O Manual prático do ódio *está aí, fortificando a derrota dos que atentaram contra mim e os meus.*

Salve. Vinte anos se passaram. Que pena este livro ainda ser atual.
Aos amigos que se foram, ainda tenho muitas saudades.
Às periferias de todo o país, continuamos juntos.
À Caroline Joanello e à Julia Dantas, da Baubo, obrigado pelo carinho nesta obra.
Esta edição é dedicada à Marina Goldmann, in memoriam.

Persegui os meus inimigos e os alcancei: não voltei senão depois de os ter consumido.

Salmo 18, versículo 37

O justo se alegrará quando vir a segurança: lavará os seus pés no sangue do ímpio.

Salmo 58, versículo 10

Os familiares e amigos choraram por

Alexandrina
Antônio Ferreira
Gilberto Ferreira da Silva
Alberto Felix Cotta
Conceição Coura Cotta
Marquinhos (1daSul)
Wilhiam
Dunga (1daSul)
Pilão (1daSul)
Britz
China
Bichinho São-Paulino
Anderson Car
Fabinho Índio
Táta (1daSul)
Adilção Corintiano
Hernandez
Rodriguinho (1daSul)

Biano (1daSul)
Gilmar (Alvos da Lei)
André (Conexão Carandiru)
Diogo da Rua 10
Paulinho
Seu Lula (Evandro)
Lobão
Billy (C.X.A.)
Félix (Coban)
Dona Cida
Minhoca
Luizão
Joá (Benedito)
Lélo (Natal)
Monstequier (Natal)
Nego Du (Negredo, 1daSul)
Dona Jacira

Sumário

1. Os inimigos são mais confiáveis, 15
2. Quem é não comenta, 32
3. Meu nome é amor, meu sobrenome é vingança, 50
4. Não dei minha lágrima pra ninguém, 68
5. Eu te amo, Márcia, 77
6. Lembra a última vez em que você foi feliz?, 89
7. A única certeza é a arma, 104
8. Paz a quem merece, 121
9. A morte é um detalhe, 132
10. Na terra da desconfiança, 144
11. Abismo atrai abismo, 165
12. Onde tem ar por aqui?, 191

Posfácio — A questão agora é outra, por Heloisa Teixeira, 229

1. Os inimigos são mais confiáveis

Abriu os olhos depressa, afastou a coberta e levantou a cabeça, olhou fixamente e não a reconheceu, desviou o olhar por toda a casa e enfim se situou, estava na casa de Rita, em São Mateus, tocou o pingente que trazia na corrente e fez uma curta oração, olhou para o relógio e deduziu o horário em que Anísio, o marido de Rita, chegaria, resolveu se arrumar rápido, foi ao banheiro, lavou o rosto, pegou a carteira e a pistola em cima do sofá e saiu.

Parou a Super Ténéré três quilômetros à frente de uma padaria, pediu um misto-quente e uma Coca-Cola, sabia que ia se arrepender pela gastrite que ia atacar após algumas horas, mas há algum tempo já estava enjoado de comer pão com manteiga e café com leite.

Enquanto comia, lembrava da casa de Célia, uma mulher que ele conheceu em Osasco, quando acordou pela primeira vez na casa dela, teve uma surpresa, café da manhã na cama, chique demais para uma mulher que trabalhava num posto de gasolina, a humilde Célia fazia com que ele se sentisse muito bem, sua casa tinha um clima de interior em plena periferia, e aqueles momentos na casa de Célia lhe trouxeram mais uma vez a vontade de ter um sítio, onde curtiriam o que há de melhor na vida com seu filho e sua esposa, talvez seriam até uma família exemplar.

A realidade era que Régis, se quisesse realmente, já teria comprado a propriedade com que tanto sonhava, mas o quanto aplicava em armas lhe tomava todo o capital, tinha sonhos mais complexos, uma rotina já definida e não imaginava o sítio sem muito dinheiro na caderneta de poupança e sem pelo menos ser dono de um mercado ou até de um posto de gasolina, afinal conhecia tantos amigos da profissão perigo que se deram bem e compraram comércios que não aceitava ainda não ter feito a correria certa, por isso a união com Lúcio Fé, Neguinho da Mancha na Mão, Aninha, Celso Capeta e Mágico lhe dava grandes esperanças de fazer um bom dinheiro, o mais cotado em contatos era o Mágico, que por viver na classe média mantinha constante relação com quem detinha de fato uma parte da riqueza nacional.

A reunião que o Mágico havia armado dias atrás trouxe grandes esperanças, a organização do sujeito era fenomenal, Régis nunca esperou tanto quando fez amizade com Lúcio Fé e seus amigos, esperava talvez umas fitas mais simples, nada tão articulado, a união estava firmada, conseguiram chegar a um senso comum, muito dinheiro, era só questão de tempo para as coisas darem certo, enquanto isso, colocava em sua cabeça que tinha que saber conviver com os parceiros.

Em rio que tem piranha, boi toma água de canudinho, esse era o principal ditado de Régis, que havia chegado do Rio de Janeiro fazia uns onze meses, e estava só de olho nas novas malandragens que no pouco tempo que ficou fora haviam crescido no pedaço.

Régis era um cara que, graças à sua fama, nunca teria problemas no bairro, esse era seu pensamento, nem pro Departamento de Homicídios e de Proteção à Pessoa ele havia sido ponderado, foi preso, mas durante todo o percurso não deixou nem por um minuto de bater boca com os policiais, uma semana depois estava no bairro novamente, com o rosto conservado, sem uma cicatriz, a conta bancária no vermelho, sempre se considerava intocável, como a cara de um homem, verdadeiro filho de São Jorge.

Com os PMs ele nem se preocupava, pois achava que na Polícia Militar do Estado de São Paulo eram todos de um nível bem inferior, facilmente compráveis com notas de cinquenta reais, e tinha em sua cabeça que no fim eles todos ficariam debaixo da bota do ladrão beneficente.

Seu negócio era mesmo o dinheiro, ver o tombo de alguém só quando necessário, só apertava pra ver alguém morrer se isso lhe rendesse um qualquer, lembrava de todas as quedas das pessoas que havia matado, de muitos ele nem se lembrava do rosto, mas os tombos ele guardava em sua memória, uns levantavam poeira, outros caíam secos, e o barulho ele achava muito bom, havia casado e estava de bem com o mundo, sua última namorada tinha sido baleada pela Rota por engano e morreu no hospital dois dias depois, ele sentia que os olhos às vezes se enchiam de água, ela era sua cara, fumava muito, bebia bem e dava uns tirinhos na cocaína, agora ele faz tudo sozinho, fuma, bebe e cheira, mas sozinho, Eliana não pode nem desconfiar do que faz, é mulher direita e prendada.

Envolveu-se com Lúcio Fé e com Celso Capeta por conveniência, o segundo tinha andado com um antigo aliado seu, o Inácio, então era fácil controlar os parceiros, sobrevivência por sobrevivência não era o que queria, precisava ter mais e sabia que com uma quadrilha seria bem mais fácil conseguir, afinal, o que aprendeu no Rio de Janeiro foi que otário tem que virar esquema, e outro motivo para se aliar com Lúcio Fé, Neguinho da Mancha na Mão, Celso Capeta, Aninha e até com o Mágico era o fato de que, se não colasse com eles, se bateriam de frente, e era melhor somar que dividir.

Régis sempre se considerou um cara de fibra, mas na boca da noite, quando vê as estrelas com o brilho ofuscado por causa da poluição de São Paulo, lhe bate uma mágoa e quase um arrependimento por ter matado sua ex-companheira de tantas correrias, mas ele para logo de se martirizar e decide ao final de cada pensamento que não havia escolha, os homens iam tentar de tudo para saber dele, e ele não podia correr o risco de cair no xadrez de novo, à noite ele ainda vê os olhos dela, arregalados, quase pulando pra fora, e apesar de toda a agonia parece que diziam "eu te amo", o brilho que os olhos geraram quando ele estava sufocando ela não saía de sua mente, e a cada momento que fica só, Régis tem pensamentos que considera estranhos, como se um dia ele pudesse pagar pelo que fez, talvez indo ao encontro dela, mas logo isso lhe sai da cabeça e começa a pensar em outras coisas, suicídio é para fracos.

O que ele não quer novamente é deixar transparecer sua fragilidade, se alguém o pegasse em devaneio apenas por um minuto, isso o prejudicaria, ladrão do seu nível não pode dar chance ao inimigo, a atenção constante para Régis é seu passaporte para a vida.

Nem na hora de assistir a um filme ele se diverte, pensamento cem por cento concentrado em maldade, não à toa que lhe deram ainda criança o apelido de Celso Capeta, estava pensativo, o rosto de Márcia o atormentava, tantos anos haviam se passado e ainda não conseguia esquecê-la, desviou seus pensamentos para seus grandes feitos sexuais, quando cheirou cocaína a noite inteira na virilha de Neide, uma moça da rua de baixo que pagava um pau pra sua moto, seus pensamentos mudaram de repente e se lembrou de Inácio, falecido amigo, logo o pensamento fluiu para a mãe de Inácio e teve vontade de ir à sua casa, queria dar um abraço nela, tomar um café, naquele momento lembrou que o Dia das Mães estava se aproximando, dona Gertrudes era uma senhora sem igual ali naquela rua, sempre calma e disposta a ajudar, não sem motivo que a amizade com Inácio sempre teve seu aval, pois Celso Capeta era visto por ela como um segundo filho, dali a alguns dias ele iria à casa dela, como fazia todo ano, passaria o Dia das Mães com ela, falariam de todos os assuntos possíveis, e depois do assunto que os unia, os dois juntos conversavam até de madrugada sobre Inácio, lembrando de suas brincadeiras, revendo fotos, Celso Capeta devia muito ao amigo, fora ele que lhe dera tantos conselhos sobre a vida do crime, entre eles, que o respeito tem que prevalecer de irmão para irmão, e que a periferia era tão sofrida porque os que se diziam ladrões na verdade não tinham nem respeito próprio.

Inácio agia como aconselhava, sempre íntegro e sério, quase nunca deixando transparecer que viveu a vida toda cometendo delitos, Celso Capeta tentou se concentrar no filme e ficou pensando em qual cor de flor levaria para dona Gertrudes.

Celso Capeta era uma figura contraditória, no mesmo momento em que agia com serenidade e astúcia, cometia atos totalmente impensados e imaturos, como a vez que resolveu roubar todos os comércios próximos à casa de seu pai, os assaltos lhe renderam além do dinheiro uma encrenca tão grande que, se não fosse os conselhos de Inácio, ele teria morrido pela mão de justiceiros que o procuraram por dias a mando dos comerciantes, mas mediante devolução de todo o dinheiro e o pedido de desculpas, Inácio aceitou que Celso Capeta fosse seu parceiro e com ele aprendesse a verdadeira malandragem.

Sempre havia sido assim, desde pequeno queria conhecer tudo o que a vida podia lhe oferecer, nunca ficava até o fim do ano na escola, Celso achava a escola uma perda de tempo total e a afronta a professores durou até a sexta série, quando foi expulso e nunca mais pensou em estudar.

Ainda pequeno consumia maconha e cocaína com todos os malandros que encontrava e que o aceitavam nas rodas, de tão chapado chegava a abraçar poste e a gritar madrugadas inteiras, os vizinhos viviam denunciando o pequeno, que nunca conheceu os pais verdadeiros, os pais adotivos largaram de mão depois que descobriram que o filho até arma de fogo já possuía, nas andanças com Inácio entrou em acordo com a família e, com um pouco mais de consciência, Celso Capeta virou um malandro respeitado na quebrada, nem a morte do grande amigo o desviou do caminho que tinha aprendido, agora a sorte estava lançada, e a amizade com Régis, Aninha, Mágico, Lúcio Fé e Neguinho da Mancha na Mão lhe trazia uma nova experiência de vida, um novo rumo.

Celso Capeta gostava muito de caminhar e, pela manhã, geralmente sozinho, não sabia explicar os sentimentos que apareciam de vez em quando, pois lhe batia uma vontade de ver rosas, notar os jardins, às vezes parava em frente a casas nas quais o jardim sempre foi bem cuidado, de certa forma, a bondade do ser humano se acendia dentro dele, um nome sempre lhe vinha à mente, Márcia, um rosto que a todo momento lhe vinha aos olhos.

Desde pequeno não teve muito estímulo para organizar seus pensamentos para um lado positivo, a cada passo que dava só via maldade, só traição, ou era o que queria ver, seguia desconfiado, sua visão sempre fora totalmente de guerra, cresceu assim, pois desde a morte de Inácio não confiava nem na própria sombra, o amigo havia morrido da forma mais cruel para Celso, traído por ditos parceiros que o acompanhavam num assalto, dois deles Celso já havia matado, faltava um que temendo o fim trágico saiu temporariamente da quebrada, Celso Capeta nunca deixou de crer em Deus e acreditava que Jesus tinha uma ampulheta, e quando alguém prejudicava um inocente, Jesus virava a ampulheta, e o tempo de vida do safado diminuía.

Era revoltado ao extremo, ultimamente não podia beber, se empolgava e contava as mesmas histórias, os amigos não aguentavam mais suas lembranças sobre o último emprego, falava sempre que trabalhar para os outros hoje em dia era ser escravo moderno, só virava mixaria, entre várias histórias falava detalhadamente sobre a época em que trabalhava de ajudante de pintor, os filhos do patrão na piscina, rindo, tomando suco de laranja ou achocolatado em caixinha, a mãe dos meninos ficava lendo embaixo da árvore no jardim, os filhos eram vigiados pela empregada.

Não cansava de narrar aos amigos de cerveja que o teto da garagem era enorme, muito trabalho, também o patrão tinha mais de cinco carros, Celso Capeta falava e começava a comparar a casa dos patrões com a sua casa, dizia alto que na casa deles tinha piscina, hidromassagem, e na sua córrego fedorento, chuveiro com extensão queimada, por isso não podia mais beber, enquanto estava longe do álcool do que sentia mais vontade era de falar sobre seus pais, quando entrava nesse assunto com Aninha os dois acendiam um baseado e passavam a madrugada inteira conversando.

A televisão era uma invenção inexistente em Várzea do Poço, a pequena cidade era mais uma entre centenas onde não havia sequer chegado água canalizada, os açudes eram a alternativa, gado e moradores bebendo da mesma água, dona Elvira Rocha Gouveia sempre foi muito firme em suas decisões, menos quando se tratava de seus filhos, tinha um amor tão forte que deixava que eles fizessem quase de tudo naquela pequena chácara no interior da Bahia, trabalhava que nem uma louca no campo junto com seu marido, o trabalho da roça sempre foi muito duro, mas se dedicava dobrado para que seus filhos nunca tivessem que passar pelo mesmo, as tarefas dos pequenos sempre eram as mais simples, buscar água para as cabras, plantar feijão, limpar o interior da casa, e o resto ela e seu esposo faziam com prazer.

Para que não faltasse alimento para os filhos, iam vender espinafre, milho, feijão e arroz no centro da cidade e, apesar de sempre arrecadarem pouco dinheiro, voltavam com toucinho, óleo, sal, açúcar, e com esse trabalho garantiam a sobrevivência da família. Dona Elvira sempre foi muito mais rígida com sua filha caçula, a pequena Firmínia Gomes Lopes, e essa rigidez toda tinha um motivo, ela sentia que a pequena Firmínia era o futuro daquela família.

Firmínia, que herdou o sobrenome do pai, nunca se sentiu assim tão responsável pela família e fazia panos de prato para vender no centro da cidade junto com a mãe, o pai morreu algum tempo depois de cirrose na mesma vila em que viveram a vida toda, e com a ida de suas irmãs para São Paulo, mesmo sem a aprovação da mãe, a única companheira para dona Elvira ficou sendo ela, pouco tempo depois dona Elvira morreu de forma inesperada, o que durante anos não passara de uma ferida terminou decretando sua morte por câncer.

Firmínia tocou a chácara sozinha por mais três anos até que resolveu se casar com Francisco Marcos dos Santos e dali em diante trabalharam juntos todos os dias, logo nasceu a filha do casal em quem Firmínia colocou o nome de Ana Cirô Gomes Lopes dos Santos.

Ana viveu sozinha com os pais até os nove anos, quando recebeu a notícia de que teria um irmãozinho, sua mãe teve um parto complicado, vindo a falecer três dias depois de ter a criança, que minutos depois morreu também, a falta de uma boa alimentação lhe tirou as forças para gerar mais um filho.

O pai dela desse dia em diante nunca mais parou de beber, os dois trabalhavam na chácara, mas não davam conta do serviço, Ana ainda tinha que arrumar toda a casa e fazer a comida dele, não demorou muito e tomou nojo daquela vida no fim do mundo, ela brigava com seus vizinhos homens ou mulheres no soco e sempre ganhava, vendeu os poucos móveis que tinha, suas tias a condenaram por tal ato, afinal a família era tradicional ali naquela região, eram três gerações, e Ana estava jogando tudo fora, sem se despedir de ninguém, veio enfrentar a apelidada cidade-monstro, São Paulo, algo que a motivou de verdade foi sua mãe ter morrido cheia de dívidas e seu pai querer estuprá-la toda noite, ela difamou o velho por toda a cidade, ele se acabou na pinga.

Ana em Várzea do Poço nunca tinha colocado um cigarro na boca, assim que chegou a São Paulo, foi a primeira coisa que aprendeu, alguns meses depois estava dichavando um cigarro de maconha como ninguém, e após um ano, Aninha, como era seu apelido agora, já sabia montar e desmontar uma pistola de olhos fechados.

Neguinho da Mancha na Mão nunca havia passado o dia todo em casa, o revólver na cintura era de praxe, afinal os inimigos não dão aviso prévio, estava de boa naquele dia e foi ao bar do Neco comprar uma cerveja, terminou de tomar em casa assistindo à Sessão da Tarde, o filme era inédito naquele ano, filme daqueles clássicos tapa-buraco de emissora, O Predador, do grandalhão Arnold, era sangue e bala voando pra todo lado, mas Neguinho pensava em outra coisa, quem sabe uma gringa nua em pelo, como denominava as negras americanas, imaginava sempre uma diferente a cada dia, cada vez apareciam mais gostosas, com os peitos maiores, mas logo notava que estava sozinho em sua cama.

Arrumou-se rapidamente e resolveu ir para a cidade, pegou o terminal e de lá outro ônibus, na fila das pessoas que iam em pé era mais rápido, chegou ao centro e começou a escolher uma camisa, comprou em um camelô em frente à galeria 24 de Maio, depois disso parou em uma farmácia e comprou um pote de gel que estava em promoção.

No ônibus de volta para casa, passou o tempo inteiro olhando pela janela e imaginando seu rolê de hoje à noite, nada de treta, nada de andar com homem, hoje era o dia em que Neguinho da Mancha na Mão ia para o baile conhecer alguém, ou melhor, ia pro fecha-nunca, o risca-faca, o mela-cueca ou simplesmente o lava-rápido que vivia cheio de mulheres.

A noite não demorou a chegar, e lá estava ele parado em frente ao baile, com um copo de cerveja na mão e olhando as princesas, a verdade era que as minas não olhavam pra ninguém, a não ser que lhes interessasse muito, e Neguinho não era tão chamativo assim, mas aquela noite era dele, e por mais que se falasse da vida bandida, sempre tinha mulher pra ladrão, uma mina muito bonita o fitava de longe, ele logo percebeu e começou a jogar uma de que não havia notado, a mina parou então de olhá-lo e ele logo viu que era sua chance ou ficaria bebendo a noite inteira, chegou mais perto da mina, ela era muito princesa, ele pensou, uns dezessete anos, cabelos longos e avermelhados, negra de pele clara, lábios carnudos e um vestidinho que dizia "vem tirar", ele chegou todo sem graça perguntando se ela estava acompanhada e ficou mais sem graça ainda quando ela respondeu:

— Se estou, então faz duas horas que ele foi pro banheiro!

Neguinho soltou um sorrisinho cínico e completou:

— Se faz duas horas que ele foi no banheiro, a malandragem pegou ele e deu sumiço.

Neguinho da Mancha na Mão se espantou quando aquela linda garota riu da resposta e disse que ele parecia malandreado.

Começaram a conversar e, como é de praxe nesses bailes, Neguinho a chamou para pegar um ar lá fora, ela aceitou olhando pros lados temendo algo, ele fingiu não ver e foram lá pra beira da avenida, o baile estava cheio, era lagartixa dançando para um lado, pagodeiro pro outro e completava tudo com uns bêbados rebolando ao lado do DJ.

Sentaram-se no murinho da casa de ração e começaram a contar sobre suas vidas, Neguinho estava se sentindo ótimo conversando com Eduarda, esse era seu nome, e quase não pensava em beijá-la, quase.

A conversa durou meia hora e ele chamou a garota para dar mais uma volta, afinal já estavam parados em frente à padaria há mais de trinta minutos, ela ficou pensando e mais uma vez olhou para os lados, ele fingiu que não viu, mas logo depois que ela aceitou e começaram a caminhar, ele perguntou:

— Por que você fica olhando pros lados, tipo com medo?

— Nada não, é que eu tenho um ex-namorado muito ciumento e tenho medo dele passar por aqui e nos ver, homem acha que é dono da gente.

Neguinho cogitou mostrar o cabo do revólver e lhe dizer que estava segura com ele, mas em seguida pensou que nem toda mina gosta de arma, e o que ele não queria era afastá-la, ela era encantadora, seu sorriso, seus olhos, seu jeito de falar.

Neguinho e Eduarda estavam passando numa viela, quando ele a segurou pela cintura e lhe deu um grande beijo de surpresa, ela reagiu normalmente e isso lhe deu um grande alívio, quando o beijo terminou, Eduarda o abraçou muito forte e Neguinho pensou que aquela menina devia ser muito carente, e pelo que já lhe tinha contado sobre a pressão que sofria em casa, sobre os amores que não deram em nada, Neguinho da Mancha na Mão sabia que Eduarda já tinha sofrido.

O coração de Neguinho da Mancha da Mão bateu diferente naquela noite, e mais diferente ainda quando ela se despediu não aceitando que ele a levasse em casa de moto, sua resposta o deixou confuso, nunca tinha ouvido falar em uma menina que não gostava de andar de moto.

Já eram cinco da manhã e ele não parava de imaginar os olhos de Eduarda, já estava na oitava cerveja, sentado no sofá só olhando pra parede, linda, ela era linda, e ele fez o possível para o cabo do revólver não encostar nela durante o abraço, da próxima vez, mesmo que corresse perigo dando mole aos inimigos, ele não levaria a arma quando fosse encontrá-la, afinal, ela lhe deu um número de telefone.

Neguinho não conseguiria dormir naquela noite, então resolveu buscar mais cerveja no bar do Neco, fazendo a caminhada não deixou um minuto de pensar em Eduarda e sentiu que pela primeira vez na vida tinha algo de valor, e junto com esse sentimento experimentou um leve medo, um medo diferente, talvez o medo de ter algo que não pudesse controlar.

Viu de longe a luz do bar acesa e achou estranho aquele cara que estava à sua frente, começou a observar e, como o cara estava de costas para ele, ficou difícil de ver quem era, ainda mais à noite, mas se espantou ao perceber que era Guile, era muita sorte o maluco estar vacilando àquela hora por ali, e fumando um baseado, estava anestesiado e era mais fácil derrubar, tudo indicava que estava muito louco de drogas, comandava a boca nova com os primos.

Neguinho sacou o revólver calmamente e olhou para os lados, nada, ninguém, não tinha na rua nem um cachorro, olhou para o bar do Neco logo em frente e viu que na porta não havia ninguém jogando bilhar, gritou para Guile, que se virou devagar, Guile tentou sacar a arma que trazia na cintura quando viu que era o Neguinho da Mancha na Mão que gritou para ele, mas não deu tempo, Neguinho efetuou vários disparos e pra conferir se aproximou e deu um tiro em cada olho, estava vingada a morte de seu primo Miltinho, pegou a pistola prateada de Guile, esqueceu de comprar as cervejas e foi para casa todo sorridente porque havia ganhado uma pistola novinha.

Tirou os pacotes da gaveta, enquanto os separava ouvia os gritos de Carolina, sua filha mais nova, já Dana era silenciosa, quase não emitia som nenhum, sempre concentrada em seus quebra-cabeças, com certeza havia herdado do pai o interesse por esses jogos.

O primeiro baralho ele manejava facilmente, a mágica era simples, escolhia-se uma carta, ele adivinhava, o segredo estava na contagem das cartas, olhou para todos eles, escolheu o último, era de cartas marcadas, precisava treinar mais, a festa seria para crianças, e crianças eram teimosas, pediam a todo momento para repetir, então variar as mágicas era fundamental, abriu a outra gaveta da cômoda, retirou os elásticos e alfinetes, começaria a fazer os truques artesanais, aprendeu muitas mágicas na 24 de Maio, um mágico de rua lhe ensinou quase tudo o que sabia, embora nunca tivesse conseguido fazer a metade, treinava todos os dias naquela época, agora estava relaxando, ultimamente a vida estava ficando pesada demais, responsabilidades em excesso.

Carolina chegou na sala reclamando como sempre, Dana havia pegado sua boneca favorita, ela queria de volta, ele olhou calmamente, decidiu intervir, pediu que chamasse a irmã, ela saiu e não fechou a porta, o Mágico se virou para os baralhos e os encarava, a festa seria dali a algumas semanas, mas sempre foi apressado, decidiu deixar tudo pronto, talvez até tirasse um dia para procurar novas mágicas, Dana chegou, reclamando que a boneca era sua, Carolina havia arrancado a cabeça de sua Barbie, ele se virou, pediu para que ela devolvesse e disse que logo compraria outra Barbie ainda mais bonita, Dana raciocinava rápido, uma boneca nova e só sua, baixou a cabeça e disse um baixo sim, saiu e fechou a porta, o Mágico decidiu guardar os baralhos, elásticos e alfinetes, logo desceria as escadas, pediria a Priscila que preparasse um copo de Coca-Cola com limão e gelo e tentaria assistir a algo na televisão.

Lúcio Fé ainda chuta coisas na rua, até hoje chuta, os caras passavam a mão na sua cabeça, hoje ele passa na cabeça dos pequenos, adora criança, tem uma penca de afilhados, não havia mano mais considerado na quebrada, mas fazia uns 121 pra viver, ou seja, vira e mexe matava alguém por dinheiro, frequentava a igreja todos os domingos, tinha muita fé, seu apelido fora posto ainda pequeno e no latrocínio só dava ele, linha de frente em qualquer parada, encabeçava os assaltos sem olhar para trás, a rapaziada que corria com ele estava segura, diziam por aí que o bicho tinha pacto com o cão, sua fama aumentou mais na quebrada quando se envolveu com Régis, Aninha, o Mágico, Neguinho da Mancha na Mão e Celso Capeta.

Já tinha um passado com alto índice de periculosidade, foi a cilada que ele armou pra cinco caras de uma vez no bar do Neco que lhe deu fama, os caras estavam rondando a vizinhança já fazia umas duas semanas, e Lúcio Fé desconfiou que vieram pra fazer ele, confirmou a suspeita alguns dias depois quando um menino chamado Mazinho lhe disse que eles estavam perguntando pelo maluco que apareceu com uma moto Falcon prateada nesses dias por ali, Mazinho não deu a informação aos homens e negou saber de algo, mas sabia que era com Lúcio mesmo a fita, e ouviu agradecimento do bandido quando lhe contou a história, Lúcio Fé ainda prometeu envolvê-lo em um assalto mais pra frente como prova de gratidão, e já foi adiantando que ia ser corinho de rato, uma fita pequena, que rendia só mixaria, mas precisava resolver a questão, orientou Mazinho a dizer para os cinco homens que tinha um cara de cadeira de rodas lá embaixo no bar do Neco que talvez tivesse alguma informação sobre o paradeiro da moto, o moleque ganhou a maldade e foi lentamente ao encontro dos cinco homens na rua de cima.

Lúcio ligou para Jeferson, seu primo, que logo providenciou a cadeira de rodas e a levou até ele, Régis, Aninha e Celso Capeta desceram pro boteco e acionaram o Mágico, convidando-o pra missão, ele respondeu que tinha outra coisa pra resolver, mas todos sabiam que ele não tinha nada pra fazer, a questão era que o Mágico nesses assuntos era um tremendo bundão, Lúcio se sentou na cadeira, fingindo ser uma pessoa com deficiência, e se pôs na parte da frente da mesa de bilhar do bar, escondendo a pistola embaixo das pernas, Régis se posicionou com Aninha no banheiro.

Os homens não demoraram a chegar, no começo olhavam pra todos os lados, mas quando viram Lúcio Fé na cadeira de rodas relaxaram e fizeram aquele olhar de dó que toda pessoa com deficiência odeia, logo em seguida foram perguntar para ele sobre a moto, Lúcio não resistiu, soltou um sorriso irônico e disse:

— Tá aqui, truta!

O primeiro homem caiu e nem viu o que o acertou, os outros foram alvejados por Régis e por Aninha, que só efetuava os disparos no rosto, a visão privilegiada deles, que estavam no banheiro, não deu chance nem pra reação, o último homem ao cair tentou sacar uma arma, e Aninha, notando a ação, efetuou dois disparos no braço do rapaz, que ainda tentou se arrastar para a rua.

As balas de Aninha já tinham acabado, e Régis chegou por trás do rapaz que estava se arrastando de bruços e deu um tiro de misericórdia na nuca, nenhum movimento a mais foi realizado por ele depois desse disparo, Lúcio Fé queria que deixassem os corpos ali mesmo, e Régis não concordando resolveu arrastá-los para dentro do bar, fechando a porta logo em seguida, se passaram alguns segundos e a rua já estava infestada de curiosos.

Celso Capeta ficou com a responsabilidade de ir buscar um carro grande, o trabalho foi feito, chegou uma Blazer e os corpos foram jogados numa mata longe da Zona Sul, o dono do bar ganhou o direito de não comentar o fato e Lúcio Fé comemorou, pois agora tinha o documento da Falcon, o dono que veio com mais quatro amigos buscar a moto tinha no bolso o recibo do veículo.

Desce a ladeira lentamente, gingando como sempre, o agasalho novo lhe faz bem, pensa que é mais bem-visto assim, na verdade quem olha para ele tem receio, Modelo transmite medo, o tênis é notado pelo menino que brinca de bolinha, queria ter um, o espelho é Modelo, com uma quadrada no bolso e um calibre .38 cromado que vai emprestar para um aliado, claro, traz a arma sem bala, porque o seguro morreu de velho, acredita desde pequeno que o seguro foi ao enterro da previdência.

Ao chegar à cobertura da sorveteria, olha para o tênis, fica contente de não estar sujo de lama, o morro estava horrível, nem acredita como desceu sem escorregar, o rapaz que espera se aproxima já falando, Modelo odeia esse tipo de coisa, mas suporta até bem, sabe que uns pregos como esse sempre são úteis nas guerrinhas que podem vir.

— E aí, Modelo, o barato tá louco pra mim. Tô descabelado, se eu levantar a grana, eu busco ela, fui pegar os barato na mão grande, aí vou nos corre pra ver se busco a Belina, a Ana Maria levou dois tiros sem saber, tava de vacilo.

— É, mas ela armou caixão pro maluco, acabou levando, né não?

— É, aí pra você ver, um retorno ao grande nada, mas quem vai comprar?

— Viu, o maluco tá no maior perrê, a mina tá grávida, e os esquema que ele armou num virou, aí tá querendo metade do preço, vou buscar as máquina e armar pra ver se eu pego o latão.

— Firmão! Mas leva o .38 porque essa .380 tá engasgando direto.

— E o que pegou com o Primo? Ele num ia junto?

— O Primo assinou 180 de graça, mano ligeiro mas vacilou, pegou carro emprestado, os homi já pegou e ele assinou.

— Firmeza, Modelo. Aí, liga pra nóis se precisar, hein, vou falar, quando cê quiser trombar aqueles maluco lá de cima, liga pra eu, por favor, cê tá ligado.

— Esquenta não, tru, deixa engordar, quando tiver fortão nós derruba, agora pega o esquema aí e resolve seu problema.

— Firmeza.

2. Quem é não comenta

Nego Duda estava procurando Régis desde de manhã, mas ninguém lhe dava nenhuma informação, pois na verdade ninguém sabia onde Régis morava, ele vivia dizendo que nego legal para ele era só quem não comentava a vida de ninguém, e quem ia dizer o contrário?

Nego Duda continuava passando de bar em bar perguntando sobre Régis, desistiu quando o Bahia, dono do boteco da esquina, lhe disse que Régis uma vez havia comentado que todo mundo podia saber onde ele andava, mas não onde morava, porque se algum maluco viesse quebrar ele, ele trocava tiro e levava pelo menos um, mesmo se morresse tentando, agora sua família não tinha nada a ver com isso, seu lugar de fé era sagrado pra ele, Nego Duda ouvindo isso foi pra casa e não acreditou quando avistou Régis tomando caldo de cana e comendo pastel na porta do colégio, logo se dirigiu a ele e o cumprimentou, Régis fingiu que não o tinha visto e demonstrou surpresa, quando na verdade já o observava desde o outro lado da rua.

— E aí, Nego Duda? Porra, nem te vi, tudo pela órdi?

— Mais o menos, Régis, ó, tô precisando de uma dica sua, ó, e isso vai me dá mó visão.

— Diga então, jão, se puder eu ajudo.

— Vamo pro canto, chega aí.

Régis colocou o copo com caldo de cana vagarosamente no balcão da barraca e antes de ir olhou para a blusa de Nego Duda, tentou notar algum volume, não viu e foi para o canto, mas, precavido, fingiu que ia coçar a barriga e colocou a mão no revólver, só tirou a mão quando Nego Duda começou a lhe falar do ocorrido.

— O barato é o seguinte, tô com um esquema bom, pra fazer um maluco.

— Quem que é? — perguntou Régis, colocando a mão dentro da cintura de novo, com o temor de Nego Duda falar que era ele, se fosse esse o caso, quem puxasse primeiro fritaria o outro.

— Você num conhece, mora longe.

— Sério? — disse Régis tirando a mão da cintura mais uma vez.

— Mas num é isso que interessa, o que pega é o seguinte, o maluco quer dar cinco pau pro outro ir pro inferno, só que quero saber com você, como vou fazer isso?

— Fazendo, porra! — respondeu Régis com ironia.

— Cê tá me zuando, eu sei, mas num sei se pega alguma coisa, o maluco mora lá no Brás, pode ser encrenca, num conheço a área, truta.

— Peraí, deixa eu pensar... Faz assim, ó, dá um psicológico no cara, nesses caso força num é nada, você tem que usar a sapiência.

— O quê?

— Esquece, vou resumir procê, sabe o que você faz? Marca com ele, fala pra ele levar os cinco mil e a foto com todo o endereço do cara que ele quer ver furado, quando o otário mostrar o dinheiro, você quebra ele, que tá mais perto e não precisa ir pro Brás matar o que tinha que morrer, assim cê num corre risco fazendo merda na área dozotro.

— Mas o maluco não vai pagá adiantado, eu acho.

— Paga, sim, fala que é garantido, e que você num vai poder voltar pra área tão cedo, diz que quem garante você é o Valdinei que cuida da padaria, que ele é pé de pato e todo mundo confia nele.

— Pode crê, Régis, ó, vou dá dessas memo, e depois ele num vai nem poder falar com o Valdinei da padaria, afinal difunto num fala, né não?

— É nessas memo, jão, tu tá ficando malandro.

— Valeu, Régis, mó adianto cê me deu.

— Que nada, Nego Duda, a vida é assim, a gente tem que ensinar pra quem num sabe.

— Vai se fodê, o seu psicológico que é foda mesmo, mas aí, o que posso te dá pela ideia?

— Dá nada, não, jão, se um dia eu precisar, você me ajuda, irmão!

— Firmão, Régis, num vô esquecê, não. Aí, vai na paz.

— Falou, Nego Duda, e marca pra pegar o dinheiro no escadão do colégio que é mais sossegado, dá só um no globo do otário, tá ligado?

— Por quê?

— Mas é jão, mesmo! É que se o maluco reagir você tomba ele lá mesmo, entendeu, loque? Lá quase num passa ninguém, principalmente à noite, e ainda mais em fim de semana.

— Firmeza, vou fazer isso, ó!

"Amigo que é amigo num quer o dinheiro do outro", esse era o ditado favorito de José Antônio, especialmente quando aconselhava os outros a não participar de jogatina.

José Antônio tinha vocação pra muitas coisas, entre elas ser o bonzinho da família, acordar cedo, aguentar desaforo, ser humilhado em todo o processo de transição, ida e vinda, sufoco, aperto, suor, todos que faziam parte do seu núcleo de amizade sempre andavam de cabeça baixa, resignados, mas herói pra família, herói da direita, sem fumar na frente deles, só escondido, aí vale tudo, chorar num canto do banheiro, perto da privada, soluçar abaixado, o cheiro ruim, o papel higiênico usado, o vaso manchado, a lágrima descendo, o mundão lá fora, a mágoa ali dentro, bem lá dentro, o almoço sendo feito, o filho voltando da escola, a vontade de fugir, sua mulher batendo na porta, ele se levantando, resolvendo seus problemas ao enxugar as lágrimas, tentando esquecer as perguntas da vizinha sobre seu desemprego prolongado, tentando afastar a lembrança do homem que era quando tinha em sua carteira um registro, apenas um carimbo e tudo mudaria, mas esse carimbo para José Antônio estava cada vez mais impossível.

Seca as lágrimas, vai parando de besteira, saindo, tomando café que sempre foi amargo como sua vida, como os corações de seus familiares, mas forte como ele, pelo menos é o que expressara ao sair do banheiro, rosto inchado, cara fechada, ele passa pelo espelho e vê seu reflexo, nota as rugas, nota os cabelos ficando brancos, nota as roupas modestas, e sai da frente do espelho rapidamente quando vê que agora é só uma caricatura do que havia sido o homem José Antônio.

Pega um copo, despeja café, bebe de uma golada só, coloca na pia, passa pelo espelho de novo e sai para a rua, nota que todos jogam futebol, ele sempre odiou bola, agora o que mais via eram as peladas, todos os dias, dezenas de pessoas na sua rua, cada um com um timinho, cada um se iludindo, tentando se divertir, será que conseguiam? José Antônio não podia acreditar que pessoas tão carentes, que pessoas que não tinham nem o que calçar, assim como ele estava agora, eram capazes de rir, de se divertir com uma porra de um pedaço de borracha cheio de ar.

Toma a decisão, decide fugir amanhã, era nisso que estava pensando, em fugir, em pegar suas roupas e mandar todo mundo pra puta que o pariu, ou melhor, pra puta que pariu cada um deles, mas hoje não, a verdade é que José Antônio já está decidido há anos, mas sua coragem se vai com sua fúria, logo se acalma e corre para abraçar as crianças, finge não ver seus vestidinhos rasgados, finge não ver seus chinelinhos gastos, e as abraça, como se fossem as coisas mais preciosas que tem e na realidade são.

Mas um dia ele sabe que decidirá, um dia talvez quando elas já estiverem crescidas, será o grande dia, o dia em que José Antônio vai mandar todo mundo se foder.

Juliana volta do banheiro batendo a porta, ele olha seu rosto sério e sente que a ama como jamais amou ninguém, Juliana está com um vestido azul, seu cabelo está desarrumado, mas contido com uma fralda branca, não usa chinelo há meses e andar descalça se tornou uma rotina, ela ordena, ele vai comprar Coca-Cola, afinal ela é sua esposa, a rainha de seu lar.

A filha de José Antônio logo que ele sai diz "quem batizou primeiro é o pai da criança", deve ter ouvido isso de sua mãe, é o que José Antônio pensa, afinal ele ouviu a menina dizendo, mas decide não voltar para chamar sua atenção e vai comprar o que lhe ordenaram.

Enquanto caminha ele cruza com Aninha, ele a cumprimenta e ela responde com uma única palavra, "Firmeza!".

José Antônio continua subindo a viela e lhe vem à mente Juliana com seus treze aninhos, bem magrinha e com o cabelo longo, naquela época suas brigas eram apenas pelo dinheiro da mistura que Juliana pegava e comprava doces, pensava como ela era gostosinha, ele adorava colocar na sua bunda, ah!, sua bunda, como era lisinha e redondinha, mas agora o tempo havia agido, e com uma força repentina, Juliana havia engordado, seu cabelo ficou seco, meio pastoso, meio gorduroso, sua boca era tão linda, e tinha um gostinho de hortelã, bem diferente de hoje com aquele sebinho nos cantos dos lábios, sempre ressecada e quase nunca com os dentes escovados, José Antônio suspira fundo, coloca as mãos no bolso e pega em alguns papéis, e vê que são as promissórias que teve que assinar pra internar sua irmã que estava à beira da morte por causa dos rins, José Antônio ri quando vê que está começando a chover, e sabe que Deus é tão bom que só não o mata com um relâmpago porque um pai não mata o filho.

Sobe a rua se abrigando nos beirais das telhas que saem dos limites das casas, a viela é apertada, e a água no chão já tem cinco centímetros, resolve voltar para casa, vai andando certo como um relógio e pensando em uma só frase: "Juliana, você tá uma porca, que se foda sua Coca-Cola".

Mas quando chega em casa diz calmamente que o bar estava fechado, ela não acredita e diz que não vai fazer suco pois o açúcar havia acabado, ele concorda e vai em direção ao velho fogão branco de quatro bocas que ganhara quando casou com Juliana, pega um prato no armário que comprou nos bons tempos em que era registrado, coloca arroz e chuchu, era o que tinha para comer, e José Antônio nunca foi homem de reclamar, senta-se na poltrona, entre uma garfada e outra olha para toda sua casa, olha os blocos sem chapisco, observa as telhas que precisam de uma nova pintura, vê os fios pendurados e já cheios de teias de aranha, nota por último o piso vermelho e já tão desgastado, se levanta calmamente, apoia o prato com a mão esquerda e com a direita liga a televisão, se lembra que pagou a TV durante dois anos, mas tinha orgulho do aparelho, como ela era linda, a melhor coisa que tinha em sua casa, 29 polegadas, definição de cinema, só o controle havia quebrado, mas um dia ele ia comprar outro, senta-se novamente na poltrona e volta a comer, só que desta vez em frente à TV, comia arroz e chuchu assistindo a Augusto e Ângela, o casal perfeito, desfrutarem de um verdadeiro banquete na novela das oito.

Nego Duda acordou cedo naquele dia, muito calor e pouca ventilação na casa feita em mutirão organizado por seu pai, que nesse dia fazia cinquenta e quatro anos de vida, Nego Duda pelo menos ia dar os parabéns ao velho, seu irmão não, certamente nem se lembraria da data, estava muito ocupado enchendo o carro de mulher e a barriga de cerveja, estava armado naquele dia, saiu para a rua e deu dois tiros num menino que o encarava, seu principal pensamento é não criar cobra para não correr risco de picada, o menino, que morreu na hora, não tinha nem quinze anos e encarava Nego Duda porque sabia que ele era bandido e queria ser como ele, o olhar era de admiração, mas na visão de Nego Duda era de ameaça, e, assim, entre a revolta e a fome, surgia mais uma estatística.

Nunca reclamou de nada, nunca culpou ninguém, sabia que desde que sua mãe faleceu as coisas já tendiam a piorar, mas o pai fazia de tudo para que não faltassem as coisas básicas para casa, não era de muito luxo, mas sentia uma dor que não sabia explicar, os comerciais de TV, os desfiles de roupas, os carros confortáveis, as mulheres sempre ao lado dos homens que tinham o dinheiro, ele queria ter tudo isso também, ele queria ter mais algo além do pãozinho e do café já morno.

Andava o dia inteiro, ia para outros bairros e voltava tarde, quanto mais tarde chegava em casa melhor era, ver seu pai caído no chão, já totalmente alcoolizado, o irmãozinho menor, que tinha apenas quatro anos, sempre ao lado do pai, brincava com o maço de cigarros, empilhava os cigarros e depois os fazia rolar pelo piso cheio de buracos, passar fome não era a meta de vida de Nego Duda, ver seu irmão naquele estado muito menos, mas nem pensava em trabalhar, já que emprego não ia aparecer tão cedo, e até os bicos que costumava fazer ficaram tão concorridos que o dinheiro que ganhava neles era insuficiente para o básico.

Abriu o portão de madeira, saiu da propriedade do pai, e foi em direção à padaria, pediu pão para o balconista que olhou para o gerente no caixa, que deu sinal afirmativo com a cabeça, não por pena, mas por medo mesmo, Nego Duda já havia arrumado confusão naquele recinto e por pouco não matou um vizinho que ousou mencionar a situação que sua família estava passando.

Voltou para casa, entregou o saco com os pães para o irmãozinho, que se desequilibrou e deixou cair o pacote no chão, Nego foi ver seu cachorro, um dogue alemão preto apelidado de Negão, o cachorro estava magro e fraco, quase não parava mais em pé, se esforçava para dar a pata ao dono, mas não conseguia, Nego Duda ficava mal em ver o animal naquele estado, o Negão era seu melhor amigo e Nego sempre dizia que ele era seu único amigo de fé, mesmo naquele estado o cachorro ainda se levantava lentamente e, cadavérico, se aproximava do dono.

Naquela dificuldade toda seu pai ainda bebia, mas Nego Duda não implicava com o velho, sabia que cada um amenizava a própria dor de alguma forma, e o velho não conseguia mais viver na realidade, ela era dura demais, Nego Duda tinha pegado algum dinheiro trabalhando numa obra há alguns meses, mas o serviço não durou, o gato, como eram apelidados aqueles que pegam o serviço para contratar outros peões, estava sempre trocando de funcionários, Nego Duda aprendeu muito na construção civil, percebeu que os bacanas donos das construtoras não registram ninguém, descobriu que os prédios são erguidos por peões como ele, que sem registro e sem garantia de um convênio ainda recebiam bem menos que o devido, pois um irmão de cor chegou primeiro na obra e virou o gato, pagava sempre a menos para todo mundo para ficar com a maior parte.

Ele sempre foi revoltado com os bacanas, mas nunca pensou que pessoas como ele, da mesma pobreza, podiam ser tão filhas da puta e não olhar a situação do próximo; com o dinheiro da obra, Nego comprou o básico do básico, papel higiênico, sabonete, arroz, feijão, óleo, sal e café, nos últimos tempos andava muito pálido, os vizinhos espalharam que estava fumando crack, começou a andar de boné sempre com a aba baixa, e apesar de os fofoqueiros tentarem, nunca mais conseguiram ver seus olhos.

Sumiu por uma semana, seu pai foi a todos os hospitais, os vizinhos falavam que já devia estar morto, que alguém devia ter comprado a briga do seu Mané, que era um senhor da rua ao lado que Nego Duda tinha roubado, mas seu pai não desistia, e numa manhã de terça-feira ele chegou, encostou uma moto CG 125 em frente ao portão, desceu com dois sacos de pães, abriu um e jogou todos os pães para o Negão, o outro ele colocou em cima da mesa, seu pai tentou abraçá-lo, ele recuou e disse que precisava dormir, o velho pegou o filho mais novo e foi para o quarto chorar e agradecer a Deus pelos pães.

Nego Duda acordou no outro dia mais ou menos às onze horas, tomou um banho, saiu, seu corpo incrivelmente magro, vestiu uma camisa, colocou a arma na cintura, algumas balas no bolso, olhou o bule do café e viu que não tinha nada lá dentro, fez carinho no Negão e saiu pela cozinha.

O pai só rezava quando o filho saía de casa, agora ele já sabia que Nego Duda ia fazer alguma fita, o irmãozinho comentava com os vizinhos: "Tem comida lá, sim, meu irmão fez uma fitinha e trouxe".

Os vizinhos não perdoavam, e o julgamento corria solto, histórias mirabolantes e totalmente fictícias não demoraram a aparecer, que foi visto atirando na polícia, que foi visto saindo de um shopping com um DVD, que foi visto queimando pedra de crack atrás do parque, e outras centenas de boatos.

Nego Duda pichou na parede de sua casa numa bela manhã de sábado: "É hora de me vingar, a fome virou ódio e alguém tem que chorar".

Seu pai não gostou do verso, mas sabia que o filho escutava todos os dias um grupo de rap chamado Facção Central, tanto trabalho, tanto registro em sua carteira profissional e hoje tinha que aceitar um filho ladrão dentro de casa, dificilmente se emocionava, mas desgostou da vida de vez e chorou muito quando viu as marcas no pulso de seu filho, perguntou o que era, ele desconversou, mas o velho desconfiou das manchas de sangue no banheiro, e após ver as marcas nos pulsos teve certeza, Nego Duda, seu filho tão querido, havia tentado se matar.

Aninha tinha acordado depois das duas da tarde naquele dia, ligou o som, colocou uma fita, apertou o play e foi em direção ao banheiro, lavou o rosto, vestiu uma calcinha com desenhos de ursinhos que estava pendurada em um pequeno varal que circundava todo o banheiro, e foi para a cozinha, esquentou o café, pegou o saco de pães e apertou, notou que todos estavam duros, colocou o café num copo onde há três dias tinha leite dormido e bebeu, sentiu o gosto do leite estragado e cuspiu, disse um palavrão, foi para o quarto, pegou uma camisa branca com o brasão de uma velha marca automotiva e uma calça jeans muito gasta e vestiu, calçou um velho sapato London Fog e notou que não havia desodorante, pegou o revólver Rossi preto calibre .38, rodou o tambor, viu que estava municiado, colocou na cinta e foi para a frente da escola resolver uma pequena encrenca em que seu primo havia se metido, na verdade ela não estava nem aí para o bunda-mole do seu primo, mas era por causa do seu nome, se ela não fosse resolver aquilo, logo, logo viraria uma bola de neve, sabia muito bem que o zé-povinho, como ela chamava os fofoqueiros do bairro, ia ficar comentando que Aninha não tinha moral nem pra garantir a família dela, então não era nem por consideração, mas para manter o respeito que a muito custo ela tinha adquirido na quebrada.

Aninha sabia que bandido que não resolvia seus B.O.s era tachado de fuleiro, e sabia também que pelo fato de ser mulher, qualquer coisa por mínima que fosse tinha que resolver, senão daria asa para outras cobras criadas.

Subiu todo o morro da Cohab, como era magra e frequentemente andava muito, não cansou, mas estava nervosa e, durante o percurso que fazia, todos, percebendo o nervosismo, se afastaram como puderam, o Moacir que tinha falado mal dela no bar do seu João nem esperou ela chegar à escola e, pensando que Aninha estava vindo matá-lo, pulou o muro de uma casa em frente e de telhado em telhado chegou à sua casa.

Aninha apareceu no colégio e de cara viu seu primo apanhando de dois garotos, ficou furiosa, todo mundo em volta agitando a briga e rindo, estava todo mundo rindo muito, ela nem pensou duas vezes, entrou no meio da roda, deu um empurrão no primo, que caiu de bunda no chão e ficou só olhando, os dois agressores pararam e iam sair da roda, o primeiro virou de costas e Aninha lhe acertou a nuca com um murro, o outro tentou reagir e levou um murro no estômago, todos começaram a gritar, e Aninha pegou seu primo pelo braço e saiu andando em direção à casa de sua tia.

Quantas casas ela limpou, em quantas casas ele ficou com ela, só acompanhando a limpeza, tinha manteiga na geladeira, ele jura que viu, mas o que a patroa de sua mãe colocou em seu pão foi tutano do osso derretido na frigideira, foi assim até seus onze anos, quando aprendeu a roubar iogurte da geladeira da velha, sua mãe fazia sopa de quirela e canja com pé de galinha, ele odiava pé de galinha, mas ela o levava na granja e falava:

— Moço, me dá pé de galinha, que meu filho só gosta de pé!

Foi por causa de uma patroa chata que não comia moela, fígado nem costela, que esses itens entraram para o cardápio, sua mãe tinha seu próprio prato, era proibido comer no prato dos patrões, ela comia com ele na lavanderia.

Apesar de todo o sofrimento, ela era a mãe perfeita, a patroa insistia em dar para aquela mulher alguns ossos com restinhos de carne, a mãe de Régis falava que era para o cachorro, mas em casa preparava para os filhos, cozinhava com batatas e os convidava para comer a deliciosa sopa, Régis e sua irmã corriam pra ver quem chegava primeiro ao prato com o osso maior, igual à briga pelo começo da bengala, que eles chamavam de joelho de padeiro.

A patroa da mãe de Régis lhe disse uma coisa que ficou com ele esse tempo todo, e ele guarda como o começo de sua revolta, como o começo de todo o ódio que nutria por quem tinha o que ele sempre quis ter, dinheiro; foi durante uma conversa entre a patroa e sua mãe, a patroa perguntou de que bairro eles eram, sua mãe disse o nome do bairro, a patroa passou a mão na cabeça do pequeno e disse:

— Então é esse pivete que um dia vai crescer e vir roubar minha casa?

Régis não entendeu a piada nem sua mãe entendeu o que a patroa quis dizer, mas imitou a patroa na risada, a patroa ria que se acabava e a mãe de Régis tentava acompanhar aquela que lhe pagava o salário todo mês, que sustentava sua família, afinal a patroa era tão estudada que deveria estar certa de achar graça em seu filho talvez ser um futuro marginal.

* * *

Nego Duda estava injuriado naquele dia e só queria ir para longe, talvez se sentar embaixo de uma árvore lá na praça da Sé e pensar um pouco na vida, sabia que não deveria continuar com as discussões, afinal odiava todos os seus parentes, eles sempre eram o foco de suas brigas com o pai, eram os comentários de que fumava maconha atrás do colégio que faziam seu pai tratá-lo assim, qual fosse um menino imaturo, que a qualquer momento poderia tomar um tiro por causa da erva.

Esperou o ônibus passar, fez sinal, o motorista quase não parou, mas como tinha mais duas senhoras no ponto de ônibus resolveu parar, afinal a empresa onde trabalhava já estava com a cota de reclamações dele quase esgotada de tanta ligação de passageiros insatisfeitos com seu serviço.

Nego Duda subiu no ônibus, pensou em se sentar na cadeira da frente, mas se lembrou de que logo podia subir um velho ou um gordo ou, como já era de costume e comum em toda a paisagem da Zona Sul, uma mulher grávida ou com criança de colo.

Resolveu ir para trás.

— Aí, cobrador, posso passar por baixo?

— Num vai passar porra nenhuma, não, o que cês faz com o dinheiro?

Nego Duda pensou em três hipóteses, que o cobrador ou era muito burro, ou filho do dono da empresa, ou o funcionário mais puxa-saco e otário de todo o mundo, mas logo demonstrou reação e, sem pensar duas vezes, puxou uma 9 mm e disse em alto e bom tom:

— Foda-se, sabe o que faço com o dinheiro? Eu compro bala pra minha pistola, agora deixa eu passar.

O cobrador encarou o cano da quadrada e não disse uma

palavra, mas pensou em Deus, em Jesus e no seu pai que com certeza não era o dono da empresa.

Nego Duda rodou a catraca, se sentou no último lugar do ônibus e desceu depois de três pontos, já seguiu trombando com o que ele classificava de playboy e, pra não bater no magricela com a cara cheia de espinhas, aceitou o donativo que foi exatamente a mochila e o relógio do estudante, retirou os livros e cadernos, jogou-os num bueiro, colocou a mochila vazia nas costas, venderia o relógio na quebrada e compraria ração pro Negão, tinha o sonho de ver o cachorro andar ao seu lado pelas vielas novamente, mais à frente comprou um cachorro-quente e continuou a caminhar, com a maldade no olhar de caçador procurando vítima.

Na mesma calçada vinha Rodrigo, aluno de um colégio de riquinho, localizado nos Jardins, e passou despercebido, pois tinha trocado o uniforme por roupas mais simples para ir embora pra casa, todos na escola começaram a adotar a prática depois que alguns colegas foram assaltados no percurso entre a casa e a escola, as vítimas eram sempre jovens de catorze a dezesseis anos, e os executores dos furtos também tinham a mesma idade, a única diferença entre os jovens que roubavam e os roubados era o muro social.

José Antônio lavou o rosto e não achou a toalha, pegou um pedaço de papel higiênico e passou rapidamente, foi para o quarto e vestiu a roupa que já estava selecionada, tinha que trabalhar pelo Senhor e isso era seu maior prazer desde que perdeu o interesse pelo mundo do homem.

José Antônio tinha que pintar a pequena igreja que ficava na esquina da viela onde morava, odiava quando alguém da viela comprava material de construção e o caminhão descarregava em frente à pequena igreja, ele tinha que passar por toda aquela areia e acabava chegando à casa do Senhor todo imundo, mas algo o fazia se sentir bem melhor quando adentrava o templo, imaginava Cristo voltando e arrebatando somente sua família, o mundo pegando fogo e José Antônio ao lado de Cristo, todo de branco e com uma leve cara de puxa-saco, José Antônio se apressou em preparar a tinta, a mistura com cal era necessária para fazer render o material comprado com as doações dos fiéis, o pequeno rolo já usado em tantas pinturas ainda daria para mais alguns serviços, e o cabo de vassoura seria o mesmo que José Antônio tanto usava nesses bicos que fazia para sobreviver, começou a deslizar o rolo pela parede, e sabia que dali a algumas horas teria terminado e poderia comer o bolo que sua esposa estava fazendo, já sentia o gostinho do café que preferia tomar puro, do jeito que estava acostumado desde que trabalhava na Metal Leve.

Pronto, havia se lembrado da antiga empresa de novo, empresa essa que lhe garantia um bom salário, um plano de saúde que sempre serviu à família, os tíquetes para almoço que ele poupava levando marmita, e assim sobrava uma renda para a Juliana fazer a feira toda semana, a época glamourosa de trabalho na Metal Leve havia chegado ao fim, e José Antônio sabia o que iria passar, pois havia visto a mesma situação com tantos amigos seus, José Antônio sabia que nunca mais teria o mesmo padrão de vida, jamais seria apontado pelos vizinhos como o homem da Metal Leve novamente, jamais os jovens que eram em geral filhos de amigos seus o cumprimentariam com um grande sorriso no rosto e na mente a ideia de um dia serem indicados por José Antônio para uma vaga na empresa, sabia que o que ganhara no passado não se repetiria nunca mais, tinha convicção de que daquele dia em diante teria que fazer de tudo para continuar alimentando e dando o básico para Juliana e seus filhos.

Juliana, sua esposa, estava ansiosa pra ver o bolo, afinal ela atrasou a faxina de casa para dar prioridade a ele, mas o vidro do forno não ajudava muito, ela resolveu abrir pra dar uma olhada e acabou fazendo o bolo murchar, deu um leve sorrisinho malicioso, pois tinha se lembrado de Zé Pedro.

Zé Pedro era irmão de Juliana e era balconista de uma padaria lá na Paulista e, segundo fofocas dos vizinhos, fazia amor consigo mesmo todo os dias na hora do banho, tinha na imaginação que sua situação financeira só era tão ruim porque já nasceu devendo um dólar pros americanos, assim como todo brasileiro, mas isso só o incomodava de vez em quando, principalmente porque suas tendências homossexuais eram sua pior preocupação, sabia que sua irmã desconfiava, mas em sua cabeça queria que ela se danasse, odiava ela e odiava o marido dela, José Antônio, que só sabia viver para a igreja, a verdade era que Zé Pedro tinha tantos problemas para resolver que não tinha tempo para visitar sua irmã, e, quando tinha, preferia ficar na praça olhando os casais passarem e cantando baixinho trechos das músicas de Renato Russo.

O lotação era branco, com dois dos quatro pneus carecas, uma luz central, um menino abaixado com uma minibolsa cheia de passes e notas de um real, um motorista não habilitado, e dezesseis passageiros onde caberiam no máximo nove.

Um trajeto feito rapidamente, uma sinalização não obedecida, um barulho enjoativo de rádio px.

— E aí, Tubarão, tudo bem?

— Tudo bem, Pantera, você viu algum cabeça branca?

— Negativo, Tubarão, mas o Paulão ligou e disse que na João Dias tem cavalo de aço.

— Tá tudo pintimbado na ponte do chocolate, os cabecinha branca tão tudo pra lá, copia?
— Copiei, num vou mais pra lá hoje, pois perdi a boa, QSL.
— Bons bonecos pra você, QSL.
— Copiei, jão, vou terminar hoje na casa da moeda.

Lúcio Fé só estava observando, entraram dois passageiros no lotação, o cobrador já começou tirando, oferecendo lugar pra eles se sentarem, eles quiseram ficar em pé aparentemente para não amarrotar os ternos, mais à frente desceram e o cobrador desabafou pra todo o lotação:

— Tá vendo esses jão aí? Num quiseram sentar não, ó! Vai sujar o terninho, mas sabe o que eles vão fazer hoje? Estacionar carro de rico a noite toda, e fica dando uma de advogado, esses jão, viu! É jão de manejão, lá no Rio todo mundo fala mané, aqui é jão.

Lúcio Fé notava os movimentos do motorista e do cobrador no lotação, sabia que um chamava o outro de jão para não citar o nome verdadeiro, pois havia muita caguetagem na área, a explicação do cobrador estava errada, olhou para o motorista e se lembrou da profissão de seu pai, das vezes que riram juntos, jogaram bilhar e ele lhe pagava fichas para jogar Enduro, eram tão poucas lembranças de harmonia, mas eram tão boas.

Poucos segundos depois, começou a notar um rapaz que dormia ao seu lado, se lembrou do ditado que seu ex-parceiro lhe dizia a todo tempo, "Maluco que dorme a onda leva", deu um pequeno sorriso e resolveu descer antes do ponto, só para ir sentindo o clima.

Sábado à noite, tudo no esquema, pistola no bolso esquerdo municiada, pente extra no bolso da frente também municiado, Nego Duda parou por um instante, hesitou, preferiu ir pela rua de cima, colocou a mão no bolso direito e sentiu a ponta, conferiu se estava levando o isqueiro, positivo, pulou o muro do colégio e acendeu, fumou o que restara do baseado de um dia antes, foi se encontrar com o mandante do crime que não iria acontecer, já fazia uma meia hora que estava esperando, e esperar lhe trazia agonia, só pela espera o maluco já devia morrer, afinal malandro não marca touca, mas deu mais alguns minutos e o mandante chegou, todo sorridente lhe entregou o pacote com o dinheiro e foi dar a foto do encomendado quando Nego Duda sacou da quadrada, e não deu tempo nem do mandante correr, caiu durinho no chão, acabou pagando a própria morte.

Mas o cheiro de pólvora ainda não tinha sido suficiente por uma noite de sábado, a noite estava linda e certamente levaria mais alguém para o outro lado da vida, não passou alguns segundos e Nego Duda sentiu suas costas queimarem, olhou pra trás e duvidou de tamanha maldade, era Régis que estava com o cano do revólver enfumaçando, antes de Nego Duda cair viu Régis sorrir e em seguida percebeu que o envelope já não estava mais em sua mão, sentiu calafrios, viu nuvens e um céu estrelado cada vez mais se aproximando, nunca havia notado que tinha tantas estrelas no céu, nunca sentiu tanto frio, nunca percebeu que as estrelas eram tão lindas e tão grandes, morreu no escadão e seu sangue escorreu por alguns degraus e se misturou com o sangue de outro cadáver que havia mais abaixo.

3. Meu nome é amor, meu sobrenome é vingança

Régis terminava mais um trabalho por telefone, o serviço que ele tinha que fazer pessoalmente, por falta de tempo, passou para um amigo, o dinheiro seria dividido entre os dois, estava ao lado de Celso Capeta e Lúcio Fé, por isso falava com cautela, qualquer informação que desse do serviço poderia pegar mal para ele, os amigos não admitiam que qualquer malandro que andasse com eles participasse de extermínio, e os serviços que Régis assumia quase sempre eram para matar alguém, o que interessava para ele no final de toda a história era que o bolso estivesse sempre cheio.

— Fala!
— É o Magu, como vai o esquema?
— Ainda não deu, vou sentar o pau no gato essa semana.
— Sabe onde tá morando?
— Claro, liguei pra família, disse que era do Grupo Silvio Santos, que o maluco comprou um carnê do Baú, abraçaram com as dez.
— Os trouxa abraçou?

— Abraçou sim, vou lá semana que vem.
— É longe?
— Não, até que é perto, interior.
— Firmeza, então!

Lúcio Fé estava impaciente, já era a terceira ligação que Régis recebia em menos de meia hora, e o pior era que ele não parava quieto, Celso Capeta também estava impaciente, queriam perguntar para Régis sobre o trabalho no banco, mas do jeito que estava ocupado com o celular começaram a achar melhor ligar para o Mágico e obter mais informações, e foi o que resolveram fazer, falaram logo para Régis que depois colariam lá de novo, Régis só balançou a cabeça e quando desligou a ligação com Mágico, o aparelho tocou mais uma vez, Régis ficou encostado no Golf que estava com o som ligado, estava doido para sair dali e ir para casa, mas a maior dificuldade era o celular, não podia dirigir e falar ao mesmo tempo, e não era por medo de multa, a morte por ali sempre vinha a cavalo, ou seja, os moleques que começaram a matar há pouco sempre vinham de moto, Régis não podia facilitar, pois sabia que era questão de tempo os moleques quererem pegar fama nas suas costas, Lúcio Fé e Celso Capeta desceram o morro.

De repente Régis vê um farol iluminando sua cara, não consegue mais manter os olhos abertos e interrompe a ligação, não chega nem a guardar o celular e recebe uma ordem para ficar com as mãos para cima, ele ergue a mão depressa, o primeiro policial se aproxima, apontando uma .40 cromada para Régis e logo ele nota que é a Polícia Militar, faz uma cara amarga pois sabe que os PMs aceitam qualquer mixaria, mas ele não tinha nem para barganhar, o policial o faz virar de costas, abre suas pernas bruscamente, coloca as mãos de Régis em sua cabeça e pergunta:

— Aí, vagabundo, tá fazendo o que aqui?

— Nada não, senhor, tava conversando com meu patrão.
— Cê qué que eu acredite que você trabalha, porra?
— Sim, senhor, eu estava falan...
— Você trabalha de quê?
— Eu instalo aparelhos telefônicos.
— Cê tá de brincadeira?

Antes que Régis respondesse, os outros policiais se aproximaram e começaram a revistar o carro, o policial que abordou Régis o empurrou para a frente do Golf, livrando assim a porta, para que os outros policiais entrassem no veículo.

— Cadê o logotipo da telefônica no carro, hein?
— Senhor, eu instalo aparelhos em particular, faço extensão para escritórios, residências e...
— Porra! Cê tá pensando que sou o quê, hein?
— Calma, senhor.
— Calma é a puta que o pariu, cê conseguiu esse carro como, porra? Num dá tanto dinheiro assim esses trampinho de merda, fala logo a real e nós se entende.
— Sim, senhor.
— Sim, senhor o quê?
— Sim, senhor, vamo trocá uma ideia então.

O carro já estava todo revirado, tiraram todos os aparelhos que tinha no porta-malas e jogaram no chão, Régis havia comprado muitos aparelhos para montar a central telefônica no interior, sorte que no momento da abordagem não estava armado, mas viu que estava em apuros quando um dos policiais que estavam revistando o carro achou uma lista cheia de telefones e códigos.

— Aqui, senhor, olha o que achei.
— Xô ver.
— Nossa, o barato tem muito número, o que é isso aqui, vagabundo? — o policial esfregava a lista na cara de Régis, enquan-

to o outro policial que trouxera a lista enfiava o cano do revólver em sua costela.

— Calma, senhor, vamo trocá uma ideia.
— Tem ideia sim, dá ela aí, vagabundo.
— O que o senhor qué?
— Fala a real, você mexe com tráfico?
— Não, senhor.
— Qué trocar cabeça?
— Não, senhor, num vou delatar ninguém, eu acerto aqui mesmo.
— Então tá, qué gastar de burro, cê quiser é só dar alguém que a gente apura na boa.
— Não, senhor, sou homi nessas fita aí, mas pode pedir.
— Bom! Xô ver.
— O que vocês acha, rapaziada?

Os outros policiais olharam para o Golf ao mesmo tempo e o consenso foi o carro, Régis foi liberado, foi a pé para a casa de Aninha, e teria que passar o documento do veículo para os policiais na segunda-feira sem falta.

"São Pedro vai chamar sua pedra mais rápido", não sabe por que, mas sempre se lembra dessa frase, talvez a tenha ouvido quando era criança, essa frase só lhe vem à cabeça quando começa a se lembrar do seu passado, bate uma dor no peito, uma dor que não para, não para até ela tomar a decisão, vê sua mãe chorando de novo, seu pai sempre com aquela mão fechada, pronto pra acertá-la, revê a mesma cena que nunca para, ela saiu descabelada mais uma vez, lembrando as torradas que comia dia após dia, as lágrimas de sua mãe, foi sentido Moema, decidida a fazer uma loja e já sabia que iria fazer a cena do louco, e sabia que chegaria no arrebento chutando a porta, e os playboys a olhariam com desprezo e medo, e logo eles que têm tanto poder quando estão nos carros importados iam ter que se ajoelhar e rezar pra não dar em merda, porque a porra da maloqueira ali tava com uma dor lá dentro e qualquer um que desse motivo iria pagar.

Durante o percurso ela se lembra do último passeio no shopping Morumbi e dos olhares dos seguranças, que sempre estavam próximos, quando entrava já era notada, e até no banheiro tinha uma segurança a seguindo.

Ela andava bem malandreada, é verdade, mas não se achava tão estranha assim, deviam saber pelo rosto, com certeza o seu mostrava todo o sofrimento que passou na Bahia, Aninha sabia que estilo de bandido ninguém pode esconder, Aninha gostava de ostentar, e um dia ia ter muito dinheiro para não a olharem mais assim.

Deixou de relembrar, estacionou o carro que pegou emprestado com Mágico em frente a uma clínica de estética, preparou a arma, entrou na loja de roupas em frente e mandou todo mundo deitar no chão.

Sempre que terminava o assalto pensava que do mesmo modo que Cristo, um verdadeiro revolucionário, sempre está do lado dos menos favorecidos, ele estaria a seu lado, e se o povo é a maioria, essa maioria é composta por minorias, então Cristo teria que estar presente em tudo que fazia, pegou o produto do roubo, colocou nas sacolas e foi pra casa, era assalto pequeno, parou no posto, abasteceu o carro, comeu um lanche e sorriu, era só pra quebrar a rotina, só para amenizar a dor.

Duas semanas depois não sabia mais dizer com o que tinha gastado o dinheiro, vai fácil, vem fácil, pagou a porcentagem do Mágico pelo carro que tinha usado, deu várias rodadas de cerveja para os amigos e só, nem mesmo uma roupa havia comprado, mas Aninha saiu virada na peste aquele dia, sentia que o mundo estava contra ela.

Ela se sentou na calçada e pensou em xingar a vida, xingar Deus, mas xingou mesmo a paranoia de não ter nada pra fazer, passou a mão pelo cabo do revólver e lembrou que tinha que fazer mais uma correria pra comprar um presente pro seu primo, e sem se dar conta parou no tempo e viu cenas de sua infância, suas amigas novamente, todas de tranças, pulando corda, sua mãe lhe avisando que estava na hora de seu pai voltar do serviço, os pés do querido pai, ouviu seus passos mais uma vez, Aninha se via correndo em direção à cama e fechando os olhos, não passava dez minutos e o que queria estava acontecendo, seu pai chega perguntando e vai ver sua menininha que está supostamente dormindo, seis anos fazendo a mesma brincadeira e ele sabe que ela está fingindo, mas não parece saber, e faz carinho na pequena, passa a mão pelos cabelos enrolados da menina, cabelos castanhos, e diz baixinho:

— Filhinha? Aqui é o papai.

Ela abre os olhos devagar, na sua mente ele nunca a tocou, na sua memória ele nunca fez nada que a fizesse sofrer, ela lhe dá um grande abraço, e essas imagens se afastam, e só fica a lembrança de algo bom lá atrás.

Comeram dois pastéis, Vânia comeu um de pizza e Régis, como sempre, pediu um de carne, o asiático que o atendeu tinha o cabelo todo bagunçado, ela pediu uma Sprite, o asiático insistia em lhe dar uma Coca-Cola, ela se lembrou do McDonald's e dos seus infernais número 1, resolveu insistir na Sprite, o asiático recuou e lhe deu o refrigerante, Régis não parava de olhar para o lado de fora da pastelaria, vendo o movimento.

Foram para o cinema, não era normal irem juntos, cada um fazia seu rolê como convinha, mas agora que estavam mais unidos era outra coisa, Vânia já havia mostrado um pouco da surpresa que ele teria ao chegar em casa, puxou a saia dentro do carro e lhe mostrou a calcinha aveludada e com detalhes de pele de tigre, Régis fez uma cara de espanto e sorriu, a agarrou e quase parou o carro, colocou a mão dela em seu pinto e a fez movimentá-lo, o vidro fumê ajudava muito a esconderem o que bem quisessem.

 O cinema estava cheio, uma fila que quase chegava ao estacionamento do shopping, Régis então sugeriu um motel, um champanhe e uma banheira, ela pediu para irem para casa, afinal Régis já gastava bastante para manter o apartamento dela e não seria justo na hora de transarem irem a outro lugar, Régis concordou, entraram no estacionamento e pegaram o carro, meia hora depois estavam em casa, ele tirou o relógio de ouro, mas ficou com a corrente que ela tanto gostava, o dragão tatuado no braço chamou a atenção dela, Régis a observava nos mínimos detalhes, como se fosse a última vez que veria uma mulher na face da Terra, e gostava dos olhares dela também, Vânia tirou a roupa devagar, o vestido preto em lycra sempre o instigava ao máximo, abaixava as alças do vestido lentamente, parou de se despir quando tirou o sutiã, e ele não demorou em ajudá-la a tirar o resto, depois foi até a geladeira e buscou champanhe, Régis se inspira nos rappers americanos e, como eles, fazia questão de ostentar, derramou champanhe de primeira em sua amante, ela desfilou em cima da cama como se fosse uma passarela, só de calcinha rajada como pele de tigre, agachou depressa na cama, ficou de quatro e pediu para ele comer a sua putinha, Régis se negou e deitou no chão, logo em seguida pediu para Vânia dançar em cima dele, ela desceu da cama, abriu as pernas, foi para a frente da sua cabeça e começou a esfregar sua calcinha na cara dele, depois começou a se movimentar mais rapidamente e puxando a calcinha pra cima mostrou os lábios de sua boceta raspada, ele segurou em suas pernas, fez ela agachar mais um pouco e lambeu de leve os lábios rosados, depois levantou-se, pegou-a no colo e jogou-a na cama violentamente, virou-a de bruços, deu vários tapas na sua bunda e depois foi pegar o champanhe que estava no chão, virou-a de frente e começou a derramar champanhe nela a partir dos pés, Vânia se arrepiou e tentou se esquivar, Régis insistiu para que ela ficasse parada e chamando-a de putinha começou a beijá-la.

Régis começou a introduzir o dedo indicador em sua boceta, Vânia tremia, Régis levou o dedo à sua boca e pediu para que ela babasse nele, ela obedeceu, ele introduziu o dedo em sua boceta de novo e dessa vez pôs mais um, ela gemia baixinho, Régis levava os dedos à sua boca e falava ao seu ouvido para que ela sentisse o gosto de sua boceta.

Pediu que se levantasse e fosse fazer o que mais sabia, ela entendeu o recado e começou a imitar uma onça, andando bem devagar, já toda lambuzada pelo champanhe, retirou a calça dele e começou a lamber suas coxas, Régis colocou mais um travesseiro embaixo da sua cabeça, gostava de vê-la engolindo o seu pinto por inteiro, quando Vânia estava quase engolindo tudo, ele forçava sua cabeça e a fazia engasgar, ela tentava reclamar e quanto mais forçava a cabeça pra cima, mais ele a fazia engasgar, Vânia sabia que ele gostava disso e tentava de todo jeito não vomitar nele.

Levantou-se toda lambuzada de baba, ele pediu para que ela abaixasse a cabeça um pouco, Vânia ficou de frente pra ele, Régis se levantou e olhando-a nos olhos cuspiu em sua boca, ela tentou cuspir, e ele mandou que ela engolisse, obedeceu, ele deu alguns tapas em seus seios e ordenou que ela viesse de costas, ela foi, seus cabelos negros estavam totalmente molhados pelo champanhe, Régis puxou a calcinha de tigre para uma banda da nádega e introduziu o que ela apelidara de tomahawk, uma referência ao poderoso míssil americano, ela não havia se acostumado com o tamanho do seu pinto apesar de todo tempo que já transavam, mas se reclamasse, sabia que ele aumentaria o ritmo, homem é assim, pensava ela, gosta de ver a gente sofrer.

Régis colocou a palma da mão esquerda em suas costas e subiu vagarosamente, até alcançar a nuca, quando chegou aos cabelos, puxou-os de maneira brusca e mandou que ela dissesse que era uma cadela, Vânia gritava que era uma, e ele pedia para que repetisse sem parar, depois a virou de bruços mais uma vez, ordenou que juntasse as pernas e ficasse parada, ela ficou, ele colocou o pinto entre suas nádegas e começou a introduzir no seu cu, ela sentia uma dor terrível, sabia que Régis adorava, tentava disfarçar a dor e falava baixo:

— Termina logo com isso, homi, num demora.

Régis sempre enfiava o pinto todo de uma vez, e sabia que devia doer pra caramba, mas era isso que fazia questão, que sofresse, afinal mantinha tudo do bom e do melhor para ela, e achava que se Vânia não levasse uma surra de pinto, procuraria outro para satisfazê-la.

Logo que enfiou tudo, deitou o corpo sobre o dela e abrindo as pernas começou a fazer movimentos, ela sentia uma dor terrível, Régis nunca gostava de usar vaselina nem lubrificava com saliva, o prazer de Régis era foder o cu dela assim, sem nada para facilitar, depois de alguns minutos, enfiou os quatro dedos em sua boca e mandou que ela chupasse, Vânia começou a chupar e logo sabia o que viria, ele com a outra mão tampou seu nariz, ela começou a sufocar e era disso que ele gostava, gostava do hálito quente em seus dedos, gostava de ver a dificuldade dela em respirar e dar o cu ao mesmo tempo, Vânia estava ficando vermelha quando ele parou, e virou ela de frente, se sentou na coxa dela e foi subindo, até chegar ao pescoço, pediu para que ela abrisse a boca, e logo em seguida enfiou o pinto, começou a comer sua boca como se estivesse comendo sua boceta, Vânia começou a engasgar de novo e Régis ainda prolongou o ato por mais cinco minutos, depois cuspiu no rosto dela e enfiou o pinto em sua boceta, pediu que ela abrisse as pernas e colocasse os pés em suas costas, ela assim o fez, e ele começou a se movimentar, depois de alguns minutos, falou para ela se levantar e se sentar no seu pau, Vânia se levantou completamente tonta e suada e se sentou, começou a subir e a descer, logo Régis enfiou a mão na sua boca mais uma vez e pediu para que ela babasse, ela começou a babar, e ele embaixo começou a beber o que pingava de seus lábios, Vânia ficou em cima por mais uns minutos e estava totalmente suada, ele viu que iria gozar e segurando-a pelos braços a jogou na cama, e começou a esfregar o pinto em seus seios, Vânia apoiou os seios com a mão e ele gozou, espirrando no rosto dela e em seguida passando a mão, lambuzando toda sua cara, ela ficou imóvel.

— Vai se lavar lá, minha vadia, que o segundo round vai começar já, já.

A solidão lhe dava sentimentos estranhos, Eliana continuava lavando toda a louça, fazia alguns minutos que colocara o macarrão no fogo, o fogão estava impecável, como toda a sua casa, sempre limpa, arrumada, organizada em todos os detalhes, tinha certeza de que naquele dia Régis também não voltaria.

A mesa branca contava com um pano de prato esticado no lugar onde comia seu filho Ricardo, ela mesma não tinha lugar à mesa, comia com o prato na pia, em pé, sempre limpando algo entre uma garfada e outra, o menino não, esse tinha que comer direito, ela insistia para comer com mais calma, dizia que o suco só após a refeição, mas ele nunca obedecia, a todo instante reclamando que a comida estava seca, que sem o suco não conseguia engolir.

Eliana lavava a louça, manipulava os copos com destreza, enquanto ensaboava um e colocava ao lado, ia sequenciando e depois enxaguava tudo de uma vez.

Fazia alguns dias que sentia algo estranho, ela tentava definir como paixão, sua cabeça estava estranhamente lotada por esse forte sentimento, mas se fosse paixão era uma totalmente diferente, um sentimento que se ela quisesse a dominaria por completo, algo que a fazia desejar mal a ele, que a fazia desejar sua morte, sua prisão, uma paixão tão forte e tão maltratada que sem ela saber havia se transformado em raiva, ira e até ódio.

Na realidade, a louça estava acabando, faltava uma frigideira, algumas colheres e duas facas para serem limpas, mas o que devia aliviar Eliana na verdade a apavorava, ela imaginava já estar secando a louça, e depois? O que faria? O que lhe dava tanto medo era a solidão, quando terminava os deveres domésticos, ela vinha devagar, bem rasteira e de repente dominava toda a situação, sentia o vento frio batendo no braço, mas as janelas estavam todas fechadas, Eliana sentia em seus pequenos dedos brancos e trêmulos a pontada fria do que logo a abraçaria inteira, já sentia em seus delicados pés o frio insuportável da ausência, agora sabia que ela estava ao seu lado, provavelmente bem apoiada em suas costas, com a boca em sua nuca, querendo envolvê-la de todo.

Eliana sabia que a outra iria dominar de novo o resto de tempo de seu marido, sabia que Ricardo, voltando das brincadeiras na rua, quando chegasse teria que pôr sua própria comida e depois assistir à televisão sozinho, Eliana ouvia do quarto a conversa dos atores dos filmes, tinha muito medo de que acontecesse com ele um dia o mesmo que aconteceu com ela, a mãe do pequeno tinha um terrível medo de que ele também se tornasse, quando adulto, vítima da solidão.

Desligou as duas bocas do fogão que estavam em uso, retirou o macarrão da panela e o pôs no escorredor, pegou a panela com molho e juntou o macarrão, mexeu bem, foi ao armário pegar o queijo ralado, colocou tudo em cima da mesa e, sentindo que seria abraçada e domada a qualquer momento, foi para o quarto, fechou a porta que dava para a sala, deitou-se na cama, sentiu as mãos a lhe envolver as costas, o abraço, o ar mais gelado, olhou para o travesseiro ao lado e o viu abaixar, qual fosse uma cabeça a pousar nele, Eliana fechou os olhos e disse baixinho para sua companheira indesejável: vem, solidão.

O supermercado estava cheio aquele dia, principalmente na área de alimentação, os lanches atraíam os pais também, embora fossem as crianças as que mais consumissem todo aquele queijo, hambúrguer, batata e refrigerante, a maioria fazia compras e havia parado por alguns minutos, mas alguns estavam ali a trabalho.

— Firmeza, que hora vai ser o acerto da reunião?

— Sei lá, Régis, tem que esperar os outros parceiros chegarem pra gente marcar.

— Essa porra já demorou demais, jão, minha parte eu já arrumei, agora tem que juntar e comprar as armas.

— Peraí, trutão, você arrumou dinheiro, mas pra nós dinheiro é mosca branca, tá mó difícil, a Aninha ficou de fazer uma loja, se virá fica mais fácil.

— Porra, tem que se virar, truta, isso vai ficar na enrolação até quando?

— Você só esquece que nem todo mundo tem outras fitas na carreira, você já tá estabilizado, Régis, tem carro e tudo o mais, agora os outros aqui tão na sobrevivência, truta!

— Que papo é esse, jão? Tá de olho no meu dinheiro?

— Num esquenta, Régis, a real é que o Mágico já organizou tudo, tá tudo debatido na real, só falta nós sumariá o dinheiro pras armas e ir pro arrebento.

— Firmeza, então, mas aí, Lúcio, se demora muito eu monto outra firma, hein?

— Calma, mano, já falei, sabe o que os tru vão comprar?

— Não sei, não. Fala aí.

— Os maluco tá citando que vai ser dois furão, as pequena vai vim linda também, pistola calibre .45 ACP, sabe, né, as Colt M1991A1 de 7 mais 1 tiro, manja?

— Manjo! O que mais?

— Bom, o Celso tá endoidando e tá montando uma espingarda que vai ficar horrível, mas ele qué ter um bagulho único, sabe, né, é tipo uma calibre .12, só que o cano é de 176 mm, tambor de seis câmaras e municiada por uma janela existente na placa de fechamento, o cabo é soldado pra frente com metal, o bagulho é feio, mas vai furar quem duvidar.

— Era mais fácil ele ter comprado uma coisa melhor.

— Ah! Mas o maluco tá sem cruzeiro, Régis.

— Se liga, jão, o Dito mostrou uma Beretta 92 FS, tá linda, aço inox, até o cão chora no escuro, e o cabo é de madeira com uns detalhes de umas rosas, coisa linda, se eu pegar, e os homi embaçá, vai virar estatística na academia, que de mim eles não levam mais nenhuma ferramenta, chega aquela 9 mm cromada que eles guentaram, na próxima vão levar só as balas.

— Régis, seu problema é que você gasta demais, por que você não pega algo mais pesado logo pra fita?

— Ah, jão, não vacila, já comprei a boa pra fita, além do mais as réplica é que vai fazê a cena, nós tem que só entrar com os furão mesmo e já era, quando neguinho vê o tamanho dos bagulho já se caga todo, num vai ter problema, não.

— Sério? Então liga qual você comprou.

— Vou deixar pra você ver na hora, jão, cê vai ver.

— Deve ser louca, hein.

— Aí, rapa, a conversa tá boa, mas num vou esperar mais não, liga pro Celso e pra Aninha que num deu pra esperar mais, a fita é que num vejo minha mulher há vários dias, preciso ir pra casa, tá ligado? Tô com mó saudade dos meus muleques, liga pra eles que a gente marca na semana que vem aqui mesmo no mercado, toma aqui, ó! Xô eu vê... uns vinte conto dá pra conta, toma aqui.

— Régis, tem a moral de fazer um cavalo?

— Vai pra onde, Lúcio?

— Acho que vou colar lá no bar do Neco, tem como me levá?

— Tem sim, vamo aí.

— Falô, tru, a gente se tromba.

— Firmeza total.

Neguinho da Mancha na Mão pegou os vinte reais e levou no caixa, pagou a conta, pegou o troco e foi em direção à saída do mercado, tinha em sua cabeça a convicção de que essa fita seria a boa, mas não gostava do jeito de Régis, desde o primeiro dia reparava em sua prepotência, quanto ao Mágico ele até aceitava que era folgado e cheio de querer, porque já era quase rico, mas o Régis ainda não estava com essa bola toda e já era cheio de querer, Neguinho sempre foi assim, guardava suas opiniões pra ele e dificilmente comentaria com alguém sua aversão ao futuro parceiro, se despediu e foi para o estacionamento pegar sua moto.

— Só num bate a porta, Lúcio.

— Porra! Você é mó ciumento com esse carro.

— Né isso, não, jão, sabe qualé a fita? A fita é num tocar no meu revólver, num mexer com a minha mulher e num encostar no meu cavalo, tipo faroeste, sem mexer nesses três, o resto eu relevo.

— Tá certo, cada loco com sua mania.

— Nossa, o bar do Neco tá que tá, se liga naquele maluco panguando ali.

— Qual?

— Ali, Régis, olha!

— É, conheço esse maluco, ele é criado pela aquela tiazinha lá, que um dia abrigou nós naquela correria do GOI.

— Ah!, tô ligado, ele é aquele maluco que tem o quarto cheio de livro?

— Esse memo, jão, nóis ficou no quarto dele, lembra?

— Podi crê, foram mó gente fina com nóis.

— Aí, Lúcio, vou dizer pru cê, a vida é só pros cabuloso, tá ligado? E esse maluco cê vê no olhar que num é vacilão, deve ser mó estudioso memo, mas num é vacilão.

— Podi crê, dá pra vê que ele é sério memo, ó! Tranca o carro e vamo lá!

— Certo, vai pedindo uma cerva gelada que eu tô indo, só vou atender o celular.

— Quem?

— É o Didinho.

— Que qui tu qué?

— Só vô ligá você dumas fita.

— Então fala logo que tô indo pro bar.

— Sabe o Guile?

— O muleque que anda com Modelo e o Nado?

— Esse memo.

— Sei, mas o seu celular tá fraco, fala logo.

— Então, os maluco subiu ele perto do bar do Neco.

— Mas que porra, eu tô entrando no bar quase agora.

— Então sai fora, que diz que os cara tá atrás, e disseram que quem vacilá eles dirruba.

— Firmeza, vou chamar o Lúcio e sair. Falou, jão.
— Falou, depois nóis se fala.

Régis pensou um pouco, e decidiu que não ia de jeito nenhum ficar ali, chamou Lúcio para ir embora, Lúcio Fé já havia aberto a cerveja e estava sentado à beira do balcão, Régis tirou uma nota de cinco, pagou para o Neco e falou que tava embaçado, pegou o troco e saíram, no carro contou o que havia acontecido, Lúcio então lhe contou que Guile havia matado Miltinho, o primo de Neguinho da Mancha na Mão, os dois resolveram ir para a casa do Neguinho para averiguar a situação.

No meio do caminho Régis foi comentando com Lúcio da central telefônica que pretendia abrir, precisava de mais um maluco pra comandar outra linha, os contratos iam ser muitos, Lúcio Fé falou que arrumar alguém pra trabalhar nisso é fácil, o problema é o cara querer ir pro interior, Régis disse que era o único meio, cidade interiorana é discreta, e pra abrigar tanto computador e linha na periferia dava maior goela.

Também disse que estava pensando no dia de amanhã, tinha que montar um esquema que não dependesse da ajuda dos policiais, porque não dava pra ficar dividindo lucro.

Lúcio perguntou se Régis havia quitado o dinheiro do acerto, Régis respondeu que os PMs da força tática para quem ele devia viriam amanhã buscar o dinheiro, Régis odiava falar detalhes, e por isso não entrava em mais peculiaridades sobre a pressão que sofreu do policial por tê-lo achado armado, certo que foi um caso isolado, mas isso estava lhe custando caro, agora a esperança era as motos Bizz e as CGs que tinham sido roubadas pelos moleques da rua quinze e que ele havia comprado e guardado no galpão de um amigo, pra virar um dinheiro, o prazo estava no limite e ele não gostava nada disso, mexer com a polícia já era uma situação horrível e ainda pior se não tivesse dinheiro.

* * *

  O campo tinha um aspecto desolador, duas traves feitas de madeira, uma cruz no canto esquerdo que homenageava Miltinho, assassinado na final do último campeonato, três buracos cobertos com entulhos e areia para ninguém se ferir durante o jogo, alguns meninos correndo em volta com pipas nas mãos.
  — Toca a bola, Negrute!
  — Chuta, chuta agora!
  — Peraí, você foi com maldade!
  — Sem essas, o maluco tá lá direto e foi na bola, foi na bola.
  — Juiz pilantra da porra, sai fora, nunca vi jogo desse jeito.
  — O Negrute não toca a bola, mó fominha safado!
  — Negrute! Ou toca a bola ou vai tomar coronhada quando o jogo acabar!
  — Nossa, o jogo tá mais feio que os jogos da seleção.
  — Num fala assim não, mano, o bagulho tá até a pampa.
  — Até a pampa? Olha o estado desse campo, tru.
  — Queria ficar sem campo, nego, sorte que a gente impediu dos pessoal construir aqui, senão nem campo tinha.
  — Tá, tá bom, alá o jogo.
  Dinoitinha como sempre ficou agachado no canto esquerdo da trave vendo todo o jogo, tinha um chinelo em cada braço, colocados na altura do cotovelo, a bermuda agora marrom um dia foi branca, a cada passe de bola movimentava o corpo, o jogo estava quase acabando, sabia que logo teria que ir embora, sempre na final do campeonato os meninos mais velhos vinham com a maconha, separavam os grãos, tiravam as impurezas e todos fumavam, seu pai havia dito para ficar longe daquilo, ele obedecia, um pouquinho antes do jogo terminar ia embora, nos lugares onde vendia rosas também tinha muito disso, a maioria dos meninos usava, não queria voltar para casa, tinha que arrumar outro lugar pra ir, sua mãe devia estar chorando ainda, ele viu

o soco que seu pai lhe deu, ela só caiu alguns segundos depois, a dentadura rachou, ela chorou muito e Dinoitinha resolveu assistir ao resto do campeonato, o pai bêbado podia partir pra cima dele também, vai saber, os outros meninos continuaram a assistir ao jogo, e estavam ansiosos pelo fim pois sabiam que no final do torneio Guile ia patrocinar uma festinha para todos, muito churrasco e cerveja de graça, maconha e até farinha para os melhores jogadores, o incentivo ao uso estava combinado, afinal a recém-inaugurada boca do Jardim Novo tinha que conquistar seus novos clientes.

As pernas magras e pequenas estavam doendo, o sol forte demais, o maço de rosas quase intacto, passou mais de uma hora para enrolar cada uma em papel-celofane, o lucro era cinco vezes o preço que pagou por todo o maço, a obrigação era entregar o dinheiro para sua mãe, tiraria o valor de outro maço e com certeza mais uma pequena quantia para jogar fliperama.

Farol fechado, carro parando, ultrapassou um pouco a faixa, Dinoitinha tentou mostrar o maço, o vidro fumê não lhe dava a certeza de alguém estar olhando, mas o vidro começou a abaixar, uma mulher olhou em seus olhos, brincos grandes e brilhantes, cabelo amarrado, faixa branca na testa, batom discreto, ele ofereceu uma flor — talvez para o namorado, moça? Ela respondeu que sim, puxou a bolsa que estava no outro banco, vasculhou mas não achou nota pequena, perguntou o preço — é só um real, moça, ela conferiu que não tinha menor que cinquenta, disse que deixasse para outra hora, Dinoitinha puxou uma rosa, quase um botão ainda, lhe entregou e falou — deixa disso, dá pra ele, a linda mulher ficou sem graça, pegou um cartão na bolsa e disse para o menino que se um dia precisasse podia ligar, qualquer coisa que quisesse, foi o que disse, ele pegou, não entendeu bem, mas pegou, o farol abriu.

4. Não dei minha lágrima pra ninguém

O já morto império soviético, há muito enterrado, deixou um legado para alguns compradores que continuam na guerra, um rifle de assalto AK-47, uma das melhores armas já construídas no seu país de origem, mais conhecida pelo nome de seu criador, Mikhail Timofeevich Kalashnikov, mas nas mãos de Modelo é somente um jeito de impor medo e, se precisar, matar mais facilmente os que ousam não pagar o que consomem, e já tinha alguns na lista, era só questão de tempo, sabia que era uma arma cara, mas também sabia que o negócio precisava de investimento, nada em que não se investe cresce, apesar de ter cursado somente até a sétima série, sabia muito bem que o jeito certo de ganhar dinheiro era usar o método do Estado, repressão e dependência.

Acorda com a luz do dia ardendo em seus olhos, toda manhã ele jura que vai tampar os vãos das telhas.
Paulo passa a mão no rosto e nota a barba por fazer, desde

pequeno não tinha sonhos, seu abrigo sempre foram os livros, as pálpebras pesadas e a insistência em ler de madrugada, sua avó nem brigava mais, porque o neto lhe lembrava o filho, que também lia muito.

Dona Lavinha levantava de madrugada, andava com pés de anjo e ia até a porta do quarto de Paulo, lá se encolhia toda e ficava a observar o neto, seu semblante naquele momento era indescritível, via de novo a chance de consertar o erro que acreditava ter cometido, sempre pensa no filho já falecido, agora com o neto a chance se reiniciara, para dona Lavinha, Deus era justo e nunca escrevia torto.

Paulo lia de madrugada, pois às sete da manhã ia para a metalúrgica, depois de um dia inteiro de trabalho, chegava em casa, mas não lia à tarde, sempre reclamava das músicas altas que os vizinhos escutavam todos os dias, ler Hermann Hesse ouvindo Zezé Di Camargo e Luciano ou terminar de ler *Enfermaria número 6* de Tchékhov escutando "Pense em mim", de Leandro e Leonardo, não era o seu sonho de vida, na pausa da leitura tentava escutar "Teu olhar", a voz grossa do cantor o acalmava e fazia o peito arder de saudade de Auxiliadora, mas o som era de potência muito fraca e a música dos vizinhos abafava os versos bem construídos.

Às vezes se sentava na calçada em frente à casa da dona Cida e ficava só observando, estava ali na cara de todos, um menino passava com uma moto Titã, os boatos começavam, julgamento imediato dos fofoqueiros, o menino devia estar roubando.

Ele notava os olhares, repudiava aquelas pessoas que tentavam até ler lábios para acompanhar conversas de terceiros, odiava e sabia que o motivo de todo seu ódio era que desde pequeno convivia com as conversas sobre seu pai, cada vizinho lhe contava uma versão da tragédia, mas ele preferia sempre acreditar na história de sua avó.

Paulo morava num lugar onde ninguém se respeitava, assim ele acreditava, pois via os moradores jogarem lixo no córrego e dias depois estarem apavorados tirando os móveis de casa, pois o córrego transbordava e acabava invadindo as casas, ao seu ver, a falta de respeito era com eles próprios, os pais bebendo o dia inteiro e jogando fora o que deveriam ser preciosos momentos de convivência com os filhos, então os pequenos ficavam brincando nos caça-níqueis, enquanto outros preferiam ficar dançando o já famoso forró do bar do Neco, todo dia era dia de festa e todo dia era dia de ver o álcool anestesiar homens, mulheres, idosos e até crianças, o sereno caía lentamente, o forró varava a madrugada, e o desgosto dominava de ponta a ponta uma viela, em todos uma dor de saudade, em todos a falta de algo que não sabiam bem o que era, em todos o fascínio da noite e o medo de chegar em casa e, sem sono, pensarem em suas vidas.
 Paulo enxergava o lugar assim, afinal estava cansado de chegar a um ponto de ônibus e logo lhe perguntarem pra onde ia, se estava trabalhando, se estava estudando, já sabia toda a rotina das perguntas, geralmente começavam falando do tempo, dizendo do calor que estava fazendo, da chuva que viria, do tempo louco que estava em São Paulo, ou reclamariam do transporte, muitos começavam por esse lado, falando do ônibus lotado, do absurdo da passagem, sempre surgia um longo papo de um único assunto, mas Paulo já estava vacinado e cortava o assunto logo no início, às vezes até fingia que esquecia as chaves, tendo assim que sair do ponto para ir buscar em casa, mas às vezes nem isso adiantava, pois ao retornar a pessoa o estava esperando para completar a conversa, sabia que para todos isso era uma coisa normal, mas para ele era o fim do mundo, tinha consciência de que vivia num lugar onde se você puxar papo e caminhar ao lado de uma moça a pergunta mais tarde fatalmente será:
— Tá comendo ela, né?

Ele odiava tudo isso, odiava viver naquele lugar, no mesmo local que puxou seu pai para a cova e fez sua mãe fugir com o patrão e o abandonar ainda criança, mas sabia que lá tinha um ritmo, e ele, outro, sabia que não devia entrar no ritmo do lugar e sim seguir o seu próprio.

Por hoje, Eliana decide que já chega, as horas demoraram demais a passar, certamente ele não voltará mais para casa nesse dia, já faz alguns que está fora, cinco dias, dessa vez Régis passou dos limites, mas não adiantaria dizer que não sentiria mais sua falta, não adiantaria dizer em algum momento de raiva que não o ama mais, Régis olharia em seus olhos e veria que ainda estava lá aquele grande querer bem, aos poucos ela se entregaria de novo, o abraçaria e choraria até ele beijá-la e pedir desculpas, dizer que estava trabalhando, que havia pegado uma carga, com certeza ele meteria a mão no bolso, mostraria um pacote de dinheiro e sorriria para ela.

Eliana olharia firmemente em seus olhos, sentiria neles a sensibilidade do marido, que ninguém mais conseguia notar, o peito de Eliana doía sempre, de saudade, de solidão, de ansiedade, a casa vivia escura, Ricardo, quando chegava da escola, ia direto para o chuveiro, jantava e depois brincava na sala durante pouco tempo, e sempre perguntava pelo pai antes de ir dormir, Eliana com muita calma explicava que o pai do pequeno viajava muito, e que essa viagem estava quase no fim, Ricardo pedia bênção e ia dormir.

Ela tomaria banho sozinha mais uma vez, tinha em sua mente a certeza de que o marido a estava traindo, Régis passava tantos dias fora e, quando retornava para casa, não a procurava mais, tomava banho, virava de costas para ela na cama e dormia, nunca mais Eliana havia tomado banho com a pessoa que mais amava no mundo, nunca mais haviam ficado quietinhos abraçados durante vários minutos, só dizendo coisas românticas e jurando amor eterno um para o outro, nunca mais Eliana havia feito qualquer coisa diferente, fazia mais de meses que não via suas irmãs, perdera o pouco de amigas que tinha, não saía mais para vê-las nem visitar ninguém.

A rotina de Eliana era sempre a mesma, ficava sentada no sofá, assistindo a toda a programação do seu canal preferido, vendo os casais felizes, vendo as paixões temporariamente divididas que logo se encontrariam, vendo as traições que nunca terminavam de forma trágica, vendo um mundo bem melhor que o seu.

Entre um comercial e outro, Eliana tateava o rosto, sentia que estava ficando doente, entre um comercial e outro, pegava o espelho e se olhava, os olhos fundos, as olheiras, o cabelo preto, o rosto branco, notava quão estranha estava se tornando, mas logo terminava o comercial e deixava o espelho de lado, toda vez que se via e pensava no que estava acontecendo em sua vida sentia um ódio, lhe batia uma vontade de quebrar tudo, mas nunca o fazia, olhava para o filho dormindo, via nele sua recompensa, via nele o motivo de suportar toda a ausência da pessoa que amava.

Eliana tinha muita vontade de viver a vida, mas sabia que estava presa a Régis, primeiro pelo amor e depois pelo medo, não chorava mais, tinha desistido há algum tempo, após tantas lágrimas decidiu que não as daria a mais ninguém, a vida na periferia para as mulheres sempre foi mais cruel, isso ela já sabia desde cedo, via sua mãe só nos deveres domésticos, e seu pai ia todos os dias para o bar, jogava bilhar e baralho, bebia sempre, caipirinha, Contini e de vez em quando bombeirinho, nos fins de semana ainda jogava bola, enquanto sua mãe sempre no lar, passando, cozinhando, lavando, varrendo, criando os filhos, presa na própria casa, as saídas que dava eram apenas para fazer a feira, para comprar leite e pão.

Eliana via que hoje se parecia muito com sua mãe, como ela se sentava no cantinho da cozinha quando tinha tempo e ficava bordando lindos panos de prato, que assim como sua mãe alvejava os panos delicadamente, riscava os traços e pintava um a um como se fossem quadros que pudessem representar todo o sentimento de uma geração, mexia em suas tintas de tecido, em seus pincéis, como se estivesse manipulando as coisas mais preciosas de todo o universo, e, para ela, no fundo, os panos, as cores, os casais felizes que pintava eram o único meio de fingir uma vida feliz e cheia de sonhos.

Aires acordou tarde, estava no horário de doze por trinta e seis já fazia duas semanas, fora o bico que fazia para garantir o pagamento de suas dívidas, entre elas o aluguel que pagava para sua tia, sabia que o preço estava alto para um quarto, mas também só tinha uma cama e uma cômoda no momento, e ainda tinha a vantagem da garagem incluída no preço, afinal precisava dela para guardar o Kadet, o carro foi parcelado e era um dos maiores pesos no orçamento, agradecia todos os dias por não ter casado, também no final das contas a decisão não foi sua, a ex-noiva num dia de cólera mandou ele se casar com o serviço, em vez disso começou a andar mais ainda com o agora amigo delegado Mendonça, o sonho de entrarem em um negócio grande que rendesse um bom dinheiro incluía no pacote uma boa casa e aí sim um bom casamento, colocou a farda no tanque e começou a esfregar, o sabão em pó estava quase no fim, enxaguou bem e colocou para secar atrás da geladeira, nunca estendeu a farda em um varal, sabia que se as pessoas dali descobrissem que era policial certamente começaria a sofrer as consequências, a casa de sua tia não ficava dentro da favela, mas próxima o suficiente para atrair problemas, e isso Aires não queria, queria os pacotes de dinheiro, não os problemas.

* * *

    Aquele dia Auxiliadora acordou preocupada, precisava antes de tudo passar num ginecologista, estava sentindo umas dores estranhas na barriga, perguntou à sua mãe se ela conhecia aquele tipo de doença, sua mãe, em vez de responder, perguntou se ela estava grávida, mas ela argumentou forte, tinha consciência de tudo nessa vida, e só estava namorando há seis meses, apesar de conhecer o Paulo há mais de dois anos, coração de mãe não se engana, mas não estava reconhecendo os sintomas que sua pequena menina dizia sentir, então resolveu acompanhar Auxiliadora até o posto de saúde mais próximo, tiraram a senha e esperaram a consulta acontecer dois meses depois.
    Sentia dor todas as vezes que voltava do emprego de doméstica, seu namorado iria acompanhá-la se não tivesse que trabalhar na metalúrgica, estava em época de demissões, e o trabalho de Paulo era cansativo, ela só queria que não fosse um homem, que quem a examinasse fosse uma mulher, morria de vergonha.
    Pernambucana, enfrentou de tudo na cidade grande, nunca facilitou para ninguém, era pedra noventa, dificilmente algum homem conseguia conversar com ela, estava sempre com a cara fechada, inibia só pelo olhar qualquer tentativa de paquera, nas festas a que raramente ia, nunca namorou firme, e Paulo foi o seu primeiro amor, certo que ele era um rapaz esforçado, não tinha nada, nem carro nem bens, mas tinha um apetite pra trabalhar que ela sempre admirou, não bebia como quase todos do bairro, e sempre estava bem acompanhado por um livro debaixo do braço, o motivo de não ter nada era muito bem explicado, jogava na contramão do que todos queriam no bairro, não desfilava de tênis novo nem se interessava por motos e coisas desse tipo, nunca soube o que era uma roupa de marca, seu sonho era bem simples, um terreno para construir sua futura casa.

Paulo era negro, sabia tudo sobre a história de seus ancestrais, conhecia de cor as histórias fantásticas de Zumbi, de Anastácia e era apaixonado pela rainha Nzinga, às vezes se imaginava contando a história dos verdadeiros heróis brasileiros para seus filhos, falaria da coragem e do talento de Clementina de Jesus, e contaria para os pequenos sobre todos os sofredores que ajudaram a construir tudo o que eles estavam vendo desde que nasceram, mostraria a história dos oprimidos que nunca se entregaram, e desmantelaria para os futuros filhos os mitos falsos dos opressores, os mesmos falsos heróis que matavam índios e negros e depois ganhavam estátuas espalhadas pela cidade.

Respeitava os orixás e, enquanto enfrentava aquela condução humilhante, pensava na sala, nos quartos, no banheiro, imaginava todos os detalhes de sua futura casa, também pensava em Auxiliadora, sua companheira, sua querida namorada que, em tão pouco tempo, já havia conquistado seu coração por completo, seis meses que pareciam seis anos, uma menina dessas, acreditava, nunca mais ele encontraria, trabalhadora, honesta, sincera e sem frescura, nunca pedia para sair, nunca cobrava nada e sempre que ele lhe dava um presente, por mais simples que fosse, guardava até o laço do papel de embrulho.

Seu pai aceitava o namoro em casa e às vezes os deixava sair, ele era um rapaz muito querido por todo o bairro, sempre estudando, se falassem de estudo e de educação, seu nome era citado como exemplo de boa conduta, quando falavam de bandidos e de como aquele lugar estava se entregando às drogas e ao álcool, não demorava a falarem de sua história, como jogou contra tudo, como estava lutando para um dia entrar na faculdade, como sua avó se empenhara em ajudar na sua formatura do colégio.

Enquanto isso, Hudson escolhia no cardápio o prato mais caro. Pele clara, olhos verdes, cabelo ralo e roupas leves, estava com muita fome, a reunião pela venda da cocaína havia sido estressante, principalmente quando o cliente pediu mais tempo para o próximo pagamento, mas o dinheiro já estava no carro, não sabia se mandaria seu pequeno para a Disney de novo ou se faria a vontade de sua esposa e iriam todos para a França, talvez os dois, o dinheiro era muito, e a reforma da última casa já estava finalizada, talvez quando voltasse das férias compraria uma agência de turismo, aí sim ficaria perto do prazer o tempo inteiro, pensou em chamar o gerente, em perguntar se o restaurante estaria à venda, a comida não demorou a chegar, comia depressa, a carne estava um pouco amarga, ao seu lado notou um menino de rua passando, o garoto trazia um maço de rosas nos braços, jurou para si mesmo não almoçar mais naquele lugar, só tinha dois seguranças na porta, mastigou com desgosto quando viu que passou outro moleque ao seu lado, Hudson pediu o melhor vinho e sabia como a venda do pó contribuía para todo aquele caos que ele sempre notava, mas pensava na cidade como uma grande selva onde ele era com certeza um dos predadores e assim se eximia da culpa, nunca teria vocação para ser a presa, também quem podia julgá-lo, o próprio distribuidor era um membro do Estado, devidamente votado e eleito, o seu papel era menor, fazer a pequena divisão dos setores, era uma questão de mercado, enquanto bebia o vinho, chegava à conclusão de que as drogas não eram o problema, o grande mal devia ser a loucura do ser humano, o celular tocou, precisava sair dali o mais breve possível, faltou coca numa delegacia da Zona Norte, o delegado fez nova encomenda.

5. Eu te amo, Márcia

Não fazia muito tempo, Celso tinha estudado naquela escola, quando foi expulso do colégio Yoshio não acreditou, mas havia se metido numa grande encrenca, era um garoto diferente, não gostava de jogar bola, não soltava pipa, a confusão na escola era motivada por sua forte personalidade, teimava em responder a todas as questões que os professores levantavam, isso não era difícil numa sala em que a maioria não se importava com nada que os mestres passavam, na verdade, todos os alunos fingiam estudar, os professores se esforçavam em ensinar, e em casa os pais pensavam que os filhos estavam ganhando um diploma que garantiria uma vida melhor.

Seguia sua rotina normalmente, fumava escondido no banheiro e arrumava briga toda hora, logo lhe deram o apelido de Celso Capeta, numa dessas brigas, espancou o irmão de um menino apelidado de Japonês, que mesmo antes da encrenca já sentia muita raiva de Celso e tinha como amigo o Rodnei, que, apesar de ser um bom aluno, também não gostava de Celso.

A expulsão não poderia ter outro motivo, era sexta-feira e as aulas terminariam mais cedo, no horário do intervalo, Celso desceu com um elástico nas mãos, Rodnei e Japonês passaram por ele e não acreditaram que até na hora do intervalo ele iria infernizar as pessoas, já era de lei, Celso pegava um papel, dobrava várias vezes e depois arremessava, então Japonês e Rodnei decidiram encher um saquinho de pipoca com água e atiraram-no em Celso, pegando bem no meio do rosto dele, molhando toda sua camisa, os dois começaram a rir e Celso se levantou, dirigindo-se a eles, que estavam ao lado das torneiras, e impulsivamente deu um soco no rosto do Japonês, Rodnei nem acreditou e, quando viu, tinha tomado um na barriga, Japonês já estava com o nariz sangrando quando Celso pegou-o pelo pescoço e enfiou sua cabeça na pia da escola, a pia vivia entupida por papéis higiênicos que os próprios alunos colocavam, ele começou a pressionar a cabeça do garoto contra o azulejo branco, dando assim uma visão macabra para quem chegava perto e tentava separar, a água empoçada na pia se misturava com o sangue que saía do nariz do garoto, se os professores tivessem demorado mais um minuto, Japonês teria morrido afogado em seu próprio sangue misturado à água, dessa maneira Celso foi expulso pela primeira vez.

Tomou a decisão que mais lhe parecia favorável logo após o ocorrido, falsificou a assinatura dos pais e resolveu não lhes contar o que havia acontecido, sabia que seu pai jamais o perdoaria e talvez até o impedisse de estudar, retirou seus documentos na secretaria, sempre mirado com o olhar temeroso dos funcionários que viram o ato de Celso.

Colhendo informações de colégio em colégio, pois tinha que fazer de tudo para não perder o ano, e algo lhe dizia que tudo iria mudar em uma escola nova, foi para o colégio Leopoldo procurar vaga, entre todos onde havia ido esse era mencionado como melhor, um colégio padrão, tratou de mascarar as anotações em sua ficha, o colégio realmente tinha um ensino acima dos outros e contava com um time de professores de primeira linha.

O rosto de Celso não refletia toda a decepção que sentia quando a vaga lhe foi negada, não aceitava o fato e tentava de todo jeito persuadir a diretora a lhe dar uma chance, mas não havia mesmo chances para ele, as vagas estavam esgotadas, a fama do colégio era tão grande quanto o número de alunos que tentavam entrar lá.

Uma das funcionárias do Leopoldo, que trabalhava na diretoria, vendo o desespero do menino, lhe disse que o Margarida Maria Alves era o único que tinha vagas, a funcionária ainda lhe ajudou mais, indicando que lá deveria procurar por Maria Helena e dizer que foi mandado pelo colégio Leopoldo, a escola ficava no parque Independência, a aproximadamente dois quilômetros do seu bairro, mas a distância não o fez desanimar.

Celso andou por todo o Jardim São Bento velho até chegar ao parque Independência, lá, duas ruas acima do posto Shell e um pouco mais acima da igreja católica que ele sempre avistava de cima da laje de sua casa, encontrou a escola, entrou, perguntou para um aluno que estava à sua frente onde se encontrava a supervisora Maria Helena, o aluno indicou o pátio como sendo o lugar que ela mais vigiava, e Celso a encontrou sentada perto da pequena lanchonete da escola.

Depois de conversar com a supervisora e de conseguir a vaga, se lembrou da frase que uma professora de português havia lhe dito, "a nossa arte é estudar".

Entrou na sala de aula calmamente e esse dia foi diferente, foi nesse dia que os anjos deram-lhe de beber, ele descobriu que tinha uma sede sem fim, antes não sabia, e só soube quando encontrou o que molharia seu coração, que tantos anos viveu seco, sem o carinho, sem a atenção e sem o que todo ser humano não pode deixar de viver, a experiência do amor.

Logo no primeiro dia de aula, Celso teve a visão mais bonita de toda a sua vida, ela chegou devagar, usava uma blusa branca social de mangas compridas, uma saia que vinha até os calcanhares e um colar prateado, tinha um corte de cabelo muito diferente de todas as meninas do colégio, cabelo curto e arredondado, mostrando a nuca de leve, loira, com sardas, e um sorriso vindo de algum seriado antigo de TV, ele arregalou os olhos e abriu a boca, ela estava vindo em sua direção e, quando já estava perto dele, colocou a mão em seu ombro e perguntou.

— Você é aluno novo?

Ele não conseguiu responder, apenas balançou a cabeça concordando e ela falou mais uma vez.

— Então seja bem-vindo.

Esses versos mudariam toda a sua existência, foi nesse dia que conheceu Márcia.

Alguns meses depois, ela já se tornara sua melhor amiga, falavam sem parar um minuto, os outros alunos pediam silêncio o tempo todo, quando conversavam ele era o melhor de todos os homens, os sorrisos e as gargalhadas de Márcia inflamavam as histórias que ele contava e que lhe tocavam a alma, ele descobriu entre pequenos detalhes daquelas conversas o que significava a palavra apaixonado.

Tudo era motivo para se guardar, a cada momento que passavam juntos, ele tentava criar uma lembrança, sabia que as boas coisas não duram muito, então sempre pegava uma tampa de caneta, um pedaço de borracha, qualquer objeto que ela pudesse dispor, até folhas de caderno que ela arrancava Celso disfarçadamente pegava do lixo e guardava, em casa sabia que arquivaria numa caixa de sapatos que só tinha coisas de sua grande paixão, uma vez seu pai tentou abrir a caixa, perguntando no que ele tanto mexia ali, Celso voou na caixa e a pegou com tamanha ignorância que seu pai não o reconheceu como o pequeno menino que criara com tanto carinho.

Após esse fato, o relacionamento dos dois piorou e eles quase já não se falavam em casa, somente o necessário.

No fim de agosto, Márcia começou a faltar, Celso ficava preocupado, mas sempre inventava na sua cabeça que ela devia estar cuidando do pai, que tinha enfrentado algumas dificuldades de saúde, mas setembro chegou e Márcia não foi mais ao colégio, ele sabia que andava mais que ela para chegar lá, só não sabia onde ela morava.

Ficou o resto do ano sem vê-la, a caixa de lembranças era sua fortaleza da solidão, revia os objetos da amiga e lia todos os versos que ela lhe escreveu durante o tempo em que eram só os dois no mundo, a convivência com as outras pessoas a cada dia se tornava mais difícil, saía de casa somente para ir à escola e comprar maconha, já não fumava mais cigarros.

Quando Celso teve certeza de que não veria mais sua amada, se tornou outra pessoa, ou várias pessoas, seu comportamento não era regular, e suas atitudes eram tão diferentes que não caberiam numa só pessoa, tratava os outros como obrigação, só os suportava, ia todos os dias à escola, frequentava todas as aulas, mas não gravava mais nada que seus professores falavam nelas, até o fim do ano teve o desgosto ao seu lado, mas como a vida não é só desvantagem, um dia um rapaz se aproximou e lhe perguntou se era mesmo verdade o grau de carinho que sentia por Márcia, Celso afirmou o sentimento que nutria pela menina e disse que ela foi a coisa mais fantástica que já aconteceu com ele.

Com a afirmativa, o rapaz lhe disse que sabia onde ela morava, afinal havia sido muito amigo de Marilene, irmã de Márcia, os olhos de Celso brilharam naquele momento e continuaram a brilhar durante toda a aula, ficou parado, feito uma estátua, não mexia um músculo sequer, a saliva era engolida, as pálpebras lhe pesavam mais do que de costume, seus dedos queriam tremer, mas em sua cabeça só via os detalhes daquela que seria um dia sua companheira, não podia acreditar que isso estava acontecendo, finalmente iria reencontrar sua guerreira.

O fim da aula chegou, o sinal disparou, e Celso e o rapaz que mudaria seu destino se encontraram no portão, o rapaz andava lentamente e isso o deixava cada vez mais nervoso, cutucava os dedos o tempo inteiro com a unha, e o direito já estava sangrando, Celso pensou em dizer que se o rapaz quisesse o levaria em suas costas, mas desistiu de tentar apressá-lo, o rapaz poderia se irritar e desistir da ideia de levá-lo à casa de Márcia.

 Subiu todo o morro do S, virou três ruas à direita e desceu por uma estreita viela, o rapaz indicou a casa e se virou, Celso nem olhou nem agradeceu, somente se dirigiu ao portão e ficou parado por minutos, criou coragem e chamou, olhava atentamente para a casa que ficava bem abaixo do nível da rua, subiu um senhor loiro com um belo aspecto:

— Sim?

Celso observou o senhor olhando firmemente em seus olhos, e notou que os traços lhe garantiam um grau de parentesco com sua amada, hesitou em falar qualquer coisa, mas resolveu não perder a maior oportunidade de sua vida.

— Eu queria falar com a Márcia!

O senhor que atendera ao portão também olhou fixo nos olhos de Celso e perguntou:

— Conhece ela de onde?

Celso pensou em responder que ela era sua obsessão, mas controlou toda a empolgação naquele momento e só respondeu calmamente:

— Eu sou um amigo da escola.

O senhor respondeu depressa:

— Ah!, então tá, ela saiu, foi para o shopping, quer deixar recado?

Celso disse que não desejava deixar recado, mas respondeu isso não porque queria, mas sim para terminar logo com aquele diálogo estranho que o incomodava a cada palavra, achou o senhor muito parecido com Márcia, mas o jeito que o tratou o levou a se perguntar se não tinha acontecido algo à pequena, afinal a desconfiança não desgrudou em nenhum momento do tom das respostas daquele senhor.

O pai de Márcia escutando que Celso não queria deixar recado se despediu e desceu as escadas, Celso ficou parado em frente ao portão, e então escutou uma voz.

— Não acredito!

Esse "não acredito" era dela, como ficou feliz, Márcia estava linda, toda de preto, Celso a abraçou e ela o agarrou firmemente, sua irmã estava ao lado e ele nem a notou por minutos, depois pegou em sua mão para a cumprimentar.

— Acabamos de descer do ônibus, nem acreditei que você estava aqui na rua.

Conversaram por horas ali mesmo, e Celso queria lhe contar tudo o que aconteceu com ele depois que não a viu mais, mas o tempo ficou curto, e as horas pareciam minutos para os dois quando se juntavam, deu tempo de Márcia lhe contar a tentativa de estupro que uma amiga que sempre vinha da escola pelo mesmo caminho havia sofrido, e por isso a desistência dela de continuar estudando.

Celso ficou de voltar no outro dia e prometeu trazer os objetos que Márcia havia lhe dado, as canetas, os cartões, tudo que ele guardara de lembrança, também prometeu trazer umas poesias que tinha feito no tempo que não a via, depois da promessa olhou para Márcia e viu que ela estava radiante, ou pelo menos os olhos daquele apaixonado a viam desse jeito, e lhe deu um grande abraço, quase esqueceu de Marilene e então se virou para também abraçá-la, segundos depois estava voltando para casa.

No outro dia, se levantou da cama mais cedo do que de costume, fez a higiene, beijou sua mãe do lado direito do rosto, o que causou estranhamento, pois o filho só vivia de mau humor, e não tinha o costume de beijá-la, Celso saiu pela rua, e disse bom dia a todas as pessoas que passavam, embora as respostas fossem poucas, ou beirassem balbucios mal compreendidos, mesmo assim estava feliz, naquele dia faria o que há tempos planejava, veria Márcia, andava com o peito estufado, e até o céu era mais azul, estava no portão dela novamente, as aulas que assistiu até dar o sinal de saída foram uma eternidade para Celso, chamou pelo nome que mais adorava nesse planeta, e Márcia olhou pela janela indicando que o portão estava aberto, ele abriu o trinco rapidamente e começou a descer as escadas.

Cumprimentou seu pai, que era o senhor que o atendera no dia anterior, e também conheceu a mãe da sua amada, eram ótimas pessoas e Celso se sentiu à vontade para falar de seus sonhos.

Apesar de o pai de Márcia o estar tratando muito bem, parecia meio debilitado, suas mãos tremiam um pouco, e a família no geral sempre prestava muita atenção a cada passo daquele gentil senhor, que, apesar de parecer franzino e delicado, transmitia nos olhos e no sorriso uma energia muito forte, uma coisa totalmente positiva, nas duas vezes que Celso o vira ele estava com as mesmas roupas, uma camisa social branca e uma calça azul-marinho, usava ainda chinelos de couro.

O papo chegou ao fim, os olhos de todos se voltaram para a televisão, Celso odiava TV, odiava os artistas, odiava tudo que roubasse aqueles momentos que para ele eram sonhos em forma de realidade, não teve mais jeito de continuar a conversa e decidiu ir embora, Márcia já havia saído enquanto ele conversava com seu pai umas três vezes, e depois voltava, Celso fingia não notar a ausência de sua amada, mas ficava muito nervoso com os atos dela, parecia que ela o estava esnobando, Celso subiu as escadas acompanhado por Márcia, se despediu dela com um beijo no rosto, e mais uma vez voltou para casa com a vontade de beijar seus lábios, a verdade é que ele a via como um ser superior, sendo assim ficava mais difícil, a cada vez que se viam, Celso tentar algo com ela.

Chegou em casa, abriu a geladeira, viu garrafas de água por todos os lados, panelas com arroz e feijão, e no canto esquerdo da porta uma garrafa de suco de laranja, abriu o suco e começou a beber, bebeu metade e colocou o resto na geladeira, foi para o quarto, retirou os sapatos e sentiu um grande alívio nos dedos, o sapato era um número menor do que ele usava, mas presente não se recusa, e a patroa de sua mãe era uma pessoa muito generosa, Celso sempre ganhava roupas e sapatos que não serviam mais para os filhos dela.

Pousou o rosto no travesseiro, a face tinha um leve ar de felicidade, encaixou a mão por baixo da cabeça, encolheu as pernas, puxou o cobertor com a outra mão até a altura da terceira costela, fechou os olhos e dormiu.

Nos dias que se seguiram, Celso ia todas as noites à casa de Márcia, mas não a encontrava mais, após semanas andando em vão, desistiu, foi obrigado a procurar emprego, a pressão dentro de casa estava indo longe demais, até na hora de pôr a comida no prato se sentia mal, saiu durante dias e nada, sua mãe não queria mais lhe dar a condução, estava passando por baixo das catracas de ônibus, continuou tentando, mas não conseguia nem preencher o questionário, pois a primeira pergunta era sobre a experiência, chegava em casa desanimado, deixava a pasta com os currículos e ia para a rua, lá encontrava com os amigos e, entre um baseado e outro, se lembrava de Márcia.

A pressão em casa era grande e insuportável, seu pai havia dado um prazo para ele ajudar a família com o dinheiro das compras de casa, Celso finalmente teve que encarar a realidade e tomar uma decisão, após a conversa em que seu pai lhe deu uma semana para arrumar um serviço, tentou argumentar e explicar ao pai que havia procurado emprego de tudo que era coisa, que várias foram suas decepções e que até para vaga de faxineiro havia concorrido e não tinha conseguido, seu pai parecia não acreditar, Celso falou mais por algum tempo e depois se retirou, foi para seu quarto, antes só descia pra almoçar e jantar, agora nem mais isso fazia, sabia que sua mãe comentava com toda a rua que o filho estava virando um vagabundo.

Celso acordou cedo naquela manhã de quinta-feira, decidiu agir, foi para o centro da cidade, fez duas saidinhas de bancos, em uma esperou um senhor de idade sacar o dinheiro e o seguiu, depois o empurrou enfiando a mão em seu bolso e pegando o pacote de dinheiro, na outra foi mais fácil ainda, a bolsa da mulher não deu trabalho nenhum em ser puxada, desse dia em diante saía sempre cedo, voltava tarde e dizia para os pais que estava fazendo um bico num escritório da rua Direita.

Numa dessas investidas, estava correndo quando viu a irmã da Márcia na porta de uma loja feminina, olhou para trás e viu que a vítima o tinha perdido de vista, a cumprimentou e ela lhe disse que sua irmã estava frequentando uma igreja, ele fingiu interesse pela religião e anotou o nome do bairro e da igreja, à noite pegou algumas roupas sociais velhas e as vestiu, foi andando até o parque Independência e de lá andou mais uns dois quilômetros até achar a igreja, quando entrou, o culto já estava acontecendo, lá era bem simples, bancos de madeira feitos artesanalmente, pintados certamente pelos mesmos congregados, ficou no culto e avistou-a de longe, estava linda em um vestido rosa, deslumbrante, o culto acabou e ela se virou e o viu, abraçou-o e perguntou o que ele estava fazendo ali, disse que era para vê-la, aquele dia caminharam até sua casa, e foi um dia de grande prazer para Celso, pois foram de mãos dadas, como namorados, como dois apaixonados, embora ele soubesse que esse sentimento certamente era só de sua parte.

Depois desse dia, Celso ia à igreja toda semana, fazia toda aquela caminhada, enquanto andava esquecia o sufoco que passava para ganhar a vida, um dia chegou um pouco atrasado ao culto e não a viu, perguntou por ela e lhe deram a notícia de que Márcia havia mudado de igreja, ficou triste pensando que ia perdê-la novamente, e foi o que aconteceu, nunca encontrava ninguém na casa de sua grande paixão, a irmã dela o atendia constantemente e sempre lhe dava a mesma resposta, que Márcia não estava, na oitava vez que foi à casa dela, resolveu lhe deixar um bilhete.

"Querida amiga, espero que venha a minha casa, você saiu da igreja e a gente acabou desencontrando, faz assim, meu endereço está logo abaixo, vou ficar esperando você num domingo desses, até lá, seu eterno amigo, Celso", Marilene, a irmã de Márcia, pegou o bilhete e prometeu entregá-lo, Celso por fim sossegaria, esperaria sua amada num domingo que certamente seria de muito sol.

A partir daquele dia, todo sábado ele dava uma geral no quarto, lavava o chão e colocava uma fita que tinha somente uma música, a voz de Chico César ecoava por toda a casa, Celso continuava a limpeza até o quarto ficar impecável, quando chegava o domingo, se sentava na cama e ficava esperando sua amada, Celso ficou nessa rotina por seis meses e, finalmente, caiu em si e desistiu da visita.

Continuou fazendo os pequenos assaltos, e agora já pensava em roubar algo maior, começou a ver o movimento de algumas drogarias do centro mesmo, e um dia quando estava voltando para casa após uma saidinha bem realizada encontrou com ela no ônibus, não acreditou, e caminhou atrás dela e depois a pegou pelo braço, Márcia no começo se assustou, mas depois o reconheceu, começou a falar de sua vida, e Celso da sua, ela não imaginava quanto ele pensava nela com o seu coração e ficava lhe perguntando se ele estava casado, antes de Celso responder, Márcia lhe disse que iria casar em breve com um membro de sua igreja, Celso despistou bem sua ira e pegou a localização da igreja prometendo fazer uma visita, ela lhe deu um beijo no rosto e se despediram, Celso era até cobiçado por um monte de meninas, mas não via nada nelas, pareciam todas ocas por dentro, o que viu em Márcia nunca mais se repetiu em ninguém.

Reservou um sábado para ir à igreja que ela frequentava, era uma igreja batista, chegou lá, olhou todos sentados, a viu de longe abraçada com um rapaz negro, sentiu uma pontada no coração e foi embora, achou que aquele era o fim, tentou convencer a si mesmo, mas nunca a esqueceu.

6. Lembra a última vez em que você foi feliz?

De Manaus para São Paulo, oito dias de viagem, o vizinho de poltrona comeu requeijão de búfala, bebeu o tempo inteiro, não viu as casas solitárias nas montanhas, não viu os gados nos campos, não viu as árvores que um dia ele tanto admirou, o ônibus saía fora das paradas estratégicas pois era só peão que estava ali dentro, trabalhadores de obras que não tinham dinheiro, o ônibus parou aquela manhã num bar, nenhum deles se alimentou, em vez disso beberam quase tudo que tinha no bar, na hora de pagar a conta a discussão começou, não demorou muito e virou pancadaria, chamaram a polícia, Neco se escondeu no banheiro, estava bêbado, mas não era otário, sabia que a polícia ia bater em todo mundo ali, a situação estava fora de controle, até o motorista havia apanhado, os primeiros policiais chegaram, deram voz de prisão, voou pinga na farda do tenente, era uma situação que os pobres trabalhadores nunca imaginaram, uma pequena discussão que se transformou em briga e agora isso, estavam enquadrados pela lei.

O tenente tentou tirar a mancha de pinga da farda, mas o

cheiro era forte, se irritou, ordenou que todo mundo fosse preso, queria os documentos de todos, o ônibus se tornou suspeita de furto na hora, tapa na cara, fila indiana, registro geral na mão, olhar baixo senão é soco no estômago, quatro PMs mal remunerados colocaram terror em mais de quarenta trabalhadores, Neco saiu do banheiro lentamente, entrou no final da fila indiana, rezando para que quando chegasse sua vez eles já estivessem cansados de bater.

Naquela noite mesmo foram dispensados e três dias depois chegaram ao alojamento, um mês de obra depois, se tornou humanamente impossível viver ali, a toda hora da madrugada alguém acendia a luz, um era para ir ao banheiro, o outro era pra acender um cigarro, outro queria ver a foto dos filhos, enquanto as lágrimas lhe brotavam dos olhos.

Neco passou por tudo isso, amou, viajou, perdeu e pouco ganhou, tinha companheiros temporários e amores imaginários, sofreu, viajou, trabalhou, e agora estava melhor, montou seu próprio comércio e, embora tenha saudades da sua terra natal, como aliás todos os seus fregueses, e tenha deixado o lugar onde sua mãe lhe colocava pacientemente a comida na boca quando ainda era pequeno, e tenha saudades do riacho gelado, do caju pego direto do pé, da companhia do gado, Neco hoje perante seus amigos é um vencedor, ele tem um bar e grandes amigos, como Nego Duda.

Já fazia dois dias que Nego Duda havia saído, seu pai encarava a garrafa de cachaça que às nove horas da manhã já estava pela metade, um menino que ele nunca havia visto veio chamá-lo, disse que estavam correndo boatos na rua que o filho do velho havia sido baleado, mas o menino não sabia dizer onde, o pai pegou o sapato, calçou, pegou o filho mais novo, deixou na casa de uma vizinha e foi atrás de mais notícias, no meio do caminho queria não ter deixado Nego Duda sair naquela manhã de sábado, estava um clima estranho naquele dia, pensou em parar o filho, viu a fome dentro de cada olho e disse boa sorte.

Nego Duda saiu às oito horas da manhã, havia passado a mão na cabeça do Negão, que já não tinha forças nem pra se levantar, o cachorro só lambeu sua mão e abaixou o focinho, o pessoal da padaria contou para seu pai que Nego Duda e um amigo pediram dois copos de café naquele dia, eles deram, Nego Duda estava terrivelmente magro e sinistro e ninguém mais conseguia ver seus olhos, o pai de Nego estremeceu e permaneceu em frente ao bar durante uma hora em estado de choque, não acreditou no que disseram, seu filho estava morto no escadão, tinha que ir lá conferir, mas não conseguia se mexer.

Negão uivava alto e, a todo momento, o irmãozinho de Nego Duda brincava com uma cápsula de 9 mm que encontrou no quintal da vizinha, ela aceitou olhar o pequeno, mas tinha muito trabalho, não havia terminado de limpar a casa, e se o marido chegasse do serviço e visse alguma sujeira, perguntaria o que ela estava fazendo ali o dia inteiro e com certeza bateria nela novamente, o pequeno ficou no quintal, e jogava a cápsula na parede e gritava alto: bum!, os boatos corriam como sempre, diziam que era acerto de drogas, outros que era por causa de mulher, e outros até afirmavam que havia sido a Rota.

Régis tinha que resolver aquela parada, Adilsão já estava abusando na favela, com essa já eram duas as vezes que ele matava inocente, o último era um menino de treze anos, estava curtindo samba lá no Zona de Perigo, como era o apelido do lava-rápido que virava ponto de encontro no fim de semana.

Segundo um amigo de Régis, o menino estava sossegado, na dele, curtindo e tomando cerveja, Adilsão não foi com a cara dele e disparou, mandou bala, a favela era só reclamação, Régis sabia que um maluco desse desgovernado era questão de tempo pra aprontar com alguém conhecido e considerado, além do mais atrapalhava a paz na favela, não prestava chamar a atenção que nem o Adilsão estava fazendo.

Já era hora de fazer alguma coisa, e Régis usaria as duas mortes para também se vingar, afinal suspeitava que havia sido Adilsão a delatar a fita que fizeram no banco para Modelo, Adilsão havia vendido duas armas para Celso Capeta, que deixou algumas brechas na hora de explicar para que precisava das armas, algum tempo depois Nego Duda veio e confirmou que Adilsão estava conversando com Modelo.

Régis observava os vários barracos, cada um com uma lâmpada em frente à porta, e começou a andar pelas vielas, a favela estava sinistra aquele dia, o sereno caía forte, as madeiras estavam umedecidas, na viela 3 estava tudo escuro, ele sabia com certeza que Adilsão havia quebrado as lâmpadas daquela viela, o bicho era experiente, passou pela ponte de madeira que divide mais duas vielas, sabia que a favela era um silêncio só, mas também sabia que era só dar um tiro que chovia gente, igual barata no calor, então foi o que fez, rumou para o meio da viela e puxou a 9 mm, disparou oito tiros para o alto e ficou esperando.

Não demorou muito e se ouviu a voz de Adilsão perguntando o que estava pegando, Régis falou que queria trocar uma ideia, Adilsão disse que estava saindo e que iria trocar uma ideia mesmo.

— Então, irmão, chega mais!
— Pra que os tiro, truta, tá ficando louco?
— Né nessas não, a gente nunca teve desentendimento, só que o barato tá ficando louco, ó!

— O que pega?

Nessa hora os dois estavam com pistolas na mão, o diálogo ia sendo feito e eles iam se aproximando.

— Eu que pergunto, Adilsão, você tá matando mais que a Rota.

— Pega nada não, jão! O barato é pessoal, parei por aí, o barato agora é dinheiro.

— Então, se o barato é dinheiro, não quero mais ver os maluco conversando água sobre você.

— Cada um fala e acredita no que quer, irmão, nunca tive quizumba com você, mas aqui é homi, nós troca ideia ou troca outra coisa.

— Aí você tem que ficar na boa, vim na ideia, não vim?

— Certo... certo, então tá falado, você passa, eu te cumprimento e você me cumprimenta, sem crocô, ninguém tem que comprar nada de ninguém.

— Num é assim, jão! Se vim aqui foi pelos moradô, mó comentário com seu nome, os trabalhadores precisam ficar em paz.

— Aí, Régis, sempre te considerei, tá ligado, agora fazê trampo de polícia é foda, isso que cê veio falar é ideia de polícia, vou pro meu mocó, falou.

— Firmeza, então, bandidão!

A conversa terminou de um jeito que ambos não queriam, mas Régis sabia que Adilsão era arrogante demais e que uma hora um ou outro ia subir, por isso voltou pro bar e mandou chamar Celso Capeta e Aninha, que não demoraram a chegar e o plano foi bolado.

Aninha chegou lá pelas onze horas na casa de Adilsão, como sempre ele estava dormindo, ela chamou sua mãe e ambas foram dar uma volta, Aninha começou um papo que no começo dona Laura não entendeu, ela nunca tinha ouvido a Aninha falando de filhos, casa e coisas do tipo, mas dona Laura relevou e continuou ouvindo, ambas se sentaram perto da padaria, Aninha continuava a tagarelar sem parar até que dona Laura lhe pediu para parar de falar e lhe disse com uma voz calma.

— Minha filha, eu sei que você me tirou de casa por um motivo, eu tô cansada dessa vida, não se preocupe, eu sei o que você tá fazendo...

— Dona Laura...

— Não me interrompa, filha, eu não sou boba, meu filho tá aprontando demais, hoje talvez as noites de briga, de bebedeira e drogas podem ter um fim.

Aninha olhou para os olhos daquela mãe, seus olhares se cruzaram, se abraçaram, mas somente uma chorou.

Régis bateu na porta, Adilsão se assustou com a brutalidade das batidas e pegou a .40 que estava próxima à sua cama, entre os discos de vinil de samba, foi quando escutou a voz de Celso Capeta na janela pedindo para conversar, ele sentiu que não era conversa o que queria e começou a efetuar os disparos em todas as direções do barraco, entre um tiro e outro se ouvia a voz de Régis lá fora.

— Agora vamo derrubar até o Satanás!

Não demorou alguns minutos e Adilsão caiu baleado, Celso Capeta e Régis invadiram o barraco e o dominaram, o arrastaram pra fora, colocaram dentro da Blazer que pegaram emprestada com um amigo do Mágico e partiram em alta velocidade.

José Antônio não aguentava mais discutir, resolveu ir buscar o peixe que tanto Juliana queria comer, juntou o resto de massa, lavou a colher de pedreiro, colocou-a na caixa de ferramentas e foi para a peixaria.

No começo da caminhada, passou na locadora, tinha vontade de assistir a um filme bom, alugou *Milionário e José Rico*, queria saber como era a história dos dois antes do sucesso, como Juliana também gostava de música sertaneja de raiz, o mais difícil seria assistir ao filme, já que os filhos não paravam quietos.

José Antônio caminhava vagarosamente segurando a sacola com a fita do filme, ia beirando o córrego, o mato predominava por todo o extenso caminho, andou cerca de dez minutos até passar pelo bar do Neco, nele viu o famoso bando, Lúcio Fé, Aninha, Celso Capeta e o que ele cumprimentava sempre, por achar um cara mais justo, o Régis.

Mas o sentimento bom que José Antônio nutria por Régis não era gratuito, se devia ao fato de ele ter matado Adilsão, que num dia de chuva havia roubado todo o seu pagamento, contrariando assim uma certa lei que a favela tinha de respeito mútuo para com os moradores, José Antônio achava honroso um bandido como Régis e seus amigos ali sempre procurarem dinheiro do lado de fora da periferia, pelo menos roubavam de quem tinha.

José Antônio pedia perdão a Cristo por seus pensamentos, mas os reafirmava, afinal tirar de quem não tem o mínimo é covardia que um tipo como Adilsão fazia e por isso merecia pagar, ele se policiava, tentava memorizar Jesus perdoando seus inimigos e agindo com benevolência, mas em poucos segundos voltava a julgar seus inimigos da pior forma possível, continuou divagando e andando, e não notou Paulo, que se aproximava, José levou um tremendo susto quando ele colocou a mão no seu ombro.

— Caramba, Paulo, quer me matar?

— Desculpa, José, é que pensei que o amigo estava me vendo chegar ao seu lado.

— Que nada, Paulo, e Auxiliadora, como está?

— Está bem, tá lá na casa dela, passou mal no serviço e voltou para casa.

— Essa menina vale ouro mesmo, a Juliana não quer nada com nada, rapaz, nem ir na igreja comigo ela quer.

— Mas que nada, todo mundo tem um dom, e aquele pudim que ela faz, o que é aquilo, hein, uma maravilha.

— Nisso cê tem razão, Paulo, ela cozinha muito bem mesmo, o mal dela é num saber fazer bolo, mas no resto ela é boa.

— Tá indo aonde, José?

— Tô indo lá na peixaria perto da feira de domingo, pra vê se acho sardinha, a Juliana inventou que quer fazer sardinha hoje.

— E por que você não manda os filhos irem?

— Porque ela quase num deixa eles saírem de casa sozinhos.

— Ochê!

— Por causa do Datena.

— Datena?

— É aquele do *Cidade Alerta*.

— E o que tem o Datena com seus filhos?

— Ah, ele fica lá com aquele alarme todo, as muié acredita, fica tudo apavorada, pior é aquele helicóptero lá, o caça num sei o quê.

— É, esses caras ganham muito dinheiro para fazer isso.

— Pra isso o quê, Paulo?

— Pra apavorar as pessoas, pra elas procurarem segurança, pra gastarem dinheiro.

— É, acho que é isso mesmo, também acho que é pra nós ter medo e num querer sair de casa mais e ficar vendo os programas deles o dia inteiro, só Deus mesmo pra trazer nosso alívio.

— É... olha quem tá passando ali.

— É o Dinoitinha, né?

— Menino gente fina.

— Cê num ficou sabendo não, Paulo?

— Sabendo o quê?

— Que tão dizendo aí que ele tá entrando nuns roubos.
— Não fiquei sabendo ainda não, eu não gosto muito dessas conversas.
— Dizem que ele e outro menino fizeram uma fita num cobrador desses da Jurema.
— Nossa, rapaz, o menino tão novo, hein, e o pai dele, apesar de beber, é tão honesto aquele homem.
— Pois é, só que esses menino novo tão assim, tão tudo na doidera, num qué pegá no batente não, Paulo, o negócio deles é dinheiro fácil.
— É, rapaz, pegar um torno aí ninguém quer, pegar doze horas numa metalúrgica que nem eu já fiz muito, ninguém pensa.
— Fazê o quê, por isso morre tudo cedo, eu torço pra Deus dá redenção.
— Eu acho que muitos vão se acertando também, já vi muitos voltarem a trabalhar, os menino são novos.
— Mas acaba morrendo tudo, Paulo, num fica vivo muito tempo não, os próprios parceiros mata, essa raça aí mata um ao outro.
— Pena, a vida é uma coisa tão boa se souber ser vivida.

Estavam já perto do centro comercial onde iriam comprar o que desejavam, e estavam apontando para o Dinoitinha, que tinha entre uma das suas primeiras leis de sobrevivência jamais apontar para não ser apontado, o pequeno havia vendido rosas durante a noite, sabia que o boato sobre seu nome rodava já há alguns dias, mas nunca teve coragem de pegar nada dos outros, entrou numa viela próxima à casa de aves e continuou caminhando até chegar ao barraco de sua avó, lá Dinoitinha deixou a sacola que continha dois litros de leite e oito pãezinhos, dona Vera, a avó de Dinoitinha, o chamou na cama, ele se aproximou, ela o puxou pelo braço e com os lábios já tão desgastados pela idade beijou seu rosto e disse baixinho, quase sussurrando:

— Você é o menino mais lindo da vovó.

Dinoitinha deu um beijo na pele negra e enrugada de dona Vera, e fez um gesto com a mão que iria sair, pegou a colcha e encobriu a delicada senhora, antes de sair, deu uma olhada pela casa, as madeiras de vários tamanhos que formavam aquele barraco já estavam velhas e muitas estavam apodrecidas, os raios do sol entravam por todo o barraco, iluminando a cama de dona Vera, dando um ar de misticismo em todo o ambiente, a colcha de retalhos que cobria a senhora tinha pedaços de tecidos de todas as cores, o colchão sem forro, o penico embaixo da cama, o cheiro forte de urina e fezes, Dinoitinha olhava por todo o barraco, abriu a única janela, o sol entrou, clareou o chão de terra batida, clareou o rádio que tocava uma velha canção de um músico há muito falecido, as telhas que durante toda a infância de Dinoitinha eram brancas agora estavam mofadas, com uma sombria tonalidade verde, os fios que passavam por todo o teto tinham poeira sobre poeira, e talvez isso contribuísse para a insistência da doença que proliferava no corpo de dona Vera.

Dinoitinha saiu do barraco com os olhos cheios de lágrimas, não podia mais conter tanta dor, lembrou todo o esforço de sua avó para mudar de vida, lembrou as sacolas cheias que ela carregou durante anos, sacolas cheias de roupas para passar, Dinoitinha chorava pela lembrança que tinha há anos, a marca do ferro de passar roupa que sua avó tinha na barriga, marca deixada por um acidente de trabalho, a frase que a patroa disse à sua avó, obrigando o pequeno a ficar sozinho mais algumas horas, a hora passava e dona Vera não chegava, o domingo tomado pela ameaça de que se ela não fosse trabalhar no outro dia iria perder o bico, o marido daquela patroa tinha que ir a um importante jantar de negócios e não poderia ficar sem o terno impecável, perfeitamente passado e engomado.

* * *

Aninha acordou por volta das dez horas da manhã, estava meio enjoada, na noite anterior havia bebido muita cerveja com Régis e Celso Capeta, ficaram a madrugada inteira conversando sobre o assalto a banco que o Mágico estava organizando, para que, junto com Lúcio Fé e o Neguinho da Mancha na Mão, pudessem fazer.

Estava com uma sensação estranha e, após escovar os dentes, molhou as mãos e passou pelo cabelo curto, experimentou o frescor, resolveu molhar o rosto, o alívio passou rápido e ela, olhando fixamente no espelho, lembrava-se dos banhos de chuva tão proibidos por sua mãe.

Abriu a gaveta que ficava perto de sua cama, a cômoda estava velha, mas ainda servia para guardar o revólver e o dinheiro que ela ganhou numa fita na semana passada, o roubo foi rápido e Aninha não acreditou quando Lúcio Fé dividiu o dinheiro de uma pequena clínica médica que ela e ele haviam roubado, o dinheiro era muito e Aninha ouviu a explicação: "Nesse mundo de hoje o que dá dinheiro é religião e doença".

Aninha pegou algumas notas de cinquenta, olhou no espelho, estava até bem-arrumada, passou o pente na cabeça rapidamente, pegou a chave da porta em cima da cama, abriu, saiu, enquanto fechava a porta olhava para os lados, o corredor do hotel não era muito comprido, mas ela não gostava da quietude do lugar, desceu, deixou a chave com a recepcionista e resolveu ir a Santo Amaro, lugar que era considerado o ponto central de comércios, lá se encontrava todo tipo de coisa.

Ao descer do ônibus, Aninha foi direto para uma loja de roupas, passou pelas dezenas de vendedores ambulantes que ganhavam sua sobrevivência nas ruas e entrou direto na primeira loja feminina que viu, olhou várias roupas e escolheu um vestido azul, a vendedora lhe trouxe o mesmo modelo em várias cores, mas Aninha nem experimentou, era decidida em tudo o que fazia e gostou mesmo foi do azul, viu pelo tamanho que o comprimento chegava até os joelhos e já sabia que estava bom, a vendedora levou o vestido para embrulhar, mas antes deu mais uma olhada na moça que se vestia como um homem e, apesar de ter um rosto pálido, era bonita.

Aninha pegou a sacola e foi tomar um lanche no bar próximo ao ponto, desde que havia mudado para São Paulo, sempre que ia a Santo Amaro, nunca comeu em outro bar, sentava-se naquele mesmo banco velho, pedia um pastel de carne e um suco de laranja, não era de comer muito, por isso talvez seu aspecto magro nunca houvesse mudado.

Foi para casa, tirou o pacote da sacola, desembrulhou, retirou o vestido e, tirando a blusa azul de botões que estava usando, colocou o vestido por cima da calça mesmo, se sentiu bem e foi olhar-se no espelho, viu que tinha que tirar a calça jeans, mas preferiu deixar pois não usaria o vestido agora, se posicionou em frente ao espelho novamente e ficou quieta por vários minutos, levou a mão direita aos lábios e os tocou, notou que estavam secos, lembrou-se de que não usava batom há meses, será que havia perdido toda a vaidade, decidiu que na próxima vez que fosse a Santo Amaro iria comprar um estojo de maquiagem, Aninha não atraía mais ninguém, e quando a noite começava a cair ela tentava fugir de alguns sentimentos, mas nem o álcool nem a maconha conseguiam afastá-la daquelas ideias de um dia ter alguém abraçadinho na cama, de um dia ter alguém brincando, correndo atrás dela no parque, de ter alguém que cuidasse de cada detalhe de seu corpo, sempre que chegava a noite, Aninha sentia uma imensa falta de algo que ela nunca teve e não sabia bem o que era, Aninha jamais poderia explicar como sentir falta do que não teve, mas sentia.

Aninha sabia que homem bundão ela não iria admitir, mas também não queria um cara que nem seus parceiros, queria alguém sensível, alguém que lhe perguntasse o que havia feito no dia anterior, que se importasse com cada nova espinha que nascesse, com cada espirro que desse.

Pararam em frente, olharam para a redondeza, parecia estar tudo limpo, os vidros escuros lhes davam essa vantagem, verem sem serem vistos, o carro foi estacionado, um homem de estatura mediana, calvo e vestido com o uniforme de policial militar desce, logo em seguida do banco do passageiro sai um outro homem, só que obeso, e com uma roupa social já bem desgastada, óculos escuros e cabelo longo na parte de trás da nuca, os óculos escuros lhe davam um ar de importância, a pistola .380 semiautomática estava visível nas suas costas, entraram na padaria, o gerente cumprimentou o policial Aires e o delegado Mendonça, os balconistas se sentiam meio incomodados, polícia era sinal de encrenca, eles encostaram no balcão e pediram duas coxinhas, o próprio gerente serviu, pois os dois balconistas fingiram ter outro serviço a fazer, o café com leite foi posto no copo e dado para o delegado Mendonça, já a Coca-Cola com limão e gelo foi entregue para o policial Aires.

— Certo, agradecido aí.
— De nada, se o senhor quiser pedir mais alguma coisa, eu estou lá no caixa, como vai o plantão?
— Está tudo pela ordem.
— Tá certo, qualquer coisa estou aí.
— Obrigado.
— Nossa, delegado, esse parceiro aí é sempre tão prestativo?
— Não, Aires, só depois que liberei ele do flagrante de uns cigarros que ele comprou de um bandidinho.

— Mas rendeu algo.

— Claro, você já viu a gente trocar seis por meia dúzia?

— O senhor eu nunca vi, mas aproveitando o papo, nossa, essa coxinha está muito boa, mas então, como ficou aquela fita lá com o menino?

— Aires, você está falando do pilantrinha lá da boca do Jardim Novo?

— Isso.

— Tá tudo certo, vamos pegar semanalmente a quantia com ele, fora isso, vamos montar um sistema novo de distribuição da coca.

— É, delegado, nós estamos precisando mesmo de um qualquer.

— E não? As pratas estão difíceis, até o crime tá no arroxo, eu andei falando aí com um parceiro de Suzano e ele me garantiu que os corres grandes hoje já têm tudo patrão.

— Pro senhor vê, quem diria que bandido um dia seria assalariado, né, não?

— É verdade, por isso que eu tô te falando, nós temos que garantir o nosso agora, a situação está piorando, nem o dinheiro para a alimentação dos presos tá dando pra desviar mais, está brotando promotor competente de tudo que é lado, parece até castigo, se qualquer um lá no distrito abrir o bico, a investigação começa, sendo assim, Aires, temos que ficar na moral, aquele milho que você deu semana passada podia ter complicado.

— Desculpa aí, delegado, mas não teve como evitar, o moleque era folgado demais.

— Mas, Aires, ele tinha uns doze anos, cê podia deixar ele engordar mais essa idade aí.

— Certo, Mendonça, mas a real é que a escola tá mil grau, o menino era folgado demais, além de ter roubado o açougue de que o Valdinei toma conta, ainda queria levar uma comigo, vem querer ter voz ativa com polícia tem que se arrombar.

— E o Valdinei? Por que ele mesmo não fechou o noia?

— Vixe, ele tá todo enrolado, pegou muita fama de pé de pato, não pode se envolver mais em nada.

— Também, Aires, o cara mata mais que a Rota.

— É verdade, Mendonça, ele esteve se empolgando mesmo.

— Mas você tinha que fechar o noia na viatura?

— Eu conferi ele ali mesmo, ficou se debatendo, aí desovei e vou deixar os policiais de Itapecirica acharem, é só achar e eles enterram como indigente mesmo.

— Por que você não jogou na covinha, Aires?

— A covinha ali já está muito manjada, delegado, esses cemitério clandestino aí tem vida útil, não é bom ficar frequentando muito não, desovei lá em Itapecirica mesmo.

— O certo agora, Aires, é evitar, vamos montar esse esquema com o menino lá, o Modelo, e vamos se envolvendo na área dele, com esses sempre pinta alguma coisa boa.

— Mas ele tem mó jeito de pilantrinha.

— Isso é normal, ele é arrogante porque é novo.

— É, delegado, e nem vai ter tempo de aprender sobre a vida.

— Pode crê, olha ali, rapaz, que vadiazinha gostosa.

— Que isso, Mendonça, a menina tem uns onze anos.

— E daí? Isso é criança que já faz criança.

7. A única certeza é a arma

Chegou tarde, já passava da meia-noite, deixou o fuzil 762 em cima da mesa, tirou a .40 e colocou na gaveta do armário, foi para o banheiro e lavou o rosto, o plantão fora exaustivo, enfiar cocaína na boca de viciado, comandar os PMs para bater corretamente em marido valente, forçar suspeito a assinar o boletim de ocorrência, tudo isso cansava demais, prometia toda noite não se envolver pessoalmente, mas gostava, era assim que Mendonça sempre foi considerado, um delegado que fazia o que gostava, tirou a camisa, foi até o quarto de Carol, viu que estava dormindo, as crianças também deveriam estar, achou bom, foi à geladeira, pegou uma cerveja, desceu para o porão, ligou o computador, acessou a internet e entrou no mundo que mais gostava, a braguilha foi aberta, olhava para o monitor fixamente, as calças desceram pelos joelhos, estava quase gozando quando ouviu um barulho, olhou pelas escadas, não devia ser nada, abriu os botões da camisa, continuou vendo as fotos sensuais e finalmente gozou, abriu a gaveta da escrivaninha, tirou uma toalha, passou pela barriga e pelas pernas, cheirou a toalha e decidiu deixá-la no cesto para Carol lavar.

Régis parou o carro, desceu, bateu na porta do barraco e ouviu a pergunta, respondeu com seu nome, logo Celso Capeta saiu, cumprimentou Régis e disse que ele iria gostar, Régis revidou, disse que era besteira, que esse negócio de vidente e pai de santo era coisa para otário, Celso pediu para não falar assim, relatou que em várias fitas que fez foi orientado pelo pai de santo, que não custava nada eles fazerem uma visita, Régis viu que era impossível continuar a conversa, Celso era daqueles caras bitolados, quando queriam uma coisa nada os fazia parar, resolveu mudar de assunto, mas não conseguiu.

— Porra! Eu ainda dou dessas, tava mó a pampa assistindo o *Show do Milhão* e você vem me convencer a vir aqui.

— Relaxa, trutão, logo você, Régis, perdendo tempo com essa porra desse Silvio?

— O que tem o Silvio?

— Ele é judeu, porra!

— E daí?

— Dizem que os judeus fodem o mundo, só isso.

— Quem fode o mundo é quem pensa assim, porra, Celso, acorda, cara.

— Porra, Régis, todo mundo sabe, eles controlam o dinheiro, quem controla o dinheiro fode os outros.

— Veja bem onde você fica lendo essas merdas, minha mãe gosta dele. Ele é só um cara trabalhador, era camelô, cara. Todo mundo sabe.

— Camelô? Caramba, ele é patrão, domina, divide o dinheiro mal dividido.

— Que nada, Celso, o cara é sim um bom vendedor, é artista e vendedor. Tem mistério nisso, não.
— Artista? Artista faz quadro, faz arte. Ele é patrão, Régis, e patrão é tudo igual, só muda a cor da gravata.
— Tá bom, mas cadê o tal pai de santo?
— Psiu! Num brinca com o pai Joel, ele te fode.
— Caralho, você é um cu de burro, tem medo de tudo, acredita em tudo.
— Psiu! Oh! Ele tá vindo aí.

O homem abriu a porta lentamente e entrou, corpo magro, calça e camisa branca, uma guia preta e vermelha trançava seu corpo, somente dois dentes na frente lhe davam uma aparência engraçada, Régis notou os furos na orelha, odiava homem que usava brincos, preferiu não dizer nada, Régis acreditava, então de repente podia até ser verdade, que aquele homem conhecesse alguma coisa do futuro, o corpo magro se sentou em frente aos dois, apoiou os cotovelos negros na mesa improvisada há anos naquele barraco e disse:
— Oi, pai.
— Eh! Oi, seu Joel.
— Você, meu fio, num me chama de senhor não, só de pai.
— Tá bom!
— Vocês são do quime, né?
— Quime?
— Porra, Régis, ele fala assim mesmo.
— Ah! Tá.
— Vocês são do quime, eu sei.
— É. Somos sim, eu e meu parceiro aqui.
— Bom, ceis qué algo, eu sei o que, mas o destino é estanho, meu fio, nunca se sabe quem é quem. Vocês qué sabe se o

quime vai dá certo, mas tem um perdido, tá vagando e tá atrás de você.

O pai Joel apontou para Régis, que ficou meio espantado e tentou indagar algumas palavras que não saíam de sua boca.

— Num fala nada, não, meu fio, ele tá querendo você, você tombou ele de bruços?

— Quem, pelo amor de Deus?

— O seu último.

— Bom... num lembro, só sei que matei, mas se ele caiu de bruços eu num lembro.

— Pois ele tá querendo você, meu fio.

— Porra, jão! E o que tenho que fazê?

— Primeiro, você tem que me chamar de pai, jão é a puta que o pariu, segundo, você tem que derramar o sangue dum animal pra ele, senão ele acaba pegando você.

Régis se levanta e, mesmo com o protesto de Celso Capeta, sai, Celso continua conversando com o pai Joel, pergunta ao pai de santo se ele acha que o assalto que estão tramando há tanto tempo iria dar certo ou não, mas antes da resposta do pai de santo, Régis entra violentamente na sala com uma galinha branca na mão e pergunta:

— Essa aqui serve pro vagabundo me deixar em paz?

— Serve sim, meu fio.

Após a resposta do pai de santo, Régis puxa uma faca e corta violentamente o pescoço da galinha e, enquanto o sangue esguicha, grita bem alto:

— Toma aqui, safado, você morreu porque era pilantra, agora toma aqui.

Celso Capeta e o pai Joel não acreditam na cena, Régis se retira novamente e volta em seguida com mais uma galinha, só que dessa vez preta, corta o pescoço como fez com a outra e grita:

— Só pra ter certeza, safado, toma aqui, bebe o sangue, mas que você era pilantra, era.

— Deus do céu.

Foi o que o pai de santo disse ao olhar para Régis, que logo que saiu do estado de fúria lhe pediu desculpa, pagou a consulta e puxou Celso pra fora da casa.

— Porra, cara, você é louco?

— Louco? Louco era aquele cara que tava vagando. Vai puxar o diabo, eu não, jão, que se foda.

— Caralho, Régis, precisava sujar toda a sala do homem de sangue?

— Ele ganha pra isso, num tava com o capeta? Então, jão, depois quando ele voltar pro corpo ele limpa. E que porra de pai de santo que se assusta com tudo? Vai se foder.

— Cê é louco, acabei de crer. Puta que o páriu, mó bagulho ruim matar aquelas galinhas, meu.

— Relaxa, jão, mas e aí? O que ele falou da fita?

— Disse que o quime num era pra compensar, mas às vezes compensa.

— Então ele disse que vai virar, porra!

— Calma, Régis, esses barato é meio estranho, às vezes esse compensa pode num ser pra nós, pode compensar pra outro alguém.

— Cê é muito pessimista, isso atrai zica, ele disse que vira, então vira, entendeu?

— Certo, se você tá falando. E por falar nisso, e as motos?

— Tá bem, já vendi uma, agora vou levantar dinheiro com a outra, com o dinheiro tô querendo colocar dois meninos pra atender as ligações quando eu montar o esquema no interior, tô com um contato que me garante quatro presídios de grande porte como cliente, em breve vou ser do ramo das comunicações.

— Cê é besta mesmo. E o Mágico, tem visto ele?

— Nem, ó! Tô uns dias sem vê, deve tá bolando cheque, ele disse que até chegar o dia do banco ele ia levantar dinheiro com 171.

— O bicho é malandro, né, não?

— É até demais, temos que ficar espertos, afinal você tem capeta no nome, mas ele tem no corpo.

— E aí, Régis, cê trombou o tal de Modelo que tá te procurando?

— Trombei não, jão, ele qué o quê?

— Sei não, trutão, tava com umas conversa feia aí falando que um de nós foi quem apertou o Guile.

— Deixa quieto, vamo vê no que dá.

— Certo, mas Régis, tem como me fazer um cavalo aí?

— Bom, pode ser, jão, mas cê espera eu pegar o outro carango, esse GTI dá mó guela, é emprestado, a porra dos homi tomou meu Golf e o Mágico já me disse pra dá um desconto, me espera na padaria do Nelsão que já colo lá.

— Firmão.

— Vô aproveitar e dá uma ideia lá no Lúcio, o maluco me cola de um Nike quatro molinhas por dia, vai vendo, eu faço o que faço e num ostento, o maluco pegou merreca e já tá usando uma cor de tênis por dia.

— Essas fita tá zica mesmo, zé-povinho tá só no celular, loco pra dá serviço pros homi.

— Firmão mesmo.

Régis entra no carro e faz sinal para Celso aguardar, liga o GTI e vai em direção à avenida Carlos Caldeira Filho, lá pega o caminho para a casa do Mágico, antes de chegar à rua do parceiro, pega o celular e começa a digitar o número, Mágico atende, Régis diz que está indo para sua casa e pede para deixar a garagem aberta, o lugar é bonito, Morumbi Sul não é pra qualquer um morar, ainda mais em casa, um apartamento até que dá, mas casa é só pra quem tem, Régis sabe disso e sempre que chega à casa do parceiro cresce os olhos, queria ter aquilo, não entende como ele conseguiu tanto dinheiro, os pensamentos voam, minutos depois de chegar, decide entrar, a garagem já estava aberta, entra com o carro na garagem, sobe as escadas para o escritório e para no meio da subida, avista Mágico descendo, trocam cumprimentos e Mágico diz que eles têm que conversar na garagem, pois sua esposa está com visitas, Régis começa a voltar.

— Tá que tá, né, nego?
— Tô o quê, jão?
— Tá de som robocop, hein!
— É, coloquei essa semana, tamo aí, né? Comprei uma matraca, tá lá atrás.
— Pegou em que responsa, Régis?
— O que deu lucro, Mágico, foi aquela fita dos caminhões, paramo dois de fita dada pela escolta e ficou tudo limpo.
— Mas deu tudo isso de dinheiro?
— Claro que deu, mó dinheiro, num é carga de papel higiênico não, jão, o bagulho foi doido, só de nota de cem o lucro veio.
— E os motorista?
— Aí que tá, né, ninguém encosta neles, eu chego na moral e dou ideia, é geralmente uns tiozinho que lembra meu pai, lembra o seu, tá ligado, aí num vou fazê maldade, então eu troco ideia, falo que neles ninguém encosta, que o caminhão vai ser abandonado em breve e sem um arranhão, muitos deles ainda tão pagando o caminhão, aí dou ideia, pago até almoço pra eles.
— Porra, mó cortesia, hein? Por que tudo isso, Régis?
— Prestenção: nós paga até um almoço pro motorista, deixa umas notas de cinquenta com ele e pega até fone, quando tiver carga boa, eles liga pra nós.
— Mais assim, é? Na maior moral?

— Jão, cê num intende, é muita ideia, a gente fala do seguro, fala da falta de assistência das transportadoras com eles, lembra eles das falta de atenção, e todo funcionário quando é colocado frente à realidade se desespera. E pior que nós temos a razão, eles viajam até mais de quarenta e oito horas acordados, correndo mó risco de catá um ladrão sangue ruim aí, que mata sem dó, que num tem um conceito, que apela pra cruel mesmo, e tudo isso convence o tiozinho. Fora que nós, quando vê que o caminhão ainda tá sendo pago, a gente espera uns meses e deposita o dinheiro pra ele quitá a dívida. Já teve uns três casos assim, de os tiozinhos quitarem o caminhão e dar várias carga.

— E se ele depois disso num dé nenhuma fita?

— Normal, jão, a gente se encontra nas estradas da vida.

— Ah, esse Régis é foda.

— Mas eu fico é fodido com um bagulho.

— Qual?

— Num é fácil arriscá a vida nas rodovias, e ainda os boys recebem os seguro.

— Mas o que tem isso?

— Cê num vê? Eles tinha que se foder também. Se nossa cena dá errada, nós come cadeia, agora eles só ganha. Se num roubar, eles lucra, se roubar, eles lucra com o seguro.

— É, é foda mesmo.

— Bom, e a fita do banco?

— Tá tudo indo a pampa, Régis, semana que vem o gerente vai dar o dia em que vai ter maior número de dinheiro no cofre.

— E o maluco é firmeza.

— Ahan? Pra ganhar o dele num tem mais firmeza.

Garrafas de cerveja em toda parte, várias abertas e ainda cheias e já quentes, outras sendo abertas a esmo, desperdício, mesas brancas promocionais, carne de segunda e linguiça na churrasqueira, conversas, vozes emboladas, crianças correndo, música do É o Tchan, um bolo quase abandonado a não ser pelos mosquitos que o rodeiam, copos no muro, corpos que se tocam no escuro, bocas dos corpos que se encostam, cacos de vidro no muro vizinho, céu negro, festa regada a um leve sereno.

— E aí, Régis, chegou agora?

— É, os maninho ali me ligou da festa aqui, aí resolvi tomar umas brejas no grátis.

— Tudo certo, qué que abre mais uma?

— Claro, jão, essa aí num dá mais nem meio copo, e as novidade, Neguinho?

— Quase nada, tru.

— E o Mazinho? Fiquei sabendo que o irmão dele saiu esses dias detrás das muralhas.

— É mesmo, mas já voltou.

— Porra! Já?

— Já, mó descuido, matou um maluco na frente dos vizinhos.

— Por quê? Treta de cadeia?

— Que nada, matou um vendedor de rede.

— Que rede? Aquela de dormir?

— Isso mesmo, deu três tiros no maluco sem dó.

— Mas por quê, Neguinho?

— Dizem que ele dormiu cinco anos numa rede lá na cadeia e no primeiro dia que ele tava dormindo na casa da mina dele, depois da liberdade, um maluco tocou a campainha, dizem que ele atendeu e já atirou no maluco.

— É, estranho, hein, mó paranoia, mas foi assim sem motivo?

— Não, o motivo era que o maluco que tocou a campanhia era vendedor de rede.

— É, tru, cinco anos num é cinco dias.

— E a festinha aí, tá gostando, jão?

— Tá a pampa, apesar de ser americana, tem até umas cerva.

— Pode crê, né, festa americana todo mundo só leva vinho, mas o que vai pegar?

— Acho que daqui é pra cama.

— E aí, tem da boa?

— Ontem peguei uns papel empastado, mas agora tô com uns até bonzinho!

— Vamo nessa então. Mas tem que dá um tempo, Régis, meu primo tá ali, e ele é ligado nesse barato de contra droga.

— Vixe, sério?

— Sério, depois que ele viu um cara do rap falando lá na escola, ele mudou a cabeça.

— O que o mano falou pra ele, Neguinho?

— Que os boys usam, fuma um baseado ou cheira, e quando acorda de manhã tem café da manhã bom, toma suco de laranja, então os sintomas não aparecem. Nóis, não, os homi pega nós usando, é pau no gato sem massagem, jão, pra pobre é tudo osso, sem dinheiro nem para a alimentação, e fica usando isso, foi mais ou menos isso que o cara disse.

— Faz sentido mesmo, mas vou dar uns tirinhos lá no banheiro, dá dois papel aí e se você quiser, depois bate na porta três vezes.

— Firmeza.

José Antônio caminhou até o bar para comprar leite, no caminho notava a degradação, sua visão sempre foi muito afiada, o pai andando com o filho no colo, totalmente alcoolizado, esse era o maior pecado que alguém podia cometer, se embriagar e desfilar com o filho, fazer todo aquele vexame.

Acordou nervoso naquela manhã, quando abriu o portão ficou mais nervoso ainda, papéis de bala, copos descartáveis, sacos de pipoca e salgadinhos, tudo jogado, uma pilha de lixo, ele olhou pra cima, se sentou na frente do lixo e imaginou que era um gigante, um gigante com mais de dez metros de altura, sua mão levantando sua casa, imaginou sua mão embaixo da casa, a levantando e colocando em outro lugar, um lugar onde não haveria lixo, um lugar onde o córrego fosse canalizado, um lugar sem som alto e com grandes árvores que fariam sombra para seus filhos.

José imaginou um lugar sem a favela vermelha chamada de Cohab, imaginou todos iguais, sem distinção, sem preconceito, porque onde morava era um foco de preconceito, os moradores da Cohab batiam no peito e diziam "sou da Cohab e esse pessoal da favela num respeita as portas dos outros", e o pessoal da favela se defendia dizendo que ficam todos ali nas portas dos moradores da Cohab por um bom motivo, afinal só dali dava pra assistir o jogo na quadra da escola, e não podiam perder a chance de também exercer o preconceito ao ofender os moradores da Cohab, chamando-os de favela vertical.

José Antônio notava tudo isso e sabia que sempre seria assim, um descontando toda a neurose no outro, o cotidiano correndo e a vida passando, Juliana, sua esposa, escutava a amiga Adelina comentando que suas filhas estavam muito teimosas e desobedientes, e que logo daria uma surra nelas com fio, Adelina jurava que elas não queriam comer mistura, que graças a Deus tinham até opção de escolha, mas não comiam, falava alto que comprava arroz de primeira, que arroz é Solito ou Camil, Juliana escutava pacientemente a conversa da amiga, e sabia que na verdade não havia mistura nenhuma, que as meninas de Adelina também não tinham nada além das outras meninas da favela, não tinham vontade de ser nada, só de casar e fazer uma grande festa, onde os moradores as admirariam e falariam bem delas.

Juliana comentou sobre o programa policial a que assistira na sexta-feira à noite, havia falado de um estuprador que estava atacando no centro, e já havia matado várias mulheres, Adelina disse que tinha outro homem que estava andando no Jardim Ângela e acabou aterrorizando várias mulheres, Juliana escutou a amiga afirmar que ele enrolava as vítimas num colchão e botava fogo depois.

Algumas noites atrás, José Antônio havia pedido para que Juliana sempre olhasse se o portão estava trancado, coisa que ela fazia a todo momento, os rumores que José havia lhe contado não tinham sido ainda noticiados por nenhum jornal, mas mesmo assim ela repassou-os para Adelina, se tratava de um estuprador que estava andando na Cohab, ele teria estuprado e esquartejado uma senhora com mais de cinquenta anos e a deixado no posto de gasolina da avenida que dá acesso ao Valo Velho.

Adelina e Juliana não demoraram muito a falar de outra coisa, e as receitas dos doces e bolos substituíram o que as amedrontava terrivelmente, quando levantavam esse tipo de assunto elas se colocavam no lugar das vítimas e sentiam muito medo, então era melhor falar de comida.

Era a primeira vez que Neguinho da Mancha na Mão passaria por aquela situação, jamais pensou que chegaria a esse estado, a camisa social dava a sensação de sufoco, os sapatos de bico fino estavam esmagando seus dedos e a calça social que pegou emprestada com Régis realmente parecia feita para outro corpo, outra pessoa, não fazia seu gosto, mas já estava ali e não podia desistir, a campainha foi tocada, duas vezes seguidas, ela atendeu a porta, estava linda como sempre, mas o cabelo amarrado mais para o centro da cabeça e as mechinhas enroladas antes da orelha lhe davam um ar divino, vestido preto, sandália creme,

Neguinho se sentiu um príncipe, quando ela o beijou nos lábios e disse:
— Meus pais já estão na sala, pode entrar.
— Tá.
Foi a única coisa que conseguiu dizer, um tá, um simples tá e nada mais, entrou na sala cuidadosamente, ainda estava com dificuldades para caminhar, tinha receio de cair.
Eduarda o apresentou aos seus pais, Neguinho muito timidamente pegou nas mãos de ambos e se sentou, perguntaram seu nome, ele nunca dizia o nome verdadeiro, mas perante essa situação não teve escolha.
— Windsor.
— Nossa, que nome bonito, o que significa? — perguntou a mãe de Eduarda.
— Num sei, não, meu pai que colocou.
O pai de Eduarda retrucou, fez um gesto com desdém, como se quisesse dizer, "é típico desse povo não saber o significado do próprio nome", Eduarda viu que Neguinho da Mancha na Mão notou algo de errado no rosto de seu pai e apertou firme a mão do namorado, ela sabia que o pai tinha um ar superior e que gostava de julgar as pessoas rapidamente, mas também sabia que o pai era oriundo da Bahia e seu sobrenome Ferreira, e o nome Edmundo também não tinham significado algum.
A mãe de Eduarda era totalmente política, e começou a perguntar a profissão do namorado de sua filha, Neguinho não vacilou nem um segundo e disse firmemente, sou freelancer, a palavra causou um ar de espanto em todos, principalmente em seu Edmundo, que pediu para o jovem explicar a profissão, que pelo menos de nome era muito bonita.
Neguinho estava com as mãos juntas, e passava vagarosamente um dedo no outro em sinal de aflição, mas tapeava muito bem, e tentava ser direto e firme, disse calmamente que sua

profissão era a melhor e a pior do mundo, afirmou que era a melhor porque ele fazia o que gostava, e que ao mesmo tempo era a pior pois ele não tinha horário para trabalhar, restando assim muito pouco tempo para sua vida pessoal.

Os pais de Eduarda nem piscavam e devoravam cada afirmação do rapaz, Neguinho da Mancha na Mão, ou Windsor, explicava lentamente que fazia um trabalho difícil, ele era o cabeça de grandes estruturas, e no final resumiu o seu trabalho em uma simples frase:

— Sou aquele que presta serviço onde ninguém tem coragem de meter a cara.

A família engoliu a conversa, Eduarda estava contente, procurava disfarçar o sorriso, procurava conter sua alegria, cada palavra que o noivo havia dito era a pura verdade, de um jeito ou de outro, Neguinho da Mancha na Mão realizava tal tarefa.

Foram para a mesa, o jantar foi um sucesso, ele degustou cada prato como se nunca tivesse experimentado tal comida, elogiava cada detalhe do tempero.

— Nossa, está muito bom, acho que é cominho que tem nesse tempero, acertei?

A mãe de Eduarda estava lisonjeada, o esposo não falava de sua comida há anos, e a ideia de ter um genro que a tratasse com carinho já era uma realidade, mas seu Edmundo estava reservado, não trocou sequer uma palavra com Neguinho nem com ninguém da mesa durante o almoço, depois que terminou a comida em seu prato, a única palavra que disse para todos foi o pedido de licença, foi para a cozinha, pegou uma pequena xícara e despejou café nela, tomou de um gole só e surpreendeu a todos quando pediu que Windsor viesse à cozinha, pois ele queria ter um papo com ele.

Eduarda segurou a mão do pretendente que a acalmou com um beijo e fez sinal de que estava tudo bem, levantou-se da cadeira e foi para a cozinha seguido pelo olhar de curiosidade da mãe de Eduarda.

Seu Edmundo estava encostado na pia, pediu para Windsor se aproximar, Neguinho chegou bem próximo, apoiou as costas na pia também e esperou as palavras daquele homem quieto e sempre pensativo.

— É o seguinte, rapaz, vamos bater um papo de homem, vou ser simples e curto com você.

— Sim, senhor, estou ouvindo.

— Você quer o que com minha filha?

— Bom, eu quero pedir a mão dela em namoro!

— Isso eu sei, mas e depois? Você tá querendo tirar uma casquinha, você tá querendo ficar com ela, qual que é a sua, rapaz?

Neguinho sabia que aquela era a hora de ganhar o sogrão, ele sabia que chance igual não haveria para uma conversa franca, e o papo reto estava na ponta de sua língua, foi só desabafar.

— Seu Edmundo, o meu negócio com sua filha é muito simples, eu gosto dela, eu estou aqui na sua respeitosa casa e desejo de todo o meu coração que o senhor aceite esse namoro, se o senhor disser um não, sinceramente eu me retiro daqui, porque acho que a união familiar é essencial, e tem mais, estou querendo namorar com Eduarda porque sei que é uma moça correta, meu interesse nela vai além de namorar, se o senhor me der essa oportunidade, provarei que sou digno de sua confiança.

Seu Edmundo ficou com a cabeça baixa por alguns segundos, enquanto isso, na sala, a mãe falava para a filha sobre a impressão que tivera de seu pretendente, Eduarda estava muito feliz, sua mãe dissera que por ela estava tudo aceito, agora era questão de tempo para Neguinho ganhar o consentimento de seu pai.

Os dois voltaram da cozinha, Eduarda não estranhou o fato de os dois estarem voltando conversando, pareciam velhos amigos, se sentaram no sofá, e seu Edmundo olhou para sua esposa e disse alto que tinha aceitado o pedido de namoro da parte de Windsor, e esperava que ela também aceitasse, a mãe de Eduarda nem piscou e disse rapidamente que também havia gostado muito de Windsor e que por ela tudo bem.

Eduarda abraçou o namorado e quando sentiu uma coisa dura nas costas de Neguinho disse baixinho em seu ouvido:

— Depois a gente vai conversar, não acredito que você veio armado.

Eduarda e Neguinho terminaram de tomar o café, e ele avisou que precisava ir, a família se despediu dizendo que o esperava para almoçar no domingo, Windsor confirmou que viria, ambos saíram e quando chegaram ao portão, Eduarda foi logo dizendo.

— Eu não acredito que você veio com essa coisa aí.

— Para, Neguinha — disse, tentando abraçar a namorada.

Mas Eduarda estava brava e se afastou pedindo uma explicação. Neguinho da Mancha na Mão então disse olhando para os olhos de Eduarda.

— Neguinha, eu te amo, tá, só que eu não conhecia seu pai, e se o coroa fosse levar uma, o que eu ia fazer?

— Nossa, não acredito! Você teria coragem de apontar isso pro meu pai?

— Apontar não, Neguinha, isso num existe, se eu puxasse era pra derrubar.

— Meu, você tá ficando louco, ele é meu pai.

— Mas, Neguinha, deu tudo bem, eu troquei ideia com ele na moral, tá tudo a pampa agora.

— Mas eu num gostei de você vir com isso aí.

— Tá bom, no domingo eu num trago, tá, vem aqui dá um beijão, vem.

E após o longo beijo, Neguinho se despediu de Eduarda e assim que desceu a rua, tirou a camisa que tanto o incomodava e disse a si mesmo, no domingo eu vou, mas vou normal, roupa social é uma merda.

8. Paz a quem merece

O sol entrava a todo momento, e de repente tudo ficava escuro novamente, deviam ser as nuvens, pensava Dinoitinha que não estava entendendo mais nada, mesmo com os olhos fechados sentia a claridade, tentou abri-los, não conseguiu, abriu os braços e tocou o colchão, estava certo de que havia dormido com sua mãe, finalmente abriu os olhos, a colcha de retalhos ele empurrou para o chão com a ajuda dos pés, desceu, foi para a cozinha e lá não tinha ninguém, era quarta-feira, dia que sua mãe fazia faxina, arrumou esse bico alguns meses atrás, uma vez por semana, pelo menos ela voltava com alguma coisa para comer, mas Dinoitinha não podia esperar, os irmãos já haviam ido para a escola, foi para o quarto novamente e olhou o relógio, o horário era quase o da saída deles, portanto o da entrada de Dinoitinha, se arrumou rapidamente, calça vermelha, camiseta branca, tênis Conga azul, tinha vergonha, não sabia dar nó, colocou os cadarços por dentro do tênis, era só não correr que o calçado não escapava, o material estava na bolsa, colocou-a no ombro e saiu, passou por duas vielas, cumprimentou Celso Capeta que estava sentado em frente à escola tomando cerveja, se dirigiu para o portão e esperou a saída dos alunos da manhã, o alarme tocou, o portão foi aberto, começaram a sair crianças, muitas corriam, algumas empurravam outras, logo viu seus irmãos, passaram rápido, ele perguntou, mas eles nem se importaram em dizer o que tinha de lanche.

    O sinal tocou novamente, era hora de entrar, foi para a sala de aula, a lousa toda pichada tinha pouco espaço para o professor escrever as matérias, as carteiras boas eram disputadas em longas discussões e de vez em quando saía até briga, nesse tempo todo era perdida mais de uma hora de aula, Dinoitinha pegava a pior, não queria discutir por aquilo, se sentia deslocado, não sabia nem por que continuava indo para a escola, se sua mãe não o obrigasse talvez nem fosse mais, um dos professores uma vez conversou com ele, era um homem bom, se sentou durante muito tempo com ele e lhe explicou a importância da escola, só que Dinoitinha não entendeu quase nada, e a única lembrança que guardou daquela conversa foi uma frase, "o caminho menos sofrido pra você, meu pequeno, é estudar", a aula havia começado e uma hora depois ele ainda estava sentado, rabiscando na carteira e fingindo entender o que a professora estava falando, o caderno aberto sem uma palavra anotada, não esquentava a cabeça, depois pegava um caderno emprestado e passava toda a lição da semana, aconteceu o que queria, o sinal tocou, foi o primeiro a correr para o pátio, quase caiu na escada, chegou, entrou na fila e pegou o lanche, a caneca com leite e chocolate estava quente, as bolachas de água e sal eram em pequena quantidade, foi para a mesa, pediu para um colega de classe vigiar a caneca, colocou as bolachas no bolso da calça, entrou na fila novamente, repetiu, foi para a mesa e começou a comer, juntou o líquido das duas canecas em uma só, comia as bolachas rapidamente, bebeu tudo, terminou de comer, olhou para a fila do lanche novamente, estava imensa, resolveu correr pelo pátio, dava uma volta inteira e sempre parava perto do portão que dava acesso à quadra, na terceira volta notou a servente abrir o portão para pegar a mangueira, parou, passou rapidamente, já do lado de fora viu a servente enrolando a mangueira, se espremeu pelo muro e correu para a quadra, assim que chegou, colocou o pé no primeiro buraco do muro que dava para o lado de fora e o escalou, em alguns minutos já estava na rua 12, o fusca azul abandonado era o lugar preferido, seus irmãos já estavam lá.

Modelo saiu tarde daquele barraco, estava insuportável aguentar aquelas conversas por muito tempo, tinta de cabelo, cor preferida dos esmaltes, e todo aquele papo, ele não entendia como elas conseguiam falar tanto tempo sobre isso.

Nado era seu melhor parceiro, amigo mesmo ele não tinha, e não considerava hipótese de ter um dia, mas Nado era um companheiro muito fiel, Modelo ficava na casa dele constantemente, sua mãe fazia uma macarronada que era uma maravilha, e a televisão de vinte e nove polegadas ajudava o tempo a correr.

Modelo, que ganhara esse apelido por estar sempre arrumado e ter um topete loiro que ele revitalizava com reflexo toda semana, não perdia tempo, já havia namorado as duas irmãs de Nado e, diga-se de passagem, machucou o coração das duas, apesar disso, sempre que chegava na casa do companheiro era tratado muito bem, dona Albertina, mãe de Nado, fazia questão de passar café para o menino que ela chamava de filho.

Dona Albertina era muito humilde e trabalhadora, só que não era boba, fazia vista grossa para o vaivém do filho e sabia que aqueles passeios de moto não eram só passeios, no fundo sentia que seu filho e os amigos estavam cada vez mais estranhos, e como sempre acreditava que coração de mãe não se engana, sentia a perda do seu menino aos poucos, horas e horas trancado dentro do quarto, de vez em quando a movimentação era tão intensa que ele chegava, recebia uma ligação e saía em menos de dez minutos.

Dona Albertina já vira a arma do filho várias vezes, e na primeira vez o questionou, perguntando a sua finalidade com aquilo, Nado lhe respondeu perguntando se ela não via televisão, e disse que era só assistir um dia para saber que na cidade da traição não dava pra andar desarmado, dona Albertina ainda tentou debater com o filho, citando a paz cristã que ela tanto admirava e exemplos bons de conduta, mas os conselhos nem chegavam a entrar num ouvido para sair pelo outro.

Modelo gostava também da casa de Nado por causa dos animais, os dois cachorros eram seus xodós e lembrou que quando Guile chegava e os punha pra correr, isso lhe provocava uma tremedeira e ele tentava se controlar.

Guile odiava animais, como todos sabiam, só que na frente de Modelo e de Nado ele nunca ousou encostar em nenhum, embora os meninos da Cohab sempre viessem reclamar que ele havia baleado um gato, que havia passado com o carro em cima de um cachorro, na verdade Guile era um tremendo espírito de porco, isso toda a vizinhança sabia, e quando chegava na casa de Nado, tinha que se maquiar e fingir convivência com os animais que ele tanto odiava.

Carol havia levado os dois filhos para a escola, o serviço de transporte escolar não era confiável, segundo a conversa que teve com o marido, na volta iria passar no cabeleireiro, hidratação, luzes, escova e talvez até implante de cabelo, queria ficar com um lindo cabelo comprido, embora tivesse cortado bem curto há menos de um mês, mas o gasto não a assustava, Mendonça estava abonado, suas transações na polícia lhe garantiam um bom rendimento.

Havia dormido demais, passava das dez da manhã, estava com um puta pigarro, saiu cuspindo e despejou tudo na pia, o líquido gosmento desceu de uma vez só, olhou no espelho, estava calvo, com cabelos compridos do lado, se lembrou do gel, passou nas laterais, lambuzou a orelha, droga, tinha que procurar a toalha, lavou o rosto e saiu para o quarto, lá procurou uma camisa branca limpa, mas não achou, pegou os óculos escuros em cima da cômoda, colocou no bolso da camisa verde que ele odiava, vestiu a calça e foi procurar um par de sapatos engraxado, saiu para a garagem antes, droga, a esposa havia levado o dele, entrou no carro dela, a barriga encostou no volante, enfiou a chave e ligou, o carro era a álcool, enquanto esquentasse iria procurar os sapatos, tentou se abaixar para ajustar o banco e bateu a cabeça na buzina, com o susto deu um pulo, se lembrou de Diomedes, ele sempre lia as histórias em quadrinhos do detetive que era muito trapalhão, deu um leve sorriso, desistiu de ajustar o banco e foi pegar o sapato.

Sorte, quase esqueceu a arma e o pacote com cocaína que havia comprado de Modelo, os presos iriam ficar doidos se o delegado Mendonça não levasse a única coisa que acalmava a cadeia.

Régis andava naquele dia, nada de correria, havia desligado os dois celulares e estava com um aspecto pensativo, mais à frente Dinoitinha e seus dois irmãos estavam brincando com um fusca azul abandonado, os três entraram pela janela e pela porta do carro e a todo momento fingiam estar dirigindo, Régis parou por alguns instantes e começou a olhar para os pequenos, Dinoitinha, o menor, devia ter no máximo seis anos, Régis já o havia encontrado em vários terminais de ônibus, no terminal Santo Amaro e até no terminal Bandeira, os outros dois eram um pouco mais velhos, um devia ter seus sete anos e o outro nove, Dinoitinha era o único que pedia dinheiro nesses locais.

Régis se via naquele momento ali, se lembrava de toda a sua infância, o volante de um fusca era seu passaporte para as aventuras, seu pai havia trocado o velho volante por um esportivo, e Régis brincou com o artefato por anos, até o menino vizinho o roubar.

Naquele momento em que Régis estava parado, passou ao seu lado um rapaz com uma bicicleta também azul, que trazia duas caixas de madeira, uma amarrada na parte da frente e outra atrás, Régis se lembrou de que aquele rapaz vendia pães e o chamou, o rapaz parou, dirigiu-se a ele e pediu dez pães de coco, o rapaz disse que o preço era um real e começou a embalar os pães, Régis pagou, pegou o saco e chamou Dinoitinha e os outros irmãos, quando tirou os primeiros pães do saco e os deu, logo se aproximaram mais meninos e meninas, ele soltou o saco na mão deles e logo não tinha mais pães para tantas crianças, Régis olhou para aqueles rostinhos e prometeu da próxima vez comprar para os outros que não ganharam.

Dinoitinha e os irmãos entraram no fusca e começaram a comer os pães lá dentro, o pão açucarado era a melhor coisa que haviam comido em meses, Régis voltou a caminhar e estranhamente lhe veio o rosto de Modelo, no começo ficou meio confuso, depois lhe caiu a ficha, porque o rapaz estava montando um ponto de drogas no final do Jardim Novo, e Régis, como era fissurado por crianças, não admitia a venda de drogas na quebrada, tinha vontade de mandar avisar que se ele persistisse na ideia iria ter sérios problemas, mas era melhor deixar quieto, já que a quebrada sempre produzia esse tipo e depois o consumia, Régis sabia que pessoas como o Modelo haviam entrado no ritmo do bairro, e como recompensa sempre sobravam para eles sete palmos de terra, continuou e sabia que era melhor não ficar vacilando perto do Jardim Novo, pois pelo que haviam lhe informado, Modelo e seus amigos estavam ganhando status de periculosos devido a algumas mortes que promoveram com a ajuda de policiais.

Estava muito frio naquela sexta-feira, Lúcio Fé odiava morar em barraco de madeira, o vento gelado entrava pelas frestas, quando estava calor as telhas esquentavam todo o barraco, quando chovia as goteiras eram a atração, terminou de colocar o tênis no pé direito, já estava com nó, somente o encaixou, pegou a blusa de moletom, foi até o quarto da avó, abriu a gaveta e achou a touca, vestiu o capuz por cima, apalpou a pistola nas costas, beijou a imagem de Jesus dependurada na cozinha, saiu.
A rua estava calma, Lúcio Fé não sabia para onde iria, só queria andar, o frio o deixava inquieto, pensava em namorar, mas quando chegava essa época nunca estava sério com alguém, desceu a rua principal e entrou na viela em frente, desviou da poça d'água que minava da parede do bar, virou à esquerda e depois à direita, cumprimentou algumas pessoas, não estava de bem com a vida, mas não queria arrumar encrenca, chegou ao ponto final, parou em frente à padaria, pensou em pegar um ônibus, talvez ir até o terminal e voltar, decidiu que não, seria patético, começou a caminhar novamente, notou um casal se beijando, lhe deu uma agonia, não queria ver mais, apressou os passos, chegou à rua do colégio, a turma da noite estava de saída, droga, era tudo o que queria evitar, um monte de adolescentes sorrindo e conversando, jogando em sua cara que ele, com apenas vinte anos, também devia estar estudando e não vagando na rua, colocou a mão na touca da blusa, tirou, pensou em passar na casa de Andressa, um caso que durou seis meses, quando chegou perto, hesitou, ficou parado por alguns segundos e prosseguiu, a rua estava movimentada, os alunos entravam em suas casas, nem chegou

na frente do portão e viu o casal, ela estava de blusa azul, o menino de jaqueta de couro, a moto parada em frente à calçada o lembrou que quando namorou Andressa tinha uma, resolveu despistar, passou do outro lado da rua, virou e desceu pela paralela, não tinha nem noção de aonde ir, resolveu se sentar por ali mesmo, escolheu um poste para apoiar as costas e colocou os cotovelos no joelho, a pistola o incomodava, mas não iria levantar, se lembrou de uma música, um ex-amigo cantava a todo momento, "toda sexta-feira não tem nada pra fazer, como isso foi me acontecer? Nem o rock'n'roll pode me ajudar...", mas nunca se lembrava da letra inteira, o Maurão cantava para ele na porta da escola, durante dois anos a mesma letra, e não conseguiu decorar tudo, gostava do amigo, era inteligente, andava com um punk chamado Bill, o punk também era muito inteligente, vivia falando que o sistema controlava todo mundo, os dois eram bem mais que ele talvez, sempre discutiam assuntos variados, sem limites, as conversas varavam as aulas, o assunto que o professor trazia sempre parecia muito distante, Lúcio Fé sentia saudades da escola, dos amigos, das meninas com quem ficou atrás da caixa--d'água, lembrou, "*Sexta-feira 13* vai passar de novo, mais uma vez pela rede Globo, toda sexta-feira não tem nada pra fazer, como isso foi me acontecer?", um pouco de cada parte, talvez um dia se lembrasse dela inteira, era uma música bonita, olhou para o relógio, onze e vinte da noite, a blusa tinha alguns brilhos, ele notava o sereno refletido pela luz do poste, sentia vontade de abraçar alguém, só que não se lembrava de ninguém, se levantou, resolveu voltar, passou pela frente da casa de Andressa novamente, não tinha mais moto, não tinha mais ninguém, desceu, um velho Opala acelerou, Lúcio levou a mão à pistola, mas o carro passou, suspirou e fez o pai-nosso, havia se esquecido, saiu de casa sem a bênção de sua avó, chegou em frente à escola de novo, os portões fechados, o muro alto, resolveu tentar pular, apoiou o pé na fechadura do portão, pegou impulso e se jogou, deu certo, estava dentro, caminhou pela escola, continuava como antes, até a cor das salas, o tempo não era tão cruel assim, passou pela porta de cada sala, sabia que tinha um guarda que vigiava a escola à noite, mas devia estar dormindo, pois não ouviu ninguém, chegou ao pátio, se sentou no lugar onde sempre tomava lanche, o prato de sopa quente, a caneca azul cheia de chocolate com leite, a maioria correndo em vez de tomar lanche, mas ele não se dava a esse luxo, Lúcio Fé não tinha muito o que comer em casa, a hora do recreio, como todos chamavam, era a sua hora da alimentação, tirou um embrulho do bolso, abriu a carteira, pegou um cartão telefônico, notou a figura, duas senhoras negras, uma até parecia com sua avó, a outra segurava um pote com flores, virou, a frase em destaque dizia lavagem da escada do Bonfim, pulou o texto que seguia, olhou mais abaixo e viu o nome da série, era Consciência Negra, prometeu a si mesmo um dia colecionar alguma coisa, retirou um pedaço de papel onde anotava os números dos amigos, abriu o pacote, com o cartão separou em fileiras, enrolou o papel em forma de canudinho e começou a cheirar o pó branco.

Era dia, José Antônio tomou o primeiro gole de café, teve vontade de cuspir, estava sem açúcar, olhou para Juliana, o vestido com flores, o cabelo todo bagunçado, reconheceu a lutadora que sempre esteve a seu lado, foi em sua direção, a abraçou, ela sorriu, ele fechou a porta e saiu, a rua estava vazia, as luzes dos postes acesas, duas pessoas no ponto, José esperou quinze minutos, entrou no ônibus, pagou a condução, a viagem foi rápida, foi toda a viagem de pé, o motorista era prudente, percebeu a superlotação e não parou mais em nenhum ponto até o terminal Bandeira, foi pelo mesmo caminho da maioria, subiu pela escada rolante, andou, chegou à força sindical, ficou na fila, número 293, um senhor na sua frente reclamava, não havia trazido o cobertor, foi quando notou que várias pessoas à sua frente estavam dormindo, o sol era tímido, o tênis furado não lhe fazia mais vergonha, estava de igual para igual com todos ali, calças jeans desgastadas, camisas brancas com golas levemente amareladas, certamente vindas de anos de caminhadas à procura de emprego, duas horas depois e não tinha dado um passo sequer, começou a sentir fome.

Bateu na porta pela segunda vez, logo ela se abriu, o sorriso entrava por seu coração, deu-lhe um longo beijo e um forte abraço, Eduarda estava com uma camiseta rosa, cinto combinando e calça azul, os cabelos em trança agradaram muito a Neguinho da Mancha na Mão, ele a pegou pelo braço e ela disse que já havia avisado sua mãe, podiam ir ao shopping.

A moto foi estacionada perto da terceira porta, o lugar era um dos mais sossegados que Neguinho havia visto, conhecia somente a praça de alimentação, foi lá que se encontrou com o bando para uma reunião, agora aquele lugar tinha outra intenção, andavam de mãos dadas pelo corredor.

— Cê já veio aqui antes, Neguinha?

— Mô, você pegou essa mania mesmo de me chamar de Neguinha, logo eu, toda branca.

— O que importa é o carinho, minha preta.

— Tá bom, eu só vim aqui uma vez com minha mãe.

— Legal, vamos ver aquela feira ali.

Dentro da praça central do shopping havia uma feira de artesanato, Eduarda e Neguinho olharam os quadros, pensaram em comprar almofadas e até tapetes, quem sabe quando montassem sua própria casa, Eduarda sorriu com a insinuação de algo mais sério, talvez até um noivado, Neguinho da Mancha na Mão cortou a conversa, que para ele já estava indo longe demais, mostrando uns anjinhos feitos de biscuit, Eduarda pegou uma das casinhas com seu signo, o anjinho vinha dentro da casinha de papelão, Neguinho da Mancha na Mão procurou o seu signo e se espantou quando pegou e viu o anjo loiro, perguntou para a mulher o preço, puxou o dinheiro para um só e pagou, Eduarda perguntou se ele não iria levar um, a resposta foi seca.

— Desde quando negão tem anjo loiro?

A praça de alimentação estava cheia, o hambúrguer acompanhado de batatas e um refrigerante para ele foi o suficiente, Eduarda comeu um pão de queijo e tomou um suco de laranja, ficaram conversando por alguns minutos e decidiram comprar o ingresso para o filme, Neguinho se levantou primeiro, olhou para Eduarda à sua frente e não soube dizer se aquilo era amor, pois nunca soube bem o que significava aquela palavra, então chegou à conclusão de que talvez o que sentia por Eduarda fosse simplesmente o contrário do que sentia por seus inimigos.

9. A morte é um detalhe

Encapuzado, um operário do Estado, chamado popularmente de pé de pato, decide se o menino vive ou não, embora a resposta para os outros trinta e quatro que ele já matou tenha sido não, ele finge que ainda decide, e o semblante da pequena criatura que está à sua frente é de total pavor, os olhos arregalados, as pupilas dilatadas, as lágrimas contidas e ressecadas na retina não fazem a menor diferença para o ceifador de vidas, antes condecorado pelo Estado, agora estimulado pelo apresentador do programa policial, que diz com voz imponente que tudo é culpa dos famigerados bandidos.

O pé de pato, que é um juiz aceito por pais que se assemelham aos pais do menino condenado, é estimulado todo dia e ainda tem em sua mente a última fala do apresentador, tem as cenas gravadas em seu cérebro, a cena da senhora de setenta e dois anos que cata frutas e legumes jogados fora no Ceagesp, tem a cena da família inteira que vive comendo abóbora porque um caminhão tombou próximo a sua casa e eles pegaram o que caiu, no caso abóboras, ele guardou todas as imagens, o apresentador gritou com veemência — e os bandidos lá, comendo bem, os trabalhadores passando fome, e eles lá na cadeia, comendo bem, ele engatilha, é aceito pelo próprio povo oprimido que ele julga e condena, tem em sua mente o que lhe clicam há anos, que a culpa é deles, da raça inferior, a raça que rouba, que sequestra, a raça que mata, a raça que não segue as leis de Deus, a raça que tem que ser exterminada.

O que Valdinei dos Santos Silva não sabe é que o apresentador ganha duzentos mil reais para culpar alguém, o que Valdinei, vulgo pé de pato, não sabe é que aquele mesmo apresentador trabalhou na rede de televisão que mais contribuiu para a miséria de seu povo, o que Valdinei, vulgo justiceiro, não sabe é que esse apresentador também roubou quando dirigia a empresa do próprio pai, mas, quando a elite rouba, não é furto, é desvio, é mal-entendido, é má administração, é doença, e eles precisam ser tratados em clínicas.

Valdinei dos Santos Silva cumpriu sua missão mais uma vez, quando era pequeno seu sonho era jogar bola, mas ele não notou a chuteira que sua vítima usava, o sonho do pequeno menino caído ali à sua frente era o mesmo, mas depois mudou, queria ter fama, fazer parte de um plano nervoso, ter um prontuário que lhe garantisse algumas namoradas lindas, trocar tiros com os policiais que usam marcas elitistas de patrocínio, os mesmos policiais do GOE que vivem nas academias da classe média.

O sonho de jogar bola foi trocado e agora vinha em forma de uma moto Twister e um tênis Nike Shox, o pequeno queria ter também um patrocínio, já que não teve nem apoio materno.

Os amigos do menino não fogem à regra. Dinho, morto pela Rota com dezesseis tiros nas costas. Nando e Ghóez não tinham dinheiro. Nando morreu na hora, o cidadão da classe alta que dirigia a Cherokee se assustou com os tiros e passou por cima da cabeça dele. Ghóez morreu logo depois na viatura da Civil, não aguentou as pancadas, mas morreu cadeado, não abriu a boca para caguetar ninguém. No hospital morreu Pablo, tinha sonho de um dia ser professor, mas não tinha dinheiro pro acerto com os homens do DHPP. Flores brancas e amarelas foi o que teve no enterro do Tonho, ele voltou baleado e sem os malotes, uma semana de cama e o coração não aguentou. Para o Dênis e pro irmão de Azeitona, morto pelo Garra, havia flores de várias cores no túmulo. Já Leandro não realizou o sonho de ouvir uma letra sua de rap na rádio, morreu numa suposta troca de tiros com a Rota, pena que estava desarmado, levou desvantagem. Pelo sonho do carro do ano, agora Rod assusta as meninas que veem as pernas finas na cadeira de rodas. Suspeita de atividade de justiceiro, o ocorrido com o amigo Charles foi bem pior, ficou tetraplégico. Um dia, vendo televisão, viu o rosto deformado do amigo de infância, as manchas de sangue no asfalto são difíceis de sair, pensava o pequeno, são tantos nomes que só um dia para os finados não dá, o carro funerário vem todo dia e o pequeno tinha medo dos homens do IML, jogava figurinha com o amigo Anderson, o dono do carro estava armado, deu tiro na mão e depois na cara dele. Pela Zona Leste mesmo ficou Roni, tiro de .40 no pescoço e nos olhos. Outro amigo foi Alan, que levou a pior em tiroteio com o segurança no Frango Frito. Comeu bolo na casa de Juca, depois mataram a tia e a prima do amigo, a disputa pelo controle da boca não deu trégua, não pararam de dar tiro nem pra socorrer as duas vítimas de balas perdidas. Agora mesmo olhando o cano do revólver à sua frente o pequeno vê quando tinha seis anos, brincava com Rodriguinho, o mesmo que anos mais tarde caiu da moto Sahara com um tiro nas costas, o DSV não poupou munição, o policial queria ação. Todo dia 1º é Dia de Todos os Santos, as igrejas vivem cheias, mas não tanto como o dia seguinte, pois dia 2 de novembro o cemitério São Luís bate todos os recordes de pessoas.

Viveu com tudo isso, viu cada caso de derrota pessoalmente, viu cada choro de mãe, viu cada desespero de pai, mas mesmo assim queria ter o que não tinha, sonhava em ser conhecido, temido, queria também o que eles só alcançaram após a morte, o comentário dos vizinhos de que eram loucos por tentar tudo aquilo, ser eternizado como louco ou como ladrão era melhor do que ser lembrado como mais um zé-boceta da rua, o justiceiro cumpriu seu papel, o urubu que o Estado aplaude fez sua obrigação, um maloqueiro a mais apareceu caído pela manhã, com os braços abertos, sem camisa, de chuteira, com um shortinho azul de cordão branco, com as pernas retas, o rosto virado, o sangue já endurecido misturado com o barro, quem olhasse de longe juraria que era somente uma criança que devia ter muitos sonhos.

Régis estava impaciente, estacionou o carro que pegou emprestado com Mágico embaixo de uma árvore, o lugar era bem movimentado, os carros ao lado do seu talvez fossem deles, ninguém os distingue das pessoas tidas como normais, para ele são todos desgraçados, pagando cada um a seu jeito o preço de suas vidas tidas como normais, donos de lojas, banqueiros, doutores, sobreviventes às custas das misérias alheias, tomam os vinte por cento da dona que precisa tanto daquele dinheiro, extraem dentes que poderiam ser salvos, só que a dona que está em sua cadeira come farinha, então não tem importância, o Estado protege a sociedade contra delinquentes, mas para Régis o certo seria aceitar que ele e os que conhece são delinquentes por necessidade, por querer também participar das melhores coisas da vida, afinal sempre sentia que o pior não era não ter, e sim saber que nunca iria ter, vários carros, uns com adesivos, "direito", "odontologia" e embaixo o nome da faculdade, Régis sentia-se um herói, estava jogando certo no jogo do capitalismo, o jogo era arrecadar capital a qualquer custo, afinal os exemplos que via o inspiravam ainda mais, inimigos se abraçavam em nome do dinheiro na Câmara Municipal e na Assembleia Legislativa, inimigos se abraçavam no programa de domingo pela vendagem do novo CD, os exemplos eram claros e visíveis, só não via quem não queria.

Régis olhou para a mãe e a criança que fazia enorme esforço para pedalar a bicicleta, o muro branco dividia os vivos dos mortos, do lado de lá só túmulos, ele não entendia como sempre fazia isso, imaginava rostos e começava a pôr vida nesses rostos, logo os rostos com vida tinham corpos, definia a altura de cada um, a etnia, o estado de saúde, criava pessoas diferentes, alguns fortes, outros gordos, outros eram magros, pequenos, doentes, alguns eram pobres, outros trabalhavam e se fatigavam de manhã à noite, sem lhes sobrar tempo para as práticas religiosas, outros ficavam nas igrejas mais de quinze horas, criava pessoas que, quando o corpo dependia do salário, não eram julgadas por outras.

Para esses seres que criou, pensou em histórias, cada um teria a sua, um com certeza teria a história parecida com a dele, Régis começou a se lembrar das roupas dadas de esmola que lhe traziam tanta dor, do seu pai chegando nervoso e batendo em sua mãe, sempre a mesma rotina, e sempre novas lágrimas, sua infância vinha à tona novamente, logo todas aquelas pessoas que havia criado em sua mente desapareceram, viu somente um menino no escuro, um menino com os cadernos debaixo do braço, logo uma luz se acendia, o menino começava a caminhar, talvez fosse para a escola, mas talvez não, o menino se ajoelha no meio do caminho e acha um crucifixo dourado, coloca-o no bolso e enquanto caminha reza para que haja aula, não quer chegar em casa cedo, não quer ter que passar mais tempo com sua família.

Régis decide andar, todo aquele pensamento e ainda não havia dado um passo, decide parar de viajar, passa em frente a uma vitrine e para, logo começa a ver que a sorte do pobre é poder fazer um novo crediário, o rico bem nutrido vive onde tudo lhe favorece, entrega-se à devoção na missa de domingo, depois cobra o carnê, faz o pobre pagar o triplo do valor pelo fato de não conseguir juntar dinheiro para comprar à vista, imagina o rico agradecendo a Deus por tudo que tem, Régis sabe que no fundo os ricos torcem pela degradação, porque eles reinam na miséria, eles sabem administrar as dificuldades, eles acham que Deus é um grande empresário, o diabo eles julgam como um ex-sócio fracassado, os anjos a seus olhos são representantes comerciais, o pobre é um joguete de alma pecadora que olha Jesus crucificado todo machucado e se identifica com seu sofrimento, Régis passa a mão pela corrente que Eliana lhe deu e segura forte o crucifixo que está nela, o traz até os lábios e beija-o.

Auxiliadora saiu do serviço cedo aquele dia, estava morrendo de saudades de Paulo, todo dia era assim, só por saber que ficaria longe dele tinha vontade de chorar, mas decidiu que antes de passar na igreja ia visitar sua afilhada, se lembrava dos cachinhos dourados da pequena, os fios que pareciam ouro lhe cobriam a cabeça por inteiro e eram lindos, os olhos eram duas pedras preciosas, ela estava com vontade de tomar o café da comadre e, se desse sorte, talvez até comer um pedaço do bolo de cenoura que só a dona Maria Luiza sabia fazer.

Acordou, escovou os dentes, tomou meio copo de café, puxou o tapete e sentou-se nele como fazia todos os dias, as costas apoiadas na parede, os olhos fixos nos desenhos matinais, *Os anjinhos, Tom e Jerry* e *X-Men: Evolution*, esperou a última história acabar, levantou-se, cumprimentou sua mãe que lavava roupa no tanque perto do banheiro, aproveitou e disse que ia sair.

Modelo era assim, num piscar de olhos resolvia promover ação, foi assim quando estava tomando café há poucos minutos e decidiu que iria matar o Sem Janta, na noite anterior ele o havia encarado na porta da pizzaria do Valo Velho, então a decisão foi tomada no último gole de café, as cenas de Wolverine abatendo os soldados da SHIELD ainda estavam em sua cabeça, iria chegar igual em Sem Janta, a 380 mm estava municiada, agora era questão de encontrá-lo.

Régis não queria mais comentários, mais uma vez os nomes dos meninos da nova banca haviam sido citados, dessa vez um deles havia matado o Sem Janta, os meninos estavam ficando perigosos, Régis sabia o que isso representava, e a encrenca que viria já era certa, pois eles não eram catadores, nem ladrões, estavam atrás de fama, eram os típicos meninos para quem dinheiro vinha em segundo plano, primeiro provocavam medo, e a boca que mantinham no Jardim Novo lhes dava a estrutura das armas e dos meios de condução para continuar matando.

Régis já era experiente no jogo e sabia o fim disso tudo, sabia que a malandragem não respeita quem quer fama, e que o medo é um perigoso inimigo para quem o promove.

Aninha acordou naquele 29 de julho com as pálpebras pesadas, a noite tinha sido maldormida, no caixote de feira que lhe servia de mesa, um vidro de tintura de arnica, as dores do túnel do carpo lhe eram constantes, movimentou a tampa, despejou o líquido no pulso esquerdo, esfregou com os dedos e em seguida repetiu o ato no outro pulso, sabia que as armas que manejava eram a causa das dores, se levantou, foi em direção ao banheiro e fez a higiene, pegou a camiseta branca dependurada num prego e cobriu sua pele pálida, olhou no espelho e não gostou do que viu, foi para a pia, pegou o carregador do celular e retirou da tomada, desencaixou o celular, viu se tinha alguma mensagem, nenhuma, resolveu ligar para o Mágico, estava quase na hora de se encontrarem para a reunião, ele demorou a atender, mas atendeu, falou rapidamente, ela deveria ir para a casa de Lúcio Fé, pois os outros também estariam lá.

Lúcio Fé já estava acordado havia algumas horas, impaciente, havia cheirado todo o pó que comprara na noite anterior, os olhos arregalados olhavam para todo o barraco, pensou em fazer café, mas se lembrou de todo o processo e a preguiça o venceu, pegou a pistola na cama, se sentou no velho sofá, conferiu a munição, de repente notou um facho de luz que vinha do telhado, o buraco por onde passava o sol com toda a sua força foi feito por ele um dia antes, não se lembrava de por que havia atirado no próprio telhado, só que agora aquele facho de luz o incomodava, desviou a cabeça e mesmo assim a luminosidade o alcançava, esbravejou um palavrão e saiu do sofá, continuou com a pistola na mão, Mágico já havia lhe informado que todos se reuniriam na sua casa, mas até agora ninguém havia chegado, a espera o fazia coçar a cabeça a todo momento, mais alguns minutos e as feridas voltariam, a vontade de cocaína o deixava nos nervos, se sentou na cama, calçou o tênis de que mais gostava, se pudesse estaria com um bem mais caro, pegou a roupa que deveria usar no banco, estava em sacos plásticos, a roupa chamada de esporte fino não lhe agradava, mas ultimamente fazia muita coisa que não lhe agradava.

Celso Capeta estava na quinta cerveja, mais alguns passos e estaria na casa de Lúcio Fé, resolveu ficar mais um pouco no bar, a bolsa que trazia estava cheia, a roupa que deveria usar no assalto era volumosa, principalmente o blazer, respeitava muito o Mágico, mas achava que ele estava exagerando nessa coisa de entrar no banco de roupa boa, tudo bem, o motivo de sua empreitada era o dinheiro, o resto era detalhe, pediu mais uma cerveja, Neco o estava olhando meio desconfiado, nunca tinha visto Celso começar a beber tão cedo, perguntou se iria viajar, Celso o olhou com firmeza e não respondeu, apenas pediu um copo maior, Neco já sabia que tinha dado um passo errado, e pra corrigir disse que havia acabado de fritar uns torresmos, Celso também resolveu amenizar a situação e falou que queria uma porção com limão.

Neguinho da Mancha na Mão tocou a campainha pela segunda vez e foi quando viu o belo rosto de Eduarda aparecer na janela da sala, a porta foi aberta, e ele logo lhe deu um demorado beijo na boca, ela estranhou o horário da visita e a resposta que teve muito lhe agradou, saudade era uma bela palavra, Neguinho perguntou quem estava na casa, ela disse que ninguém, ele entrou, se sentou no sofá e Eduarda foi pegar um café na cozinha, voltou dizendo que os pais estavam trabalhando, Neguinho pegou a xícara e tomou o café de um gole só, em seguida pegou na mão de Eduarda e notou sua minissaia, não desgrudou mais os olhos de sua coxa, ela começou a ficar vermelha e perguntou o que ele estava olhando, Neguinho se aproximou de seu ouvido e disse baixinho que ela estava um tesão, Eduarda se levantou do sofá e pegou a xícara para colocar na pia, quando estava entrando na cozinha foi abraçada por trás, pediu para Neguinho parar, mas do jeito que pedia não convencia, ele subiu a mão esquerda por sua barriga e começou a mordiscar sua nuca, Eduarda colocou a xícara na ponta do armário e relaxou, Neguinho subiu mais a mão esquerda e segurou num dos seios, com a mão direita apalpou as ancas de Eduarda, em seguida a virou e começaram a se beijar, Neguinho enquanto a beijava pegou a mão da garota e a colocou por cima de sua calça, ela tirou rapidamente e quase parou de beijá-lo, Windsor, como ela o chamava, segurou-a firmemente e numa nova investida subiu a mão por sua saia e tocou as nádegas, começou a caminhar para a sala sem parar de beijá-la, Eduarda se sentou primeiro e ele se ajoelhou à sua frente, puxou sua calcinha, disse que não estava preparada, Neguinho disse que ia fazer outra coisa, que podia ficar sossegada, tirou a calcinha e mergulhou sua boca na gruta já molhada, começou a movimentar a língua lá dentro, Eduarda não sabia se abria mais as pernas ou se fechava, estava espantada, mas era muito gostoso, quando o parceiro aumentou o ritmo ela não aguentou, soltou um grito fino, com certeza havia gozado, nunca tinha sentido nada parecido, Neguinho assim que sentiu a boceta umedecer mais levantou-se e pediu para ela se abaixar, Eduarda obedeceu e ficou assustada com o tamanho do membro do namorado, só havia tocado nele antes por cima da calça, ergueu a mão direita e começou a movimentá-lo, Neguinho disse que não era assim e pediu para ela abrir a boca, Eduarda não queria o que o parceiro queria, mas não teve coragem de retrucar, ele guiou e enfiou o pinto em sua boca e começou a ir para a frente e para trás, segurou a cabeça da namorada como apoio, Eduarda tentava não deixar a cabeça do pinto chegar até sua garganta, mas era impossível, os movimentos de Neguinho eram fortes, quando ela sentiu a glande inchando ainda mais tentou recuar, mas ele segurou sua cabeça e a fez sentir o líquido quente escorrer por sua garganta, ainda ficou com o pinto em sua boca por mais uns segundos e depois retirou, Eduarda levantou rapidamente e tentou falar, mas o esperma a fazia engasgar, foi para o banheiro e enxaguou a boca, depois voltou falando que Neguinho estava ficando doido, ele a puxou e lhe deu um beijo forte, em seguida disse no ouvido de Eduarda que estava doido, mas doido só por ela.

Neguinho pediu mais um café, Eduarda foi pegar, ele acendeu o primeiro cigarro do dia, ela voltou com o café e perguntou aonde ele iria, Windsor tomou rapidamente e falou que tinha que ir à casa de Lúcio Fé, ela deixou claro que ele não deveria se envolver em nada com aqueles amigos, Neguinho disse que não era nada de mais, explicou que só iria deixar uma moto num estacionamento próximo, e talvez até ganhasse um dinheiro, apesar do rosto insatisfeito de Eduarda, lhe deu um último beijo e saiu.

Régis abriu os olhos, sabia que dia era, se tudo desse certo, o dia 29 de julho seria uma data ligada ao nome estratégia, olhou para o lado e não viu Eliana, como sempre o barulho na cozinha indicava que já havia começado suas tarefas, mulher trabalhadora que nem essa ele nunca tinha visto, talvez fosse por isso que havia se casado, e com dez anos de casamento nunca havia visto a casa suja, sempre toda arrumada, Eliana mesmo doente deixava tudo um brinco, parecia até que estava esperando visita, embora ninguém nunca os fosse visitar, Régis e ela nunca se deram bem com parentes, ambos se irritavam facilmente, não aguentavam perguntas e não se identificavam com eles, Régis por um tempo até tentou ser amigo de um primo, mas logo se desentenderam e quase se mataram.

Levantou-se, foi ao banheiro, fez a higiene, vestiu uma camisa azul e foi para a cozinha, deu um beijo no rosto de Eliana e perguntou por Ricardo, ela respondeu bem calma que já estava na escola, foi então que Régis lembrou que era segunda-feira, pegou a bolsa com a roupa que deveria usar no assalto e colocou na mesa, pediu um café com leite que lhe foi servido rapidamente, em seguida foi ao guarda-roupa e pegou a pistola, colocou na cintura, a Uzzy e os dois fuzis já estavam na casa de Lúcio Fé e era para lá que deveria ir para se encontrarem.

10. Na terra da desconfiança

Já fazia muito tempo e até agora ninguém havia ligado, se alguma coisa tivesse dado errado certamente ele iria ter que intervir, não era fácil para Mágico ficar parado vendo tudo sendo realizado, mas fazer o quê?, só sabia trabalhar de um lado da coisa, na estrutura, na estratégia.

Esses dias havia topado com Magali, foi somente comprar pão e, assim que virou a esquina, ela o interrogou que foi uma maravilha, por isso que não gostava de sair, é sempre assim, ele até argumentou com Priscila, mas não a convenceu, Magali não parava de falar, o assunto era sempre o passado, que morou perto dele, que ajudou sua mãe a criá-lo, que o viu brincar, presenciou seus primeiros truques de mágica, se lembrava dele trabalhando na feira, que os truques baratos dele davam condições de continuar fazendo o curso de datilografia e ainda ajudar em casa.

Mágico fingiu ouvir Magali, mas na verdade pensava em sua família, coisa rara nesses últimos anos, sempre ficara muito longe de seus pais, há algumas semanas ele teve uma experiência que o fez pensar muito neles, teve medo de nunca mais olhar no rosto de sua mãe, teve medo de nunca mais pedir a bênção a seu pai, no fundo Mágico não os via com frequência, mas sabia que eles estavam lá, sabia que se quisesse podia visitá-los, se sentar na mesma cadeira de vinte anos atrás, tomar café, e ajudar seu pai a terminar de fazer mais uma rede de pesca, com um tempo de sobra talvez escrevesse uma carta para seu pai.

"Bença pai, como vai o senhor? Eu ainda estou aqui lutando pelo dinheiro a cada dia, sabe, pai, São Paulo não perdoa quem não ganha dinheiro a qualquer custo, é a qualquer custo mesmo, pai, muitos aí falam que estou rico, que sumi por isso, que não ligo pra vocês... Não é verdade, pai, a verdade é que quando temos algo, depois temos que manter, e o senhor sabe que a Priscila e as crianças sempre precisam de alguma coisa. Eu batalho todo dia para dar conforto pra Priscila e pras pequenas, eu as coloquei no mundo, minha obrigação é dar o de melhor para elas. Sabe, pai, o senhor sempre ouviu muita reclamação de mim, não foi? Pois é! Eu sei que aprontei muito, mas é assim mesmo, o senhor sempre tentou me dar de tudo, dentro da sua possibilidade, eu sei que a vida tá sofrida pra todo mundo, eu sei, pai, que a quebrada aí tá cada vez pior, fiquei sabendo esses dias dos moleques que tá tudo fumando. Pai, quero que o senhor não ligue para os comentários, quero que o senhor não acredite, o povo fala demais, eu já vou adiantar pro senhor, se falarem que eu tô andando com o Régis, com a Aninha e com outros, vou lhe explicar. Estou montando um negócio, e eles sabem trabalhar nele, só que o pessoal daí fica julgando, por isso não esquenta não, que eu estou com eles por trabalho, tá bom? Pai, lembra que o senhor falava que tudo que causa prazer também causa dor, e o mais estranho disso tudo é que o ser humano só se iguala de verdade na dor e no prazer, no resto só difere. Foi assim que fui vivendo, pai, pegando seus conselhos e bordando na minha memória. Pai, breve estarei aí de novo, assim que resolver essas coisas eu vou ter mais tempo, manda um beijão pra mãe, até mais."

Mágico estava impaciente, e o pior era a mulher falando, a padaria não chegava, ele escutava ela falar que estava passando ali procurando emprego, a vida é uma grande coincidência, ele prefere achar que a vida é uma puta merda, se distrai de novo, Magali continua falando, ele tenta pensar no assalto, o tempo já passou, estão atrasados, ainda não acredita que deixou eles irem e não quis ir junto, ele sabe que no fundo não deve confiar em ninguém, mas por outro lado sabe que eles não seriam tão meticulosos assim para na hora da divisão o deixarem de fora, logo ele que bolou toda a ideia, que organizou tudo detalhadamente, a merda da padaria está longe, devia ter ficado em casa.

Chegou em casa, tirou os sapatos e foi obrigado a ver novela, a sala estava sempre vazia, sua família ficava o dia inteiro fora, Priscila devia estar trabalhando no salão, disse há alguns dias que pegou uma cliente nova, uma esposa de um delegado que gastava horrores, sorte deles, o negócio ia bem, queria até abrir uma filial.

Mágico não tirava os olhos do celular, ficava esperando tocar, mas o aparelho não emitia nenhum som, estava imóvel na poltrona ao lado, odiava novelas, odiava quase tudo que passava na TV, então pegou a coleção dos predadores e resolveu escolher uma fita para pôr, pegou a da onça contra o coelhinho, adorava ver o coelho com os olhos arregalados tentando correr, um desespero que só, assistiu à fita e ficou fingindo que estava calmo, na verdade entre uma imagem e outra olhava para o celular.

Mágico não aguentava mais, foi para a cozinha, colocou os sapatos novamente e resolveu esperar os comparsas na área deles, decidiu ligar para uma empresa de táxi, cinco minutos depois estava nele.

Pegou o celular, ligou para Régis, nada de atender, o celular só chamava, então ligou para Celso Capeta, nada também, o celular acusava fora da área de alcance, o táxi estava saindo do seu bairro e entrando na grande avenida, o bairro chique estava ficando para trás, mas não tinha nenhum preconceito de onde morou, se contasse tudo que já viu, muita gente vomitaria em cima do caviar, e depois iriam querer julgá-lo, chefe de quadrilha, ladrão de bancos, estelionatário, todo nome ainda é pouco, mas Mágico só queria o que todos querem, a merda do dinheiro, e no final, quando o classe alta recebesse o seguro, iriam estar todos felizes em algum iate bebendo.

Celso Capeta viu se o horário estava certo, eram quatro horas, o dinheiro ainda estava todo lá, o carro-forte só iria chegar às quatro e vinte, por ironia do destino o que enchia o cofre desse banco era dinheiro para pagar os vigilantes, mas nesse dia 6 de agosto de 2002 haverá mudanças no pagamento, Celso sabe que vários parceiros que teve já se frustraram depois de fazer tudo certo e, ao entrar na agência, ao chegar à boca do caixa, encontraram mil reais, esse era o padrão de segurança dos bancos agora, por isso a importância de se ter alguém como o Mágico, para quem a certeza é a maior arma depois da organização.

A réplica da pistola .380 esteve em ação, Celso Capeta entrou calmamente na agência, fingiu que ia pedir informação para o vigilante da porta e o rendeu com a réplica da pistola, disfarçadamente pegou o controle da porta e liberou a entrada para Régis e Lúcio Fé, o vigilante nem piscava, por baixo da farda também batia um coração, mas Celso sabia que por uma bonificação no salário o vigilante era capaz de tentar fazer uma merda, se fizesse iria visitar o capeta.

Fuga.
A palavra não sai da mente de Lúcio Fé, não via a hora de sair, os olhos e o rosto das pessoas tinham uma expressão de terror,

tudo pelo maldito dinheiro, queria acalmar uma senhora idosa, ela chorava, mas na guerra não há tempo pra piedade, continuou apontando a arma, estava atento ao seu papel, sabia o que devia fazer, tinha que comprar a moto, não seria mais um a pedir máquina de fazer fralda distribuída pelo programa do Ratinho, ele não iria ser chamado por algum apresentador e ganhar uma casa assim na moral, sua história não interessaria, sua vida, uma sucessão de desenganos, não comoveria o público o suficiente, só o banco iria fazer com que ele ganhasse dinheiro para comprar os olhares das meninas, a moto seria o seu trunfo e com ela certamente elas iriam ver que ele está vivo, que está na ativa.

Entrou.
Foi lindo, chegou com tudo, teve um homem que ciscou, se coçou, por via das dúvidas Régis lhe deu várias coronhadas, ele caiu, o sangue se espalhou, revistou, não achou nada fora o aparelho, vacilão, era um celular, Régis olhou atentamente e viu que já estavam apertadas a tecla um e a nove, por pouco não chamou os homens, deu vários chutes sem dó só na cara do rapaz, doação para o Criança Esperança não ia salvar seu filho da fome se ele não levasse o dinheiro do banco, as mulheres ameaçavam gritar, uma desmaiou, estava grávida, ele continuava a chutar, por Eliana, por Ricardo e por ele mesmo, Lúcio olhou com raiva para Régis e apontou para o relógio, o assalto tinha que ser preciso, no máximo um minuto e cinquenta segundos.

Dor.
O túnel do carpo incomodava, a dor devia ser resultado de bater as mãos no volante, Aninha estava impaciente, o retrovisor nunca foi tão usado, o tempo estava passando, para ela era mais

lento, as pernas não paravam de se mexer, estava a duas quadras do banco, tirou os olhos do retrovisor somente para ver o relógio, tinha certeza do que estava fazendo, tinha até nojo de pensar na outra opção, nunca venderia seu corpo, morreria trocando tiro pelo dinheiro que o seguro cobria, o horário certo, só esperava o tempo exato, tinha vontade de avançar logo para a ação, sabia que o resto até iria ser fácil, guiar o carro para o bairro com os malotes, Aninha estava arrumada, o vestido azul agora já lhe era confortável, ela voltaria sozinha, Régis, Lúcio Fé e Celso Capeta voltariam de moto, as motos estavam a uma quadra da agência, haviam sido deixadas em frente a um prédio pelo Mágico e por Neguinho da Mancha na Mão.

Correu.
Celso Capeta empurrou o vigilante e o cutucou com a arma por alguns instantes, ambos subiram os degraus apressadamente, entraram na central de alarmes, tirou a fita que continha as filmagens, essa era a hora de deixar um patrimônio, se um dia tivesse um filho, ele não ficaria na fila do sopão do centro, não cheiraria cola para acalmar a fome, essa era a hora de mudar sua vida e não estava a fim de trocar todo o sonho do dinheiro pela realidade de uma cela cheia, o vigilante responsável já havia jogado a arma no chão e estava de costas, deitado, já sabia o que devia fazer, Celso gostou, cutucou ele com a arma e agradeceu a cooperação, apressado, sabia que iria ter festa na Roubo a Bancos se fosse metralhado na porta do banco, em seguida saiu da sala e foi para o terceiro andar, ficou recapitulando a estratégia do assalto, Lúcio já estava no terceiro, rendeu mais dois vigilantes facilmente, a sala de penhores já estava sendo esvaziada, Celso só levou as bolsas, dólares, joias, foi jogando rapidamente nas duas bolsas, colocaram os vigilantes no banheiro, pediram a cooperação, disseram que interessava somente o dinheiro do sistema.

* * *

Desceram.

Régis já estava preocupado, estava ao lado do tesoureiro e do gerente, pediu as duas chaves, nenhum deles ofereceu resistência, viram o que foi feito com o rosto do rapaz que tentou chamar a polícia, se dirigiu ao cofre, a luz vermelha indicava que estava travado, as chaves foram colocadas, o caminho estava sendo percorrido, a volta não existia, nunca iria fazer fisioterapia na AACD, trocaria tiro com qualquer um que quisesse até o fim, o gerente segurou uma, e o próprio Régis a outra, giraram, a luz amarela indicou que estava quase liberando, e em seguida a luz verde foi acionada, o cofre estava aberto.

Régis olhava para o gerente, não gostou da cara do rapaz, aquele topete com gel o incomodava, se falhassem naquele assalto ou por outro motivo algo desse errado, pagariam com muitos anos de prisão, mas no caso do banco não, o seguro pagaria tudo, e até o seguro sairia ganhando, pois quem faria seguro se não houvesse assalto?, resolveu parar de olhar o gerente, não teria tempo para lhe dar uns socos na cara, pegou as bolsas cheias e ordenou a retirada.

Enquanto o táxi seguia, Mágico pensava no dinheiro que esse povo todo gastava, os cantores de pagode, de sertanejo, os jogadores de futebol que são de longe os que mais torram dinheiro, a maioria das mulheres com quem convivem aceita até vários homens de uma vez, é só fazer o rateio, é só fazer a vaquinha e comer a capa de revista, ele pôs a mão sobre o pinto e viu que estava duro, então olhou para o taxista, o homem usava óculos Ray-Ban, Mágico sempre odiou esses óculos, era o preferido dos pés de pato.

O táxi ia chegando à periferia, ele viu várias meninas com crianças no colo e a grande quantidade de bares, o ônibus começou a balançar, os buracos avisavam que chegou, Mágico tentou se controlar, não podia ficar viajando desse jeito, resolveu ligar para Régis novamente, nada, o telefone só chamava, viu a rua onde deveria descer, avisou ao motorista que ia descer na próxima quadra, o dono dos óculos Ray-Ban parou mais à frente, conferiu o dinheiro e agradeceu.

Mágico caminhou duas quadras e foi para o bar do Marrocus, na verdade odiava beber, mas foi só entrar no bar que já colocaram um copo com cerveja na sua frente, o pessoal ali era amigo de longa data e com tanta insistência para beber acabou aceitando.

Do seu lado esquerdo, encostado no balcão, com uma camisa xadrez aberta até a altura do umbigo, e usando um short azul que combinava com o chinelo, um senhor começou a conversar com ele, o assunto já durava mais de dez minutos e era especificamente sobre codornas, o senhor que tinha o apelido de Codorninha só falava de codorna, a cada copo de cerveja que ele tomava, comia uma codorna, Mágico só ouvia e Codorninha falava sem parar, depois de muita história disse que tinha uma banca de cigarros lá no ponto final do Jardim Comercial.

Mágico ouvia atentamente e sempre olhava para o relógio, via o movimento lá fora, estava louco para ver se Régis chegava logo com o resto do pessoal, mas por enquanto nada, enquanto isso Codorninha já o estava abraçando, vendendo a ideia de que codorna era bem melhor que frango, que a ave tinha inúmeras vitaminas.

Codorninha era pernambucano, humilde e, mesmo estando desempregado e só vivendo da banca, com ele não tinha miséria, era só chegar e o acompanhar na bebida, logo que iniciou a conversa com Mágico comprou quatro codornas e as dilacerou com as mãos, cada uma foi partida em quatro pedaços, insistiu para que Mágico comesse, ele tentou até evitar, mas não podia deixar que o homem simpático pensasse que o estava desconsiderando.

Começou a comer um pedaço de peito e não gostou muito, Codorninha nem notou quando ele fingiu que ia jogar o osso no lixo e jogou todo o pedaço, ao seu lado direito tinha um alemão alto, de calça e camiseta branca, Mágico passou os olhos por ele e o homem o cumprimentou, Mágico respondeu ao cumprimento e o homem se aproximou se apresentando como Alemão Carreteiro, estava bebendo uísque, também começou a falar e pediu mais duas cervejas.

A história do Alemão Carreteiro começou a intrigar Mágico, que até esqueceu de voltar a ligar para Régis, segundo ele dizia, estava ali por enquanto, mas depois iria caçar um tarado que tinha estuprado uma professora há alguns dias e corrido atrás de mulheres de vários moradores da Cohab, Mágico estava na boa, só ouvindo, Alemão Carreteiro contava que havia assinado vários artigos, que ficou preso mais de dez anos, que tinha uma arma 9 mm e dois .38.

Mágico já estava acostumado com esses papos, só que sinceramente não queria desenvolver essas conversas naquele dia, estava de bom humor, queria só esperar o Régis e o resto do pessoal chegar e dividir o dinheiro, queria ter tempo pra pensar no que iria comprar com sua parte, mas desde que chegou ao bar não teve tempo nem pra pensar no mínimo que deveria gastar, na verdade Mágico queria matar seu tempo falando de algo mais positivo e criativo, mas conversa de cadeia foi o que o papo virou, e Alemão Carreteiro já estava se transformando, segundo suas histórias, num bandidão, se apresentava para ele e o Codorninha como sujeito periculoso, que por nada matava, falou que estava com mais dois parceiros ali perto, que estavam pro que der e vier, que bandido tem que morrer, e foi nesse momento que Mágico parou e perguntou que pena ele havia cumprido e que artigo havia assinado, Alemão esboçou descontentamento assim que ouviu e perguntou se ele queria o papel de soltura pra confirmar, Mágico disse que não estava duvidando, só escutando, mas Alemão Carreteiro não entendeu direito, achou que o Mágico estava ironizando suas histórias, foi quando perdeu a linha, começou a falar alto, a se exaltar, disse que com um telefonema poderia matar todo mundo ali, o pessoal do bar começou a prestar atenção no que era uma conversa e virou uma discussão, de repente parou de gritar e pediu outro uísque, nisso veio um menino e puxando a blusa do Mágico lhe pediu para pagar um salgadinho, Mágico mandou o pequeno pegar e falar para o dono do bar que era ele quem iria pagar, o menino pegou o salgadinho e se despediu, Mágico não acreditou quando virou o rosto de frente para o Alemão Carreteiro, que começou a falar alto novamente e disse que estava disposto a matar mesmo, que estuprador e amigo de estuprador tinham que morrer, então percebeu que a conversa estava fora do limite e tentou acalmar o homem dizendo que também tinha nojo de estuprador, mas que ali estavam em família, que ele podia ficar sossegado.

Mas o Alemão não parava de falar e agora estava gesticulando, Mágico pressentia que o homem só queria arrumar um motivo para fazer uma merda qualquer, Codorninha havia se afastado e pedia para Mágico se afastar também, só que daquela situação não havia mais saída, tentou ver o volume da camiseta do Alemão, mas não deu pra notar se ele estava realmente armado ou não, e Mágico só lamentava não estar armado, enquanto pensava no que faria, Alemão continuava falando, e agora dizia que era um cara ruim e que não levava nada pra casa, Mágico tentou achar uma solução e pediu licença para ir ao banheiro, se espantou quando o Alemão Carreteiro o segurou pelo braço, mas logo relaxou quando ele o soltou, na verdade, faltou pouco para lhe dar um soco naquele momento, mas não podia arriscar de o cara estar armado, entrou no banheiro, fechou a porta e pegou o celular, discou para o Régis e só chamava, tentou novamente e conseguiu, Régis atendeu e já foi dizendo que tava chegando, então aproveitou e lhe explicou a situação que estava passando no bar, Régis disse que estava indo para o bar imediatamente e que ele não deveria sair na mão com o cara, muitos dali só queriam criar um motivo para matar.

Mágico estava aliviado, saiu do banheiro e foi para o balcão do bar, se sentou no mesmo lugar e pediu outra loira gelada, Codorninha havia ido para o outro lado do balcão e só olhava de rabo de olho, o Alemão Carreteiro estava de frente para o Mágico e não tirava os olhos dele, foi quando Mágico fingiu que ia pegar um salgadinho no balcão e perguntou baixinho para Marrocus se ele conhecia aquele cara, Marrocus levantou a mão esquerda e passou os dedos pelo avental, num sinal de que o mano era sujeira, Mágico pensou em ligar outra vez para Régis, mas ir ao banheiro novamente iria trazer suspeita, resolveu conversar mais, perguntou se Alemão morava por ali, ficou espantado com a resposta daquele que agora só ameaçava, Alemão dizia que tinha quatro anos de boxe e que na mão não dava pra ninguém, perguntou se Mágico tinha coragem de enfrentá-lo, Mágico não se conteve e disse que depois que inventaram a pólvora não havia mais essa de sair na mão, Alemão riu cinicamente e o olhou com maldade, perguntou se ele pensava que iria sair dali vivo, com essa pergunta, Mágico ficou mais inquieto e não sabia o que responder, viu que desta vez a situação estava complicada para seu lado, começou a suar frio e resolveu perguntar para Alemão o que estava acontecendo, por que a conversa tomou aquele rumo, Alemão chegou ao ouvido dele e disse que quem se junta com porcos, farelo come, e que amigo de ladrão é ladrão, e no final da ideia disse baixinho e com tom de ameaça que o esquadrão estava vivo, Mágico se tocou na hora, amaldiçoou o minuto em que entrou naquele bar, entendeu tudo o que estava acontecendo quando Alemão disse a frase "o esquadrão está vivo", era uma alusão ao esquadrão da morte, o homem à sua frente era com certeza um pé de pato.

Resolveu beber cada gole daquela cerveja como se fosse o último, agora era questão de tempo para o Alemão sacar a arma e matá-lo, certamente seria ali mesmo, na frente de todo mundo, afinal pé de pato adorava fama, e sua vida dependia de Régis chegar logo ou não.

Abriu a carteira lentamente e pegou as fotos de suas filhas, uma lágrima queria cair, estava chegando ao fim do túnel, agora ele conseguia ver o volume na blusa do Alemão Carreteiro, talvez um único tiro, talvez um tiro na testa, ou talvez ele o levasse pra algum lugar, mas agora, à beira de um fim trágico, ele não parava de pensar em suas filhas, queria só vê-las mais uma vez, iam com certeza ter saudade do papai, não acreditava que aquilo estava acontecendo, não acreditava que logo no dia que ganharia uma bolada iria morrer, isso é, se o assalto tivesse dado certo, porque nem isso o Régis havia falado no celular.

O clima estava cada vez mais pesado, quando estava olhando mais uma vez para a foto das crianças ao erguer a cabeça viu os dois carros chegando, respirou aliviado e guardou a carteira, Régis entrou no bar e o chamou, Alemão mandou que ele ficasse sentado e perguntou a Régis o que ele queria, Régis fingiu não entender e se aproximou.

— Fala, jão.
— Fala o que, meu amigo?
— Sei lá, tô chamando o parceirinho aí e você fez ele ficar sentado.

— Fiz ficar nada, estamos conversando.
— Então libera ele um pouquinho, vou dar uma ideia rápida nele.
— Vai dar não, ele tá comigo.
— Ó, jão, é o seguinte, deixa eu dar uma...
— Aí, parceiro, chega aí, tô falando que ele num vai sair daqui e se você num sair rapidinho, vai acabar se fudendo também.
— Tá bom, chefão, desculpa aí.

Régis fingiu que estava indo embora e, quando chegou à porta do bar, fez um gesto para que Mágico se jogasse no chão, em seguida o barulho foi ensurdecedor, Régis com duas pistolas na mão não deixou que Alemão nem engatilhasse a arma que trazia à cinta, Alemão caiu em cima do freezer de sorvete, Régis se aproximou de Marrocus e disse que dali a algumas horas voltaria para ver o movimento, se tivesse alguma caguetagem o próximo seria o delator.

Mágico se levantou rapidamente e foi para o carro que Aninha dirigia, o bar em poucos minutos estava lavado de sangue, quando Mágico olhou pela janela do carro viu o que não queria ver, Codorninha, atirado no chão, havia sido baleado.

Foram todos para a casa do Mágico, o quartinho próximo à garagem serviu para a contagem do dinheiro, Mágico disse que queria tempo para avaliar as joias e vendê-las, todos concordaram pois não teriam para quem repassar, queriam somente a parte de cada um em dinheiro, Mágico pediu para Celso Capeta o ajudar a pegar uma mesa que estava no quintal, Mágico subiu para casa e trouxe algumas cervejas, todos beberam, Régis disse que deviam comemorar no Órion, uma casa de strip no centro, Aninha abaixou a cabeça, Lúcio disse que preferia pedir umas minas por telefone, Celso Capeta deu a ideia de alugarem um sítio e fazerem uma zona total por alguns dias, Neguinho chegou em seguida, pegou o papo pelo meio e pediu para mudarem de assunto, pois Aninha estava ali, todos pediram desculpa e continuaram a divisão do dinheiro.

Paulo estava na fila, conseguiu sair duas horas mais cedo da metalúrgica, para cada conta que segurava, o dinheiro no bolso era a quantia certa, não pôde deixar de notar o menino em cima do carrinho de material de construção na porta da casa lotérica, era para garotos como aquele que ele queria um dia montar uma organização, mas sem verba todos os sonhos ainda eram apenas sonhos, o pequeno com certeza estaria esperando sua mãe, e brincava com uma embalagem de panetone já velha e suja, de repente Paulo ouviu uma senhora que já estava sendo atendida dizer para o menino esperar mais um pouco, ele reparou que ela usava uma blusa de lã azul, o ambiente estava quente mas ela parecia não se importar, vestia uma saia comprida amarela e uma simples sandália de borracha, ao lado tinha mais um menino, com certeza era seu filho também, Paulo notou a semelhança entre essa criança e a que estava esperando no carrinho, o menino que estava ao lado da mãe era maior, devia ter uns seis anos, usava um short que antes deveria ter sido branco, mas chegava mais perto do marrom, estava sem camisa e sem chinelo, Paulo mordeu os lábios quando viu a senhora pagando o jogo, no total deu seis reais, ela passou as notas pelo furo no vidro e Paulo não acreditou quando ela pegou o boleto com os números em que havia apostado, pensou muito na cena que havia visto, a fila andava lentamente, o carrinho foi levado com o pequeno que continuava a brincar com a embalagem de panetone vazia e Paulo lembrou que o Natal estava perto de chegar.

Pagou as contas e foi para casa, começou a ler *A batalha da vida*, de Máximo Gorki, o autor havia se tornado um de seus favoritos, o livro o empolgava muito e hoje completaria três dias que o estava lendo e já passara da metade da trama, o dia se foi rapidamente, a televisão na sala quase não era ligada, sua avó escutava rádio o dia inteiro sentada numa velha poltrona, um presente antigo de seus ex-patrões, as histórias que Paulo mais ouvia de sua avó eram sobre o bom tempo que se passou, sobre como os patrões eram generosos e como ela chegou a ganhar a mobília inteira da casa assim que os patrões resolveram mudar de decoração, mas apesar de ouvir tudo de forma atenta tinha um ponto de vista diferente, sabia que a diferença social trazia tudo isso, presente para ela, mas para os patrões os móveis velhos não passavam de lixos.

A noite chegou, e com ela a inquietante vontade de fazer algo diferente, lembrou as agradáveis conversas com seu ex-professor e resolveu ir à escola, se desse sorte ainda o pegaria terminando a última aula.

O parque Independência para muitos era longe, mas Paulo tinha um grande motivo para caminhar por tanto tempo, e, cantando canções de músicos já falecidos, pois só gostava de compositores da década de 1970, ia passando o tempo entre um passo e outro, as ruas de terra, os barracos iluminados, as pontes de madeira por onde passava já eram seus cenários costumeiros, mas apesar disso notava as crianças brincando na beira do rio ou então trancadas em casa, esperando a mãe chegar do serviço e sentia-se mal por elas crescerem como ele cresceu, em ruínas, e a cada passo que dava sentia que era longa e estranha sua caminhada, havia estudado naquele colégio por três anos, chegou ao portão do estacionamento da escola e bateu com força, esperou por algum tempo, mas ninguém abriu, então foi para o portão principal, como sempre um monte de motos em frente à escola, os caras ficavam esperando a saída da turma da noite, as meninas do colégio os atraíam que nem o mel a abelha, Paulo passou por eles, pedindo licença como bom morador de periferia que se preze, e bateu na grade principal, a inspetora já o conhecia e sabia que o jovem era um raro caso de aluno que havia ficado amigo do professor, e amigo por questão de estudar, já que a maioria quando ficava amigo do professor era para beberem juntos no final de semana, a supervisora abriu a grade dizendo que o professor estava na sala dos professores e Paulo agradeceu, se dirigindo para lá.

Chegou em casa e a cumprimentou com um leve beijo no rosto, passou pela porta e foi sentando na cadeira mais próxima e tirando o par de tênis, o ar de cansaço dizia tudo, Eliana tratou de pôr água pra esquentar, certamente Régis iria querer café.

Régis abriu os três botões da camisa polo preta e se levantou para ir ao banheiro, lá molhou o rosto lentamente e olhou para o espelho, o que viu não lhe agradou muito, seu rosto estava um lixo, as noites de sexo com outras mulheres, as bebidas e as correrias pelo dinheiro estavam presentes em cada traço de seu rosto, agora refrescado pela água da pia.

Eliana pensou em perguntar pelo Golf, o marido saiu de casa há mais de quinze dias com um carro praticamente novo e voltou com uma moto que não valia o conjunto de rodas do veículo, mas resolveu passar o café e não perguntar nada, conhecia Régis e sabia que quando estava naquele estado era melhor não lhe dirigir a palavra.

Régis se sentou na cadeira novamente, apoiando os braços na mesa, os pingos d'água caíam de seu rosto constantemente, perguntou se ela estava melhor, ela respondeu que em tal situação nunca se estava melhor, Régis preferiu não prolongar a conversa, se lembrou de que era quarta-feira, olhou fixamente para a embalagem de palitos de dente que estava na mesa, na embalagem marrom, notou um rosto jovem, o rosto de uma linda mulher loira, os olhos eram esverdeados e o sorriso muito bonito, embora Régis achasse o sorriso meio contido, pensou na figura da mulher e, enquanto Eliana colocava a xícara de café em sua frente, ele lia o nome na embalagem, Gina era o nome, enquanto a fumaça do café dançava pelo seu rosto, começou a pensar por que o nome era Gina, será que o dono da fábrica tinha amado alguém com aquele nome, será que o coração dele também tinha sido partido um dia por esse nome?, Régis viu que tinha muitas perguntas para poucas respostas e resolveu parar de pensar naquilo, já que o rosto na embalagem nem era uma foto, e sim um desenho, talvez um desenho criado para aquele nome, talvez um desenho inspirado na namorada do desenhista, ou talvez um rosto qualquer, jogado naquela embalagem, que certamente estaria presente em muitos lares naquele momento.

Tomou o café em três goles, foi para o quarto, abriu a terceira gaveta do guarda-roupa, retirou a pistola da cintura e guardou por entre as camisas, viu um embrulho logo abaixo de suas camisas e abriu, era o calibre .38, o primeiro revólver que havia comprado, pensou em usá-lo somente num momento especial, voltou a embrulhar a velha arma, fechou a gaveta, tirou a camisa e foi para o quarto deitar-se, Eliana saiu para a varanda, fez o sinal da cruz e disse bem baixinho:

— Obrigada, Senhor, por trazer meu marido de volta.

Régis tentou fechar os olhos, mas continuava olhando fixamente para o teto, muitas coisas haviam mexido com ele nos dias anteriores, chegar em casa, tirar a camisa e apenas deitar e fechar os olhos era uma bênção que com certeza estaria longe de ter, sabia disso e tentava raciocinar e resolver rápido cada assunto, pensou na quantia que agora tinha em mãos, pensou no Golf perdido para os policiais, pensou em Celso Capeta e em Lúcio Fé, pensou no comportamento de Aninha durante todo o assalto, havia sido simplesmente espetacular, cada cena ainda batia forte em sua mente, parecia que estava vivendo tudo de novo, os olhos fixos no teto nem piscavam, e os vigias sendo jogados ao chão, as armas que eram meras réplicas enganaram perfeitamente toda a segurança.

As imagens paravam, mas logo começavam de novo, e Régis continuava deitado vendo toda a cena, o sucesso do plano era de esperar, Mágico não brincava em serviço, e foi assim com total organização que subiu de um simples passador de cheques sem fundos para um dos maiores entrujões e organizadores de assaltos que conhecia, o plano fora meticulosamente pensado, Aninha aguardando os comparsas do lado de fora da agência, chegaram todos em uma Parati cinza, ela estava com o Santana vinho que Mágico havia deixado na rua ao lado da agência minutos antes do assalto, sua missão parecia diminuída perto dos outros, quem analisasse de fora a situação pensaria que só pelo fato de ser mulher ficara do lado de fora, mas na realidade Aninha era uma das principais peças do jogo, pois dirigindo o carro com os malotes certamente passaria despercebida pelos policiais que sempre faziam a perseguição depois do roubo, e foi o que aconteceu, Aninha usava um lindo vestido azul, o cabelo com duas presilhas amarelas e os brincos compridos a faziam ficar bem acima das suspeitas de todos, guiou o carro normalmente por todo o trajeto, o plano que incluía duas motos que ficaram no estacionamento era muito bem bolado, na saída Régis e Lúcio Fé colocaram os malotes no carro enquanto Celso Capeta detinha os clientes na agência por mais alguns segundos, em seguida rumaram para o estacionamento, o rapaz que trabalhava no estacionamento mais tarde foi interrogado pelos policiais, mas nunca se lembraria de que três rapazes vestindo roupas sociais pegaram duas motos que haviam sido deixadas no estacionamento pelo Mágico e por Neguinho da Mancha na Mão, em vez disso, forneceu aos policiais dezenas de placas de suspeitos, na sua maioria rapazes de bonés e roupas largas que sempre eram vistos com desconfiança e que haviam deixado os carros no estacionamento só para comprar algum CD ou para comer algum lanche ali por perto, mas as pistas fornecidas depois de dias de investigação finalizariam por si próprias, pelo menos foi o que disse o policial amigo do Mágico que trabalhava naquela área, Régis continuava a ver a cena, continuava a ver tudo, e agora um problema que o atormentava era a banca do Modelo, no começo era uma turminha de moleques que faziam só fita pequena, mas a banca foi crescendo e chegou ao que era hoje, um real perigo para a malandragem mais velha, Régis já havia conversado com Neguinho da Mancha na Mão e sabia que fora ele quem havia matado Guile.

 Neguinho confessou que tinha se arrependido depois que soube que a banca de Guile ia correr atrás, não pensou que Modelo daria tanta importância assim à morte do parceiro, o debate durou, Régis terminou a conversa dizendo que na real mesmo Modelo só queria um motivo, e esse motivo acabou sendo a morte de Guile, explicou para Neguinho que achava que nem era pelo parceiro essa guerra toda e sim para dominar a quebrada, Neguinho só pensava em voltar do debate com Régis, estava amando Eduarda e não queria mais aquela vida de correria, Régis não estranhou o papo do amigo, a recusa em participar do assalto a banco já indicava uma mudança de conduta por parte do parceiro, mas mesmo assim conversou com todos na casa do Mágico e decidiram dar uma parte para Neguinho, pois ele cumpriu o compromisso de levar a moto com Mágico para o estacionamento, Régis sabia que a morte de Guile traria muita confusão, as histórias sobre Modelo e sua banca não paravam de aparecer, cada vez mais cruéis, continuava olhando para um ponto fixo no teto, e embora deitado não tinha nem sinal de sono, sabia que aquela situação tinha que ser resolvida, e ia ser, era só questão de tempo.

* * *

Celso estava tomando café na padaria, o primeiro banco sempre vazio, ninguém se sentava nele após dois terem perdido a vida ali, o cavanhaque bem-feito e o cabelo com gel lhe davam uma aparência melhor, Régis chegou e pediu um copo de leite, cumprimentou o parceiro e foi logo falando.

— Cê tá vacilando, Celso, tá muito precipitado, ouve eu, jão, num faz besteira.

— Porra, Régis, cê tá falando o quê? É pra amanhã, tru, cê vai ou não?

— Eu não vou fazer nada precipitado, jão, tô com meu dinheirinho aí, tá devagar, mas tá indo, a central telefônica logo vai estar montada, eu falei pra você investir o dinheiro que deu na fita do banco.

— Ah!, que nada, nem todo mundo é comerciante que nem você, o meu erro foi comprar a moto.

— Claro, jão, você é burro demais, pra que uma moto de trinta mil?

— Mas era muito louca, num era?

— Mas, jão, nem tudo que a gente quer é bom a gente ter, tem que saber viver, tru, agora vê o que adiantou, os homi tomou, cê pagou acerto pra todo mundo, desde o delegado até o advogado ganhou nas suas costa.

— Mas não vai ficar assim não, vamu fazê essa fita aí, e depois nós compra tudo de arma e derruba esses arrombado. Por falar nisso, olha o leite aí.

— Certo, vou tomar logo que senão o estômago ataca, mas é o seguinte, para de viajar, Celso, sossega um tempo, deixa as fita esfriar.

— Cê vai ou não, Régis?
— Não.

— Firmeza, então, vou acionar outro mano, o bagulho num tem segredo mesmo, é apartamento de boy, só entrar e pegar os plaquê de dinheiro, cê vai perder mó boiada de arranjar um qualquer.

— Vou não, essas história do filho ter dado a fita dos próprios pais é foda.

— Que nada, o filho do boy é mó noia, cheira todas, qué só os vinte por cento pra se matar na farinha, o papai tá negando, então ele ajuda nós a ganhar e ele ganha também.

— Tá certo, boa sorte, Celso, qualquer coisa liga aí.

— Firmeza, Régis, olha o dinheiro da conta.

— Precisa não, deixa comigo.

— Firmeza.

11. Abismo atrai abismo

Régis não podia acreditar, estava azarado demais, foi só passar a ponte que a polícia o abordou, mostrou os documentos e os guardas o olharam com desprezo, pediram para sair do carro, ele saiu, logo que viu que seria revistado disse estar armado, Aires pegou a arma e colocou na cinta, e logo pediu para Régis entrar na viatura, Régis perguntou se não tinha ideia, a resposta foi seca.

— Tem ideia lá com o delegado.

A cabeça não parava de doer, a cada lombada mais uma batida no teto da viatura, ele tentava se encurvar, mas as algemas dificultavam, a viatura estacionou no pátio e ele sentiu um alívio, o retiraram e levaram para a sala do delegado, Régis não acreditou no que viu, um homem obeso e careca estava em pé, roupa social toda amarrotada, a gravata torta, com certeza era o delegado, mas o que o fez ficar realmente espantado foi ver Modelo, sentado na cadeira do delegado, pés em cima da mesa e uma arma na mão.

Colocaram Régis sentado em frente a Modelo, o delegado Mendonça começou a falar do assalto ao banco, Régis desconversou, Modelo mandou os policiais saírem, a porta foi fechada e Mendonça se aproximou do ouvido de Régis.

— É o seguinte, ladrão, tá tudo dado, nessas horas ou cê fica na moral e coopera ou vai se arrombar. A fita é o seguinte: o que você quer a gente quer também, então fica na boa, ouve e concorda, afinal de contas, todo mundo tem família.

Régis engoliu em seco, abaixou a cabeça, sabia que dessa ele não tinha escapatória, a imagem de Adilsão apareceu em sua mente, depois veio o rosto de Nego Duda, e pela primeira vez em anos Régis teve vontade de gritar, uma simples conversa, e ele só entendeu agora.

O dia em que Nego Duda lhe contou que viu Adilsão conversando com Modelo, na hora não teve muita importância, agora tudo fazia sentido, a conversa cresceu muito e hoje a cena era essa, o delegado propondo abertamente um acordo sem saída para Régis, o jogo estava chegando ao fim e enquanto o delegado Mendonça falava sem parar, Régis só pensava no seu filho Ricardo.

Celso Capeta e seu novo parceiro Armandinho entraram rapidamente pelo comprido corredor do prédio, o terceiro parceiro da improvisada quadrilha era apelidado de Sem Janta, o menino, que tinha apenas catorze anos, havia entrado repentinamente na fita, foi convidado em cima da hora, faltava um e ele era o único que Armandinho achava que teria disposição pra não amarelar na hora da ação.

Sem Janta estava vigiando o porteiro, a pistola encostada na nuca, convencia o homem de que não deveria reagir, e a cada vez que a pistola era apertada em sua nuca, o porteiro imaginava seu filho e sua esposa chorando, quando a pistola não exercia mais pressão ele os via nitidamente sorrindo.

Celso Capeta bateu na porta do apartamento 8, a empregada viu as cartas na mão do rapaz pelo olho mágico, esqueceu que era de costume o próprio porteiro entregar, estava distraída pensando na filha que havia ficado grávida de um bandidinho da vila onde morava, Celso sorriu, não tinha erro, era um por andar, a empregada doméstica se jogou no chão, colocou as mãos na cabeça, já sabia todo o procedimento, havia sido tantas vezes humilhada pela polícia na periferia da Zona Leste onde morava que cooperava com qualquer um que fosse contra os putos fardados, Celso passou por ela junto com Armandinho e só mandou que ela ficasse parada, ela balançou a cabeça em sinal de ter entendido, Armandinho continuou andando e derrubou um abajur quando estava passando pela sala, chegou ao quarto principal, a patroa havia se assustado com o estrondo e se trancado no banheiro, Armandinho bateu com o cabo da pistola quatro vezes na porta e disse:

— Abre aí, dona, senão vou começar a atirar nessa porra.

Érika Petrovitch, administradora de empresas, não imaginava que um dia iria passar por aquela situação, fazia trabalhos sociais todos os últimos dias do ano, ela e mais algumas amigas recolhiam cachorros e gatos abandonados pela cidade e tratavam deles, davam banho, vacina e anunciavam em jornais para pessoas que quisessem adotar, a decisão era abrir ou não a porta, seu filho estava chorando, a criança havia se assustado com todo aquele movimento, ela pegou na maçaneta e pela primeira vez pensou realmente em pedir para que Deus a ajudasse.

Abriu a porta e estava junto com filho, quando viu a arma na mão de Armandinho ajoelhou e pediu por tudo que era sagrado para que não fizesse mal a ela nem a seu filho, Armandinho se sentiu bem, uma dona daquela com um par de sapatos que certamente valia mais que seu barraco na Zona Sul, uma dona daquela que tinha um par de brincos que certamente valia mais que todo o dinheiro que conseguiu no ano passado, pedindo para ele, pedindo em vez de mandar, era muito prazer ouvir tudo aquilo, podia até sair sem o dinheiro que já estaria bem pago, mas pensou novamente e decidiu que podia, mas não sairia sem o dinheiro.

Armandinho mirava a pistola na cabeça de Érika e não deixava de achar muito engraçado ver a dona daquele apartamento extremamente luxuoso, com aquela cara, ele notava que assim ela não parecia tão alta, não parecia mais tão bonita, Armandinho viu as lágrimas borrando a maquiagem, mostrando a ganância, mostrando as marcas da preocupação em manter o império a todo custo, então resolveu pedir pra ela se levantar, ela obedeceu, empurrou Érika para a sala, mandou a empregada se sentar ao seu lado e disse:

— Agora fudeu, dona, todo mundo é igual, num tem patrão, num tem empregada, e se vacilá, vai tá tudo cheio de sangue em menos de segundos, o primeiro a morrer, se tentar algo, é o pivete aí.

Dizendo isso, Armandinho apontava a pistola para a criança, a empregada fechava os olhos e balbuciava uma oração que não era estranha para Armandinho, mas era estranha para a patroa.

Celso Capeta entrou no terceiro quarto do corredor e encontrou um senhor na cadeira de rodas, ele estava tentando abrir o armário para certamente entrar e se esconder, a arma foi apontada e, quando o homem chegou mais para a claridade, Celso notou que devia ser o pai do moleque que deu a fita para ele, os traços lembravam o rapaz que resolveu arriscar toda a vida da família pelo prazer que a farinha lhe proporcionava.

O homem tinha os cabelos grisalhos e, apesar de estar numa cadeira de rodas, usava uma belíssima roupa, sapatos marrons brilhantes e um gorro de lã branco, Celso nunca havia visto alguém numa cadeira de rodas tão bem-arrumado, os homens que viviam em cadeiras de rodas no seu bairro eram bem diferentes, calças de moletom geralmente muito sujas e desgastadas, mãos grossas de tanto se moverem para lá e para cá, camisas sempre empoeiradas pelas ruas de terra do bairro, barba por fazer, chinelos nos pés magros e pedaços de cobertas forrando a dura cadeira de rodas, na maioria das vezes doada por alguma instituição beneficente, agora com esse senhor não, a cadeira tinha um controle no lado esquerdo, um motor o fazia se locomover sem grande esforço, e o olhar do homem era de total equilíbrio, mesmo naquela situação.

Celso Capeta disse para o homem que estava ocorrendo um assalto e que ele deveria ir para a sala, perguntou se tinha mais alguém na casa e, com a resposta negativa, Celso o acompanhou até a sala.

O homem que estava na cadeira de rodas chamava-se Alfredo Petrovitch, dono do famoso sobrenome, vinha de uma linhagem de colonos europeus, quando viu a arma de Celso Capeta na sua frente, não teve medo, Alfredo encarava a ponta da arma e agora via os coquetéis, ele e sua esposa saindo para o saguão, a temporada era de verão, a piscina estava sempre cheia, os casacos eram postos no armário por algumas semanas, shows animavam as tardes, Alfredo e Érika eram um dos vários casais tidos como perfeitos, num país abençoado, ambos agora em Miami Beach, a riviera americana, esteve lá também com sua primeira esposa, o ano era 1964, foram ao show dos Beatles, o acesso sempre foi fácil para eles, luxo tropical, belas pessoas em seus círculos de amizades, passar grandes temporadas em hotéis de estilo, construídos na década de 1950, muitos anos depois só voltou a Miami para acompanhar as gravações do seriado *Miami Vice*, isso foi em 1984, era o máximo ver e ser visto, envolver e ser envolvido, sempre na lista das festas mais badaladas, comprar as mais belas armas, esse era o trabalho dele por ali, redirecionar e pagar o contrabando de armas, as fábricas estavam a todo o vapor, produzindo e importando, na receita de todas elas dez por cento de armas legalizadas e noventa por cento de faturamento em cima de contrabandos, ele não podia decepcionar uma das maiores indústrias do mundo, legalmente nada sabe, esse era o lema de todos ali, a contravenção é a coisa mais lucrativa que já viram, e Alfredo estava no topo, aviões e aviões de armas, o Terceiro Mundo tem sua própria guerra, e toda guerra precisa da ferramenta de trabalho, o destino eram os países da América do Sul, Alfredo começou a cair em si novamente, e não parava de olhar para a arma de Celso Capeta, não se lembrava de ter importado aquele modelo, talvez a arma que hoje o ameaçava tivesse sido importada por algum concorrente, afinal de contas o seu tão lucrativo comércio havia falido repentinamente, culpa das indústrias nacionais que agora exportam legalmente e depois importam ilegalmente as mesmas armas para o Brasil.

Celso estranhou quando Alfredo, que estava indo com a cadeira na sua frente, soltou um grito e desmaiou ao chegar à entrada da sala, rapidamente Celso passou pela cadeira de rodas e tomou outro susto quando viu a cena, Armandinho havia desferido vários golpes com o cabo da pistola no rosto de Érika e ela estava com o rosto todo ensanguentado e caída no chão, a empregada chorava e tampava os olhos da criança que trazia no colo.

— Porra, tru, que porra é essa? — foi a única coisa que Celso pôde perguntar para Armandinho.

— É essa puta aí, Celso, ela tá pedindo.

— Pedindo o que, caralho, por que cê fez isso?

— Meu, ela tá levando uma, cê acredita que ela olhou para a tiazinha aí e perguntou se ela conhecia nós, cê acredita nisso?

— É, então que se foda mesmo, tá pensando que foi a tiazinha aí que deu a fita, é? Foi não, vadia... ó, Armandinho, pega um pano aí e dá pra ela tirar esse sangue da cara que tá me dando agonia.

— Firmeza, Celso, segura aí que vou no banheiro lá.

Celso Capeta resolveu não dar uma comida em Armandinho naquele momento, o maluco era meio descontrolado, mas já estava determinado que depois que realizasse o assalto conversaria sério com o parceiro, Armandinho voltou com uma toalha molhada e jogou em Érika, ela pegou a toalha e começou a limpar o rosto, mas o sangue não parava de escorrer, o nariz quebrado e os dois rasgos na testa eram profundos e jorravam sangue.

Celso pediu para Armandinho manter o controle por ali e foi para a cozinha, lá pegou uma jarra d'água na geladeira e trouxe para a sala, colocou a pistola na cintura e jogou a água no senhor que estava na cadeira de rodas, o homem tremeu todo e manteve os olhos arregalados por vários segundos até se tocar do que estava acontecendo, perguntou o que eles queriam, Celso respondeu rapidamente.

— Dólar, tiozinho, nós qué os dólar, e se falar que num tem o primeiro que morre é o pivete.

Érika continuava a limpar o sangue e se sentia cada vez mais tonta, o velho homem não tirava os olhos de sua esposa, sabia que se negasse a existência do dinheiro iriam morrer, e sabia também que alguém havia dado todo aquele serviço, eles não invadiriam qualquer apartamento assim como se fosse um bingo.

Resolveu cooperar e pediu que Celso o acompanhasse até o segundo quarto do corredor, assim lhe daria todo o dinheiro, Celso o acompanhou, pegou o dinheiro, pediu uma bolsa, colocou tudo dentro e antes de sair olhou para a mulher no chão e pediu para Armandinho resolver.

Alfredo entrou em estado de choque quando Armandinho se aproximou e efetuou o disparo bem na testa de Érika, que caiu na poça que antes havia jorrado do seu nariz.

* * *

    Régis se irritou quando ouviu o celular tocar já às oito horas da manhã, pegou o aparelho e se arrependeu por não tê-lo desligado, o número indicava que era o Mágico, resolveu atender, foi ao banheiro com o aparelho na orelha e só o afastou para lavar o rosto, foi ao sofá e calçou o par de tênis que tinha usado no dia anterior, Eliana estava na cozinha fazendo café, fingia distração, mas prestava atenção em cada palavra do marido, não acreditava que ele iria sair novamente, tinha vontade de falar com ele, lhe dizer pra resolver aquela situação logo de uma vez, fingia estar forte, mas vivia chorando pelo filho, não se alimentava mais e pedia a todo momento para Deus a tirar daquela situação, mas pela seriedade da ligação sabia também que era algo muito urgente, escutou ele dizer o horário, oito horas, foi para o banheiro, ficou de joelhos e começou a rezar.
    Régis desligou o celular, foi à cozinha e não viu a esposa, notou a porta do banheiro fechada, encostou o rosto na porta e escutou uma voz baixa, sabia que Eliana estava desesperada, falou que sairia e logo retornaria, ela nada disse.
    Régis saiu pelo portão e se lembrou de uma conversa dias atrás com sua esposa, ele lhe disse que Ricardo, além de filho, era um grande amigo, o estômago doía, havia tomado café rápido demais, nem mastigou direito o pão de fôrma, tomou goladas de café com leite, sabia que era impaciente, devorava o café da manhã ou almoço de uma só vez quando tinha algum compromisso, e ficava do lado de fora da casa esperando a pessoa, não importava se ficasse horas lá fora, mas não aguentava esperar dentro da casa.
    Mágico chegou dez minutos depois, pediu que Régis entrasse e lhe confirmou a notícia, Lúcio Fé havia sido baleado na noite anterior, Régis pediu detalhes, Mágico lhe informou o que

sabia, segundo rumores dois rapazes em uma moto se aproximaram dele, que estava indo para o bar do Marrocus, o rapaz que estava atrás na moto sacou uma arma e efetuou três disparos, depois Lúcio caiu e foi socorrido por um vizinho, Régis perguntou se já tinham algum suspeito, não se espantou quando Mágico deu um palpite bem parecido com o que ele próprio tinha imaginado, tentava convencer o Mágico de que o homicida era alguém da banca do Modelo e o motivo era o mesmo, Neguinho tinha derrubado o Guile, o maior parceiro de Modelo.

Régis sabia que Mágico estava indo para o hospital Campo Limpo e isso lhe dava um nó na garganta, seu estômago começava a revirar só de pensar em entrar naquele hospital, foi lá que sua amada sucumbiu por suas próprias mãos, foi lá que fez a invasão há mais de um ano pra matar um inimigo, nem era tanto pelo medo de ser reconhecido que o estômago embrulhava, só ele sabia o que havia visto lá dentro, só ele viu os olhos tristes daquelas senhoras no banco de espera, com seus filhos, netos, primos e afilhados no colo, esperando, esperando, esperando.

Chegaram ao hospital depois de uma hora de trânsito, o estacionamento estava cheio, era fim de semana, Mágico parou o carro na rua de cima, desceram a pé, pediram informação no setor de atendimento, Régis havia se esquecido como aquelas atendentes eram rudes, como pareciam insensíveis, o verdadeiro nome de Lúcio Fé foi dado, disseram ser primos, a atendente olhou fixamente para os dois e eles viram nos olhos dela que ela sabia que era mentira, pediu que eles aguardassem, assim que se sentaram, a correria aconteceu, uma perua parou em frente à porta do hospital e desceram oito homens baleados, Régis se levantou e resolveu ajudar, enquanto trazia um nas costas, viu os seguranças pegando os outros, a perua era só sangue, atendentes trouxeram cadeiras de rodas, os policiais diziam que foi uma tentativa de chacina, Régis levou o rapaz para a emergência, o sangue lhe descia pela camisa, a enfermeira o colocou em uma cadeira de rodas, ele caiu para a frente, Régis o segurou enquanto ela amarrava uma faixa em seu peito, o furo na cabeça aterrorizou Régis, o rapaz pediu que ele olhasse em suas costas e contasse os furos, Régis o inclinou um pouco mais para a frente e contou sete, disse que havia dois, o rapaz sorriu, pelo buraco na sua testa não saía sangue, os médicos vieram em seguida, levaram-no, Régis voltou para a espera, a perua estava vazia, Mágico estava parado, não conseguia se mexer, Régis perguntou o que ele estava sentindo, disse que não sabia, só não conseguiu se mexer na hora, a atendente se aproximou e pediu para segui-la, os três passaram pela porta de emergência, ela parou e falou que eles deveriam seguir a faixa amarela e virar na terceira entrada, a sala em que Lúcio Fé estaria era a segunda à direita, eles continuaram a andar e Régis disse baixo para Mágico:

— Cê vê, jão! É assim que eles dão a fita pra se matar um inimigo, se a gente tivesse vindo matar ele, ia ser mamão, era só entrar logo adiante e arrebentar.

— É verdade, Régis, nunca vi nada tão fácil.

O corredor era longo, as laterais do hospital tinham manchas estranhas ressecadas, Régis olhava os detalhes, se lembrou de ter socorrido um parceiro antes de viajar para o Rio, a maca em que o colocaram estava toda suja, bandido era tratado assim, sorte que deram maca, no mesmo corredor havia mais três baleados, um estava morrendo, enquanto dois policiais proibiam os médicos de tocar nos homens, as lembranças lhe faziam mal, resolveu prestar atenção na entrada, chegou à frente da porta e abriu, na sala tinha quatro macas, olhou para Lúcio Fé, estava todo entubado, nem parecia o moleque sorridente que os acompanhava em tantas correrias.

Mágico ficou com os olhos molhados quando viu o amigo naquela situação, na maca ao lado de Lúcio, um homem não tinha a parte de baixo do queixo, Régis olhou rapidamente e desviou os olhos para o amigo, notou que Lúcio não poderia falar nada, chamou o Mágico e disse que era melhor irem, o companheiro concordou e ambos estavam saindo quando um policial veio na direção deles, eles tentaram disfarçar que estavam saindo de outro quarto, mas o policial os parou e perguntou se vieram ver o rapaz baleado, Régis olhou para o policial e ambos se reconheceram, seu nome era Aires, sem hesitar afirmou que era primo do rapaz baleado, o policial fez a mesma pergunta para Mágico, que disse que também era primo de Lúcio, o policial pediu documentos e telefone dos dois, Régis abriu a carteira e tirou o documento falso que há muito não usava, sabia que o policial não iria consultar, sabia que era só para anotar os dados, mas também sabia que numa futura investigação poderiam relacionar seu nome, Mágico também fez o mesmo e depois de darem os números telefônicos saíram do hospital e foram direto para a casa de Celso Capeta, Régis não esquecia o rosto de Lúcio e sentia uma grande agonia, o policial continuou a andar e entrou no quarto, retirou o soro do braço de Lúcio Fé e cumpriu as ordens do delegado, pegou o travesseiro e sufocou Lúcio Fé até a morte vir beijá-lo.

Enquanto estava a caminho, Régis tentava ligar para Celso, mas o telefone do amigo estava dando na caixa postal, foi então que Mágico disse que não estava gostando nada daquilo, e achava que o motivo do atentado a Lúcio podia ter a ver com o dinheiro que todos haviam pego no banco, disse que não acreditava que Modelo ia abrir guerra do nada, Régis retrucou e disse que o maluco era louco, e considerava muito o parceiro Guile, depois que se confirmou o boato de que o Neguinho da Mancha na Mão havia matado Guile, era bem possível que ele tivesse direcionado toda a guerra contra a banca do Neguinho.

Finalmente eles chegaram à casa de Celso Capeta, a chuva anunciava seu início e gotas grossas começaram a cair, Celso atendeu a porta com um fuzil na mão, Régis olhou para o companheiro e brincou.
— Porra, vai pra guerra?
Celso Capeta pediu que entrassem e respondeu seriamente:
— O barato tá louco, truta, cê viu o que aconteceu com o Lúcio ontem?
— É por isso que estamos aqui, pra debater essas fitas, jão.
Falando isso, Régis puxou a cadeira para o Mágico e se sentou na outra, Celso Capeta deu uma última olhada para a rua, entrou e fechou a porta, Régis vendo mais duas pistolas em cima da mesa perguntou se Celso havia recuperado o dinheiro que havia perdido para os policiais, a resposta foi imediata, afirmou que tinha feito uma fita na casa de uns bacanas, aquela mesma fita que Régis não quis ir, e foi tudo mole, Régis soltou um leve sorriso e começaram a debater o caso de Lúcio Fé, a chuva agora caía com toda a força.

Aninha chegou em casa após passar na mercearia principal do Jardim Comercial, colocou as compras em cima da mesa e se sentou na cama, estava exausta, sabia que precisava de um meio de transporte urgente, mas também sabia que não podia chamar a atenção e, onde estava morando, era só chegar com um simples fusquinha que a rua inteira começava a falar, abriu a velha geladeira, que há muito tempo não funcionava, no congelador toda a sua parte no assalto ao banco, maços e maços de dinheiro, ela pegou um maço e embrulhou com o papel de pão que estava na mesa, não tinha pensado em nenhum outro lugar para guardá-lo, mas agora começava a se preocupar com o dinheiro e com sua própria segurança, pegou uma garrafa de refrigerante e sentou-se na cama novamente, enquanto bebia pensava que alguma coisa estava muito errada nisso tudo, Lúcio foi baleado aparentemente sem motivo, e a guerra que Neguinho trouxe para todos matando Guile não era razão para se matar Lúcio, a quadrilha era muito discreta e quase ninguém sabia que eles formavam junto, o refrigerante estava sem gás e quente, Aninha tinha certeza de que algo mais havia naquela história, e decidiu que tinha por obrigação e por sobrevivência achar um lugar mais seguro para dormir e para guardar o dinheiro, decidiu parar de tomar o líquido já sem o mesmo gosto, olhou para o rótulo e leu o nome, guaraná Dolly, pensou que era um pecado com ela mesma ter tanto dinheiro e não ter comprado pelo menos uma Coca-Cola, mas Aninha era assim, nunca se acostumou a viver numa situação melhor, vivia como viveu sempre, só com o básico, colocou o pacote com as notas em cima da cama, esperou alguns minutos, começou a pensar nas profissões que sobravam para todos que conhecia, quando refletia sobre isso nunca achava algo a que podia se dedicar e ganhar um dinheiro honestamente, a caixa de isopor no farol cheia de água gelada e refrigerante ela não aguentaria carregar por muito tempo no sol quente, imaginava todos fechando o vidro na sua cara, dando risada pelo vidro fumê, ela não conseguiria vender CD do Paraguai da filha do cantor sertanejo, não conseguiria olhar para a foto daquela oportunista o dia inteiro e ver senhoras que não têm o que comer direito juntando as notas de um real para comprar aquela baboseira sobre amor, também não se imaginava ficando em pé no lotação, pedindo para os passageiros se apertarem mais um pouco, pois precisa sempre caber mais um, não seria a empacotadora daquele mercado de onde todos sairiam com os carrinhos cheios e no final do dia de trabalho ela não teria nem o suficiente para comprar o pão e o leite, não se imaginava sendo a catadora de latinha de alumínio para o ferro-velho mais próximo, se abaixando o dia inteiro perante centenas de pessoas para ganhar cinco reais.

 Aninha soltou um sorriso leve quando imaginou o que sempre quis ser, a atriz principal do filme de terror daquelas pessoas idiotas, a que escapa da cadeia numa fuga cinematográfica, reféns com botijões de gás, a menina que virou satanás, a mulher que praticou o assalto de fuzil russo na perua da Marlboro, que executou num só mês mais de vinte homens da escolta do caminhão das Casas Bahia, a mulher ladra beneficente que abriu o caminhão da Marabraz em frente à favela e mandou todo mundo pegar o que quisesse, a mulher mais perigosa que o sistema já criou, com coragem suficiente para roubar o caminhão da CBA e jogar cesta básica em toda a favela, mas Aninha sabia que devaneios não eram compatíveis com a realidade e decidiu salvar sua pele enquanto estava no corpo, colocou o pacote numa bolsa e saiu, estava decidida a alugar por alguns dias um quarto num hotel de Santo Amaro, sabia que não podia desperdiçar dinheiro, mas tinha em sua mente que a situação exigia medidas rápidas, não avisaria ninguém, se um dos parceiros perguntasse diria que estava tentando achar algum imóvel para comprar, afinal, a essa altura do campeonato, não confiava em ninguém, após o aluguel do quarto, Aninha iria até a casa de Muriçoca, compraria uma arma automática, o policial tinha todo tipo de arma para vender, também não era de muita confiança, mas para Aninha nada era mais novidade, e o que viesse era lucro.

 O Mágico tentou convencer Régis a ficar na casa de Celso Capeta, mas não tinha homem que ganhasse da teimosia de Régis, então acabou concordando em deixá-lo perto da casa de Aninha, Régis convenceu o parceiro de que precisava falar com a garota, pois tinha que deixar todos avisados do que estava acontecendo, Mágico tentou levá-lo até a porta para que não se molhasse, mas Régis teimou em ficar um pouco antes do local e disse que era para ir sentindo o clima.

 Desceu do carro e começou a subir a íngreme ladeira que dava para a viela onde morava Aninha, após alguns minutos de caminhada, estava exausto e completamente molhado, chegou à porta do barraco, mas não bateu, em vez disso, colocou o ouvido na porta e aguardou por alguns instantes algum som que pudesse indicar alguém lá dentro, nada, não havia ouvido nada, então resolveu dar a volta na casa e parou em frente a uma janela dos fundos, olhou para as casas vizinhas, e notou que não tinha ninguém na espreita, forçou a janela com a ponta de um canivete que trazia sempre pendurado no molho de chaves e conseguiu abri-la, entrou para o quarto e não se surpreendeu em ver a casa vazia, sabia que Aninha deveria estar andando por aí, era óbvio que ela já sabia do atentado contra Lúcio Fé, vasculhou a cama, levantou o colchão e nada, foi para a geladeira, abriu, nada, só vasilhas cheias d'água, não abriu o congelador, abriu o pequeno guarda-roupa e ficou apreensivo quando viu que não tinha roupas nele, pensou rapidamente que Aninha já se mandara, ele a havia subestimado, devia ter ido visitá-la antes, agora já era tarde, saiu pela mesma janela, fechou-a rapidamente e desceu a ladeira, de repente ouviu a música que há muito tempo o irritava, a música do celular, pôs a mão no bolso esquerdo e tirou o aparelho, tentou proteger das gotas grossas, abriu e disse um forte — Fala! — a pessoa que estava do outro lado da linha avisou sobre a morte de Mazinho, Régis não acreditou e perguntou o nome de novo, Mazinho, foi a resposta da pessoa, Régis desligou o aparelho e ficou pensativo, antes de sair da viela pegou na pistola e verificou se estava sem a trava, ficou aliviado quando notou que sim, olhou para um lado da rua e para outro e resolveu descer a ladeira rapidamente, sabia que havia sido Modelo quem matou ou mandou matar Mazinho, pois o menino sempre andou com Neguinho, Régis entendia o pensamento de Modelo, olho por olho, parceiro por parceiro, e a pessoa mais próxima em termos de amizade para Neguinho da Mancha na Mão era Mazinho, a morte de Guile estava custando mesmo muito caro para Neguinho.

José Antônio e Juliana não entenderam bem o que se estava falando do outro lado da linha, algo sobre tiros, Auxiliadora e um ônibus, eram várias vozes, estava muito confuso, decidiram desligar o telefone e ir à casa de Auxiliadora mais tarde, assim que tirassem pelo menos a metade do barro que estava no quarto do casal, a chuva caía sem piedade, e, mesmo morando num local de risco, estavam calmos e concentrados, retiravam a lama ordenadamente, ele tratava de levar os baldes cheios para fora da casa e Juliana os enchia com uma pá, o guarda-roupa já estava certamente condenado, não demoraria a empenar assim que a água que o molhou secasse, José olhava para o móvel e se lembrava das prestações que ainda tinha que pagar, o fogão também estava cheio de barro, mas ele nessas horas nunca reclamava, após toda grande chuva, eles sempre limpavam tudo com paciência, a rotina sempre era a mesma, após tanto trabalho, esperavam a chuva diminuir e saíam, olhavam os estragos dos vizinhos, e quase sempre choravam com eles, principalmente quando o caso era de perda total da casa, o morro deslizava, a casa descia, e com ela os sonhos de se ter um lugar para morar, mas naquele dia a chuva estava mais forte que nos outros, a falta de plantio no morro dessa vez teria um alto preço a cobrar, José olhou pela janela e o tanque de roupa já havia deslizado, pensou em comentar com Juliana, mas decidiu esperar ela terminar de colocar os meninos em cima da cama e passar álcool na perna deles para não pegarem doença de rato.

José Antônio havia acordado um pouco mais tarde naquela terça-feira chuvosa, não acreditava que o córrego encheria novamente, mas, ao contrário do que pensou, a coisa estava ficando fora de controle.

Pegou os panos de chão que estavam por toda a casa e os juntou na porta do banheiro, do ralo vinha toda a água que entrava na casa, uma água escura e fedida, José Antônio já estava acostumado com sua presença e nessas horas sempre ia para o quarto e ajoelhava, pedia em fervorosas orações feitas em voz alta que Deus diminuísse aquela chuva, e entre uma frase e outra tinha uma grande vontade de chorar, sua vida passava rapidamente por seus olhos naqueles momentos de oração, logo tudo se repetiria, os tantos momentos de desespero, a casa toda cheia de barro, a batalha para limpar, as crianças chorando, Juliana reclamando de tanta desgraça, e ele ali tentando contornar a difícil situação.

A água do ralo não parava de se espalhar pela casa, já havia molhado todos os panos de chão, e agora José torcia os panos num balde e os passava novamente por toda a casa, Juliana tentava pegar as roupas antes de o armário desabar.

Régis teve que se abrigar no bar do Neco, sabia que estava em lugar aberto ali, e no caso de qualquer um tentar matá-lo estava em desvantagem, via todas as motos que passavam, tentando montar o quebra-cabeça, não era possível que a união dos policiais com Modelo não fosse em troca de muito dinheiro, mas aí estava o X da questão, onde estariam ganhando tanto dinheiro, foi quando se lembrou da conversa de Nego Duda algum tempo atrás, naquela época Régis não acreditou, mas agora fazia sentido, segundo Nego Duda, Modelo dizia que estava pra fazer um grande negócio de distribuição de drogas para várias delegacias, Régis continuou tentando entender, e sabia que Modelo era louco de pedra, pois seu último crime foi totalmente estranho, havia cobrado um menino que devia dinheiro para seu ponto de drogas, e na hora da discussão a mãe do menino entrou na frente e Modelo sem mais nem menos deu um tiro na cabeça da mulher, Régis sabia que aquele tipo de gente era diferente das pessoas de sua banca, estavam todos na vida bandida pelo dinheiro, e não por fama, mas o menino, que prometia ser um grande ladrão, havia se tornado o homem que amedrontava, Régis de certa forma estava cansado desse clima todo, e sabia que teria problemas com Modelo em pouco tempo, ainda mais tendo Neguinho feito o começo da guerra algumas semanas atrás, também sabia que não podia manter uma discórdia com alguém que estava no auge, o respeito que Modelo havia adquirido já tinha ultrapassado a realidade, e mortes de que nem ouvira falar lhe eram associadas.

Enquanto procurava peças para um jogo que sabia jogar muito bem, Régis pediu uma cerveja, os olhos não paravam de correr por todo o ambiente, de minuto em minuto saía e dava uma olhada por toda a rua, sabia que a morte podia chegar a cavalo a qualquer hora, a cena de se matar com moto naquela área virou tradição, não confiava mais nas conversas que teve com o Mágico, descobriu a conexão dele com alguns policiais do GOI e mesmo depois de ter debatido a situação, não havia se convencido de que o parceiro continuava a ser confiável, Mágico, por outro lado, tinha insistido com Régis durante aquele debate, dizia que estava tudo muito estranho, Régis amenizou dizendo que Modelo e Nado estavam descontrolados, e Mágico também não pareceu engolir a conversa, mas isso era tudo uma situação provisória, questão de tempo para tudo ficar resolvido, a conversa terminou naquela manhã de sábado como havia começado, sem confiança de ambos os lados.

Régis parou de relembrar os fatos, começou a beber a cerveja lentamente, tinha saudades de Lúcio Fé, dos momentos que curtiram juntos, de Aninha, no jeito precavido e ao mesmo tempo forte da garota, tinha vontade de ver todos que nos últimos meses se empenharam no roubo que Mágico havia organizado, queria passar aquilo de novo, aquela agitação dentro de cada um na hora da cena, sabia que estava certo em se adiantar, em tomar tudo, pessoas como Celso Capeta acabam perdendo o que tinham pra polícia mesmo, ou para outro parceiro, Régis tinha a convicção de que uns nasciam pra vencer o jogo, outros para perder, e outros ainda nem mereciam assistir à partida.

O copo de cerveja estava ficando vazio, Neco se aproximou e encheu, Régis sabia que aquele não era um ato de agradar à freguesia, sabia que Neco estava querendo que ele fosse embora, a confusão envolvendo toda a banca de Mágico tinha virado papo de esquina e ninguém queria mais ter contato com qualquer um que fosse inimigo de Modelo, Régis parou os olhos no copo e ficou refletindo sobre o jogo, como Modelo podia ter dominado tudo, bem debaixo dos olhos de todos? Como podia ter até a segurança dos policiais? Olhava para o copo cheio e chegou à mesma conclusão a que sempre chegava, dinheiro, dinheiro era a razão de tudo, sabia que nenhuma fita que fizessem daria mais dinheiro que o tráfico, o tráfico era um comércio contínuo, vivia fluindo, o crime era instável, tinha seus altos e baixos, uma fita boa ali, um acerto com os homens acolá, uma boa carga num lugar, um desacerto com alguém em outro, na maioria das vezes o dinheiro ganho com um bom roubo era aplicado para a compra de mais armas, as armas eram emprestadas, não se podia negar nada para um parceirinho da vida torta, muitos eram presos ou perdiam as armas no acerto com os policiais, a dívida rolava, dificilmente era paga.

Régis sentia que dessa vez o jogo estava perto de acabar, pela primeira vez tinha a impressão de que no tabuleiro havia poucas peças.

Terminou de esvaziar o copo num só gole, pagou a cerveja para Neco, que ficou aliviado quando Régis saiu do seu bar, não queria mais sangue ali, continuou descendo a rua, a chuva não o impedia de andar, caía pesadamente, ainda mais pesada estava sua cabeça, não conseguia decidir o que fazer, resolveu parar embaixo de uma cobertura, a antiga sorveteria serviu pelo menos para ter um bom teto contra a chuva, ali puxou o celular e ligou para o Mágico, pediu que providenciasse uma reunião com Celso Capeta e com Aninha, frisou que preferia que fosse num lugar movimentado, Mágico disse que faria os contatos, a interferência no celular irritava a ambos, as vozes eram cortadas e as palavras tinham que ser repetidas a todo instante, Régis desligou nervoso, prometeu que depois que resolvesse a situação não colaria mais por ali, até o sinal do aparelho é ruim naquele lugar, notou a água subindo pelos bueiros, levantou a cabeça e olhou para o morro em frente, notou as erosões que se aprofundavam com a forte chuva, começou a passar os olhos pelos barracos, e sabia que a casa de janela verde era de José Antônio, um senhor evangélico muito batalhador que sempre estava na sua, notou a parede desmoronando, estava nítido que sua casa desbarrancaria a qualquer momento.

José não acreditou quando viu a parede da sala cair inteira e descer pelo morro, num momento estava com a casa somente cheia de água e lama, no outro tudo estava caindo, Juliana tentou sair do banheiro a tempo, estava tomando banho quente para retirar a friagem do corpo, não conseguiu, o banheiro desabou em cima dela, José Antônio pegou os dois filhos no beliche, abriu a porta e mandou eles correrem, os meninos saíram gritando e correndo na chuva, José tentou ir para o banheiro, mas o teto da sala começou a desmoronar, de onde estava já dava para ver o córrego inundado lá embaixo, colchões, engradados de cerveja, caixotes de feira, tudo começava a passar por ali, José sentiu suas pernas tremerem e quando abriu os olhos estava pendurado em um sarrafo que caíra do telhado, sabia que não daria para se segurar por muito tempo, a casa desmanchava por inteiro e caía na ribanceira que antecedia o córrego, os vizinhos tentavam a todo custo chegar até ele, enquanto se segurava, gritava para todos que pegassem Juliana no que restava do banheiro, os vizinhos não escutavam, a chuva caía forte como nunca caiu, e os trovões completavam o clima de Armagedon, para todos ali o fim do pouco que tinham era o fim do mundo, outra casa deslizou ao lado e o tremor o fez soltar o sarrafo, saiu rolando alguns metros pelo morro e caiu dentro do córrego, que estava parecendo um rio, foi arrastado até a altura da padaria Pousadinhas, onde ficou preso entre um sofá velho e galhos de árvores que a chuva havia levado para o córrego, José tinha um bom porte físico pelos bicos que fazia de ajudante de pedreiro, talvez por esse motivo conseguiu sair do córrego a tempo, os moradores da Cohab que ficava em frente àquela altura do córrego o ajudaram a subir, estava exausto, mas não aceitou o pedido de ir ao médico, voltou correndo para casa, no meio do caminho viu Modelo colocar a pistola na cintura e entrar num carro, sabia que mesmo com todo aquele temporal, e mesmo com toda aquela desgraça, o menino estava tramando maldades, chegou à porta de sua casa ou o que havia sobrado dela, viu os destroços, os vizinhos vieram correndo e informaram que Juliana estava bem, só havia deslocado o braço por causa de uma telha, José perguntou onde ela estava, informaram que na casa de Maria Luiza, então resolveu ir correndo para lá, chegou, bateu forte na porta,

Maria Luiza atendeu, chamou o amigo para entrar, e disse para ele não se preocupar pois Juliana lutou muito pra ir atrás deles, tiveram que dar um calmante e convenceram ela a deitar um pouco, José foi ao quarto, viu Juliana à beira da cama, se aproximou e lhe deu um beijo na testa, em seguida ajoelhou no chão e agradeceu a Deus, assim que terminou a oração, ainda estava de olhos fechados quando se lembrou de ter visto Régis no ponto de ônibus, pensou em avisá-lo que Modelo estava indo para aquela direção e armado, mas no meio daquela correria deixou passar.

Régis viu a chuva derrubar mais uma família, escutava os gritos de uma senhora chamando pela filha, pensou em ir ajudar, mas sabia que não podia ficar exposto, olhou para o relógio, o celular tocou, sabia que era o Mágico, a reunião havia sido marcada no shopping SP Market, pensou em pedir que Mágico o buscasse, mas decidiu ir de ônibus, estava com ódio de estar naquela situação por causa dos policiais que haviam levado seu carro na maior, agora tinha que andar de ônibus enquanto a chuva caía forte:

— Que malandragem é essa que só me fode, puta que pariu.

Paulo não acreditou quando lhe deram a notícia, suas pernas fraquejaram, não era possível o que estava acontecendo, assim que pegou firmeza nas pernas, foi correndo para a casa de Auxiliadora, a chuva estava pesada e era contínua, mas não abalava mais do que a notícia, Paulo naquele momento teve vários pensamentos, no meio do caminho encontrou Régis que preferiu não dirigir nenhuma palavra ao rapaz, somente cruzou o olhar com o dele para lhe garantir que já estava sabendo do acontecido, chegou à casa de Auxiliadora e quase arrombou a porta de tanto bater, a porta foi aberta por uma menina, logo que entrou viu a mãe de Auxiliadora chorando no sofá, foi em sua direção e a abraçou fortemente, ambos choraram e a cena era forte demais para os olhos das pessoas em volta, Auxiliadora havia sido baleada e morta ao descer do ônibus quando vinha do trabalho, segundo comentários a morte foi proposital e o motivo era a guerra entre as quadrilhas de Modelo e Mágico, Auxiliadora era prima de Neguinho, e todos falaram que era Modelo que estava na garupa da moto que passou por ela e efetuou os disparos, certamente fora ele quem atirou, Paulo sabia de toda a guerra que Neguinho havia começado ao matar Guile, mas também sabia que Guile não era tão querido assim pela banca de Modelo, apesar de trabalharem há muito tempo juntos, sentia que algo mais havia por trás de tudo isso, Paulo chorou, chorou, e só não chorou mais porque as lágrimas acabaram, duas horas depois ainda estava no sofá, soluçando e dizendo baixinho:

— Eu sempre vou te amar.

Régis chegou ao shopping e foi direto para a praça de alimentação como o planejado, viu Aninha e Celso Capeta numa mesa, chegou e pegou na mão de ambos, perguntou pelo Mágico, Aninha disse que havia ido ao banheiro mas já retornava, Régis, desconfiado como sempre, olhou por todo o shopping e começou a pensar que até ali daria para se fazer uma armadilha para o matarem, resolveu perguntar por Neguinho, Celso disse que já estava chegando, inclusive já havia ligado dizendo que estava perto, perguntaram por que Régis estava molhado, ele contou do desacerto com os policiais e que lhe restara só uma moto, então em tempo de chuva preferia ficar a pé, Régis resolveu mudar o rumo da conversa e perguntou a Aninha por que ela não parava mais em casa, ela respondeu calmamente que havia ido para um lugar mais seguro, ele se calou, se perguntasse onde era certamente iriam desconfiar, Mágico chegou, pegou na mão de Régis, sentou-se e foi logo dizendo:

— Cê vê, né, rapaz, o que o Neguinho aprontou, agora tamo tudo enrolado com esse menino aí.

Régis pegou alguns guardanapos e passou na testa, queria se secar, odiava estar molhado, olhou para Celso Capeta e disse:

— Pra vê, né, jão, agora tem que resolver, vamo esperar ele e debatê essa fita aí.

Assim que terminou de falar, Neguinho da Mancha na Mão chegou e sentou-se, todos notaram que estava chorando, perguntaram o que havia acontecido.

— O barato tá feio aí, ó! Vou ter que matar os filhos da puta.

— O que tá pegando, Neguinho, fala logo, porra — perguntou Celso.

— Os maluco mataram a minha prima.

— O quê, jão? Cê tá de brincadeira? — perguntou Régis.

— Brincadeira porra nenhuma, mataram a Auxiliadora, o Paulo me ligou, o maluco tá abalado, não consegue nem falar direito.

— Porra! Tão fodendo com tudo — foi a única coisa que Celso Capeta conseguiu falar.

Todos ficaram pensativos, e Régis agora estava convicto de que tinha o controle de tudo, não podia de jeito nenhum cometer falhas, um mínimo detalhe ou uma palavra mal colocada seria fatídico, Régis havia jogado mais que uma peça, mas na real as desconfianças pesavam mais sobre o Mágico, pois era ele que mantinha relações com policiais e todos ali sabiam disso, na cabeça de Régis esse argumento era decisivo para que todos ficassem cegos tempo suficiente, em terra de cego quem tem um olho é rei, e Régis havia prometido uma coisa a si mesmo desde que entrou na convivência com todos ali, se alguém fosse ter que chorar, que fosse a mãe dos outros, e por último a sua.

Mágico quebrou o silêncio e falou que todos ali deviam colocar a cabeça no lugar e pensar em uma maneira de resolver a situação, disse que estava claro que por Modelo não localizar o bando que queria matar, estava matando os parentes e os amigos, como aconteceu com Mazinho e Auxiliadora, disse que precisavam tomar medidas urgentes para liquidar aquela situação, Régis concordou e disse que estava disposto a invadir a casa de Modelo e matar todo mundo da banca dele, Celso Capeta apoiou, Neguinho da Mancha na Mão abaixou a cabeça e pensou em Eduarda, pensou na casa que teriam, no bebê de que cuidariam com muito carinho, pensou em chegar do serviço e a abraçar por todos os dias até o fim de sua vida, mas não podia mais sair daquilo, a morte de Guile foi seu erro mais grosseiro, e agora duas pessoas inocentes e mais seu parceiro Lúcio Fé haviam morrido por causa desse erro, olhou para os companheiros e disse que estava pronto para matar ou morrer, em seguida Aninha se pronunciou e disse que certamente iria dar merda tudo aquilo, Régis disse que não, que era necessário agir assim em determinadas situações, Aninha teve vontade de dizer que estava desconfiada de tudo aquilo, que não achava que Modelo faria todo esse inferno por causa de Guile, mas resolveu seguir a todos e disse que estava dentro da fita.

Quando iam se levantar, Mágico pediu calma e disse que no fundo essa treta toda até que poderia dar um dinheiro, Celso perguntou como, e ele respondeu que se fosse verdade o tanto de arma e cocaína isso poderia render, Aninha então disse que não podiam se esquecer que além de andar com Nado, Modelo ainda tinha a proteção de dois primos e trabalhava com mais dois menores na boca, além é claro de ser aliado dos policiais, Régis então disse para não se preocupar, que teriam o fator surpresa e além do mais era só chegar e derrubar tudo, fazer tudo rápido e sair com as armas e as drogas.

Todos na mesa então chegaram ao consenso de derrubar toda a banca de Modelo, e seria naquela noite mesmo, ninguém esperaria um ataque tão forte numa noite tão chuvosa, Régis se comprometeu a arrumar duas pistolas e uma moto, Mágico aconselhou a todos irem em dois carros, Régis se adiantou e falou:

— A gente nem precisa se preocupar com arma não, o jão aqui tem até escopeta na casa dele.

— É sim, truta, comprei uma pá de ferramenta aí — Celso falou. — E vou te dizer uma coisa, quando eu trombar esse Modelo aí, vou furar ele todinho.

Neguinho pegou no braço do amigo e disse:

— Desculpa aí, irmão, mas esse maluco é meu, vou vingar minha prima dando tiro até na bunda desse pilantra.

— Ei, vamos deixar isso pra ação, num tem essa não, jão, de ficar debatendo, na hora o barato vai ser louco e aí todo mundo dá tiro nesse filho da puta.

Quando Régis terminou de falar, quase todos riram, Neguinho da Mancha na Mão continuava sério, estava contaminado pelo ódio, imaginava suas mãos com sangue e via em sua frente Modelo sem cabeça, jogado no chão, onde era seu lugar, Neguinho não pensava mais em Eduarda, não pensava mais no futuro bebê, não pensava em futuramente ter uma casa, só conseguia ver em sua frente o sangue do inimigo, todos se levantaram da mesa e combinaram de estar na porta da casa do Mágico às dez da noite em ponto, a casa do Mágico era a única que ficava fora da periferia, e o Morumbi Sul era um lugar muito mais sossegado, sendo assim, não havia o risco de alguém da banca do Modelo ver todos eles se reunindo.

12. Onde tem ar por aqui?

Na Europa, no final do século XV, uma evolução no mecanismo tornou as armas de fogo mais eficazes e populares, já no século XVI os armeiros vendiam as armaduras e só os ricos as compravam, Régis não sabia disso, viu os três rapazes de touca e blusa que estavam próximos à casa de Modelo, não eram nada dele além de conhecidos, mesmo assim puxou o gatilho da mini-Uzzy e metralhou os três, quando o último rapaz caiu no chão, Celso Capeta desceu do carro e efetuou mais dois disparos na cabeça, todos desceram dos dois carros e derrubaram o portão de Modelo a pontapés, entraram na casa e renderam sua mãe, ninguém estava com ela, vasculharam toda a casa e não acharam nenhuma arma e nenhum vestígio de droga, Régis teve a ideia de a levarem como refém, Aninha disse que não seria uma boa ideia, mas Neguinho da Mancha na Mão e Celso Capeta disseram que era a única forma de pegar Modelo, colocaram a senhora no carro e saíram em disparada, no carro Celso reclamava da maldita chuva que o havia deixado ensopado.

Após os disparos, os vizinhos saíram, encontraram os três jovens mortos, uma senhora veio do fim da rua aos prantos e abraçou um dos corpos, logo mais duas mães vieram do fundo da viela número 8 e abraçaram os filhos, Cláudio, Fábio e André não usavam droga, não andavam com Modelo, e estavam ali em frente da boca de fumo só para se protegerem da chuva.

Modelo chegou com Nado e mais dois primos, logo no começo da rua já havia sido avisado que tinham matado três em frente ao seu portão, passou pelos corpos e reconheceu os moleques que antes eram companheiros de soltar pipas, entrou na cozinha, passou pelo quarto e confirmou o que já suspeitava, haviam levado sua mãe, Modelo saiu pelo portão, avisou os primos para pegarem o carro que estava na casa de cima e pediu para se encontrarem em frente ao terreno da feira de domingo, Nado quis ficar para falar com as mães dos meninos mortos, mas foi orientado por Modelo a sair também, pois logo a polícia estaria por ali.

Celso Capeta desceu do carro para comprar cigarro e passou pelo estacionamento da padaria, ajeitou a 9 mm na cintura, a chuva não o incomodava mais, foi em direção à terceira porta, a noite estava quieta demais, agora, olhando os olhos de Valdinei dos Santos Silva, se lembrava do menino implorando para não ser morto, um leve sorriso queria se expressar em seus lábios, mas a pólvora tinha um gosto horrível, o lábio esquerdo estava dependurado, quando tentou sacar a arma sentiu uma vista sua escurecer, o olho esquerdo havia sido estourado também, Celso Capeta continuava a disparar e dizia bem alto que quem mata morre, continuava a repetir isso a todo momento até acabar a munição da arma, Valdinei nem viu o que o atingiu, nunca imaginaria morrer dessa forma, alvejado em pleno trabalho, a padaria demoraria apenas dois dias para contratar outro segurança, Celso Capeta colocou a arma atrás das costas, o ponto de ônibus estava vazio, todos haviam corrido já no primeiro disparo, a padaria não tinha mais funcionários naquele momento, também estava deserta, Régis e os demais amigos não acreditaram no que estava acontecendo, toda aquela treta e Celso ainda arrumava mais uma, tinham saído do carro e estavam com as armas na mão, Celso se aproximou e disse que iria para casa, Régis tentou argumentar que deveriam ficar juntos, mas Celso Capeta virou as costas, desceu pela rua principal e foi para a casa de dona Helena, bateu em sua porta e logo que ela atendeu ele disse:

— Sabe aquele negócio lá do seu filho?

— Sei.

— Bom, já tá resolvido, o filha da puta do pé de pato não vai mais matar ninguém.

— Deus te abençoe.

Dizendo isso, dona Helena o abraçou, e Celso sabia que, apesar de seu falecido filho fazer pequenos furtos, era um menino que tinha talento para jogar bola e não merecia ter sido morto, Celso resolveu passar em casa, acendeu o fogão e fritou dois ovos, comeu com um pão que havia sobrado do dia anterior e tomou um copo de café, municiou a arma e foi para o Morumbi Sul.

Amanhece, José Antônio está sentado na calçada em frente ao que um dia foi sua casa e hoje não passa de um aglomerado de tijolos, madeiras e telhas quebradas, seus documentos ele conseguiu achar no meio dos escombros, apesar de estarem molhados ainda podiam ser utilizados, as fotos dos parentes e de momentos importantes, como aniversários e outras comemorações da família, foram todas perdidas, José encara o terreno e não consegue acreditar, seis anos atrás estava morando na favela de Heliópolis e sua casa foi totalmente queimada durante um incêndio provocado por um morador bêbado, agora o destino o acertava novamente, só que com água, José pensava em Juliana, e no que faria com seus filhos, que nesse momento estavam na casa de dona Maria Luiza, pensava na vizinha, dona Lucélia, que estava numa situação bem pior que a sua, havia perdido a criança recém-nascida durante o temporal, o resto da vizinhança estava a todo o vapor, carrinhos de construção cheios de barro para lá e para cá, homens começando a limpar os terrenos novamente para construir um novo lar, a assistência social prometeu chegar dali a dois dias, mas muitos preferiram não esperar, não tinham mais confiança no serviço público e sabiam que deveriam fazer eles mesmos a reconstrução.

Dinoitinha chegou perto de José Antônio, se agachou e ficou a seu lado, passados alguns minutos, notou que o homem estava pensativo e perguntou se queria ajuda para limpar o terreno, José Antônio olhou aquele pequeno garoto à sua frente e teve vontade de abraçá-lo, aquele menino era a prova viva do que de melhor existia ali naquela comunidade, olhou para Dinoitinha fixamente e disse que aceitava, pediu que esperasse um pouco e foi buscar ferramentas emprestadas na casa de Paulo.

Régis estava acordado há mais de vinte e quatro horas, olhava fixamente para a mãe de Modelo, que também não havia dormido, Mágico preparava o café da manhã enquanto Neguinho da Mancha na Mão, Celso Capeta e Aninha dormiam, a casa do Mágico não deveria ser o cativeiro, mas não pensavam mais em nada, a organização da banca já havia ido por água abaixo, a única coisa que interessava era resolver a situação com Modelo.

Após alguns minutos, Mágico trouxe os copos de café e pães de fôrma, começou a cutucar todos e acordou um por um, cada um pegou seu prato e começou a comer, Mágico estirou o braço para a mãe de Modelo e lhe ofereceu um pão, ela negou, todos pensaram ao mesmo tempo que agora sabiam por que o filho era tão folgado, devia ter puxado o gênio da mãe.

Régis ouviu o celular tocar, viu o número que estava aparecendo e não reconheceu, resolveu atender e mostrou para todos espanto quando começou a ouvir a conversa, Modelo falava em tom de gargalhada e Régis fingia não estar entendendo, todos na sala perceberam sua apreensão e começaram a notar o papo, Régis estava mais apreensivo a cada minuto e de repente jogou o celular na parede, puxou a pistola que trazia na cintura e engatilhou na cabeça da mãe de Modelo, enquanto fazia a cena teve certeza de que tinha escolhido a profissão errada, deveria ser ator, a mãe de Modelo fechou os olhos e todos foram na direção de Régis, Mágico segurou seu braço, enquanto Neguinho pegou a pistola, Régis se sentou no chão e começou a gritar que mataria todos, Aninha se aproximou, o envolveu pelos braços, o segurou firmemente e perguntou o que estava acontecendo, para a surpresa de todos, Régis disse que quem ligou para ele fora Modelo, e que o miserável havia sequestrado Eliana e seu filho.

Todos ficaram abismados, não sabiam que o rapaz iria tão longe, só pegaram sua mãe para atraí-lo, não desejavam fazer mal nenhum àquela senhora, mas agora era tarde demais, Modelo havia dado um passo além, Celso Capeta perguntou o que mais Modelo disse, Régis respondeu aos prantos, olhando para a mãe do inimigo, disse quase gritando que Modelo havia falado que podiam matar a mãe dele, só que ele iria matar a família de um por um até acabar com toda a linhagem, aterrorizante frase, todos ficaram chocados, e o Mágico subiu para a parte de cima e, ao abrir a porta do quarto, ficou aliviado quando viu que sua esposa, Priscila, estava dormindo com as duas filhas, voltou depressa para o quarto onde estavam todos e disse que precisavam pensar em algo rápido, pois Modelo não era bandido, era um doente psicopata.

Enquanto chegam mais pessoas para ajudar, José Antônio continua a retirar os entulhos do terreno, Dinoitinha pega pedaços de blocos e os arremessa para longe, José enche o carrinho de mão vendo as imagens e o sofá branco, muitos artistas sentados nele e uma apresentadora loira comandando a conversa, ele se levanta, vai até o armário, nada, não vê nada, vai até a garrafa de café e põe um pouco do negro líquido no copo, sabe que não há comida em casa, mas mesmo assim abre a geladeira, garrafas e garrafas de água é o que vê, põe o copo na pia e se senta na frente da televisão de novo, começa a prestar atenção na conversa dos artistas que estão sentados naquele lindo sofá, o papo é sobre o ótimo presidente que acaba de sair do governo, ele tem um estalo, alguém está chamando seu nome, ele se vira, a casa não existe mais, vê à sua frente dois membros da igreja, seu João e seu Cláudio, ambos com ferramentas nas mãos, ele agradece a vinda dos irmãos e começa a encher o carrinho novamente.

Celso Capeta observava todo o movimento ao seu redor sentado em um dos vários bancos de plástico do quarto da casa do Mágico onde debatiam sobre o sequestro da família de Régis, ele resolveu olhar para a mãe de Modelo, ela também o olhava e Celso sentiu um frio na espinha, por um momento ele pensou em algo que deixa as coisas com mais sentido, era lógico que Modelo devia considerar Guile, o parceiro morto por Neguinho, mas daí até fazer uma puta guerra por causa do maluco não era compatível com o que Modelo demonstrava desde pequeno.

A maldade de Modelo já era conhecida, mas o principal para ele era ser o maior, amizade era só questão de tempo, a fama de Modelo havia crescido rápido, Celso começou a juntar as peças, Lúcio foi o primeiro a ser baleado, depois veio a falecer no hospital, mas até aquele momento ninguém havia falado no dinheiro, na parte do roubo que Lúcio pegou, e agora estava ali na cara, alguém fez algum pacto fora do grupo, alguém ali naquela mesa queria as outras partes do assalto, olhou para todos, pensou em chamar Neguinho da Mancha na Mão para lhe falar o que estava pensando, mas lembrou que havia sido ele quem matou Guile, talvez estivesse fazendo parte do plano, começou a olhar para Régis e lembrou que ele havia ido a sua casa e perguntado que fim deu à moto que havia comprado, claro que podia ser ele, direcionou o olhar para Mágico e também teve a sensação de não confiar, era o único de todos ali que tinha um padrão de vida alto e seria capaz de tudo para continuar mantendo esse padrão, foi então que olhou para Aninha, ela estava com o rosto perdido naquela conversa toda, Celso lembrou que ela havia saído de sua casa, que comentaram na rua que fazia dias que não a viam, então teve certeza de que Aninha devia ter a mesma dúvida que ele, não fazia sentido ela se mudar se não estivesse desconfiada, ele se levantou lentamente, perguntou onde tinha uma torneira para molhar o rosto, Mágico falou que tinha uma do lado de fora do quarto, antes de chegar ao jardim da casa, Celso Capeta abriu a porta e chamou Aninha, dizendo que queria conversar, Aninha se levantou, saiu logo depois de Celso e lá fora começaram a conversa.

— Então, Aninha, preciso trocar uma ideia contigo.
— Fala, Celso, o que pega?
— É o seguinte, meu, tô achando isso tudo muito estranho.
— Estranho?

— É, meu, se você começar a dizer que eu estou viajando, eu nem dou a ideia.

— Pode falar, Celso, que eu também num tô engolindo uns baratos aí.

— Então tá, primeiro, cê acha que o Modelo ia fazer essa guerra toda por causa daquele cururu que o Neguinho matou?

— Acho não, meu, e já tava com essa dúvida faz tempo.

— Então! Aninha, acho que é questão de tempo pra mais um de nós morrer, e logo não vai sobrar ninguém.

— Como assim, Celso?

— Vê só, meu, já pegamos a mãe do cara, agora o Régis disse que o Modelo sequestrou a família dele, isso tá virando uma zona da porra, num vai demorar a dar merda, eu trouxe todas as minhas armas pra cá, mas num tô podendo levá tiro sem nem saber o que tá pegando.

— Celso, cê tá certo, mas num dá pra gente entrar e bolar essa ideia com todo mundo?

— Cê ficou louca, mina, eu escolhi você depois de analisar cada um, não coloco mais fé em ninguém não.

— Valeu, pode ter certeza que eu jogo limpo.

— Eu sei, Aninha, por isso você saiu fora lá do barraco, cê já tava desconfiada.

— Claro! Cê viu como acertaram o Lúcio? Mó barato estranho.

— Então vamos fazer o quê?

— A cara é nós não ir com eles em bolinho pra lugar nenhum, se precisar nós inventa qualquer coisa, mas essa de ir resgatar os parentes do Régis tá muito estranho. Então fica assim, cê cuida das minhas costas e eu da sua, e vamos ficar espertos, Celso.

— Certo, tem mais, Aninha, segredo entre três, só se dois estiver morto, então boca de zíper.

— Pode deixar, maluco, nessas cê num cai comigo, não.

Ambos retornaram para a sala, quando se sentaram ficaram sabendo que o debate chegou a uma decisão, iriam até a casa dos primos de Modelo e tentariam trocar a mãe do inimigo pelo filho e pela esposa de Régis, assim que comentaram a decisão, começaram a sair da sala em direção aos dois carros, Aninha olhou para Celso Capeta como quem diz, "porra, como dizer que não vamos?", ambos entraram também nos carros, era lógico que não dava para dar uma de abandonar o barco na hora do naufrágio.

Régis tentava ligar para o número que havia aparecido no seu celular, mas tentava em vão, só caía na caixa postal, subiram pela estrada nova e em poucos minutos já estavam a dez metros da casa dos primos de Modelo, já dava para ver a casa de onde estavam, era um sobrado amarelo com duas janelas dianteiras e uma grande porta de garagem de madeira toda fechada.

A mãe de Modelo estava com as mãos amarradas e vinha no segundo carro, estava chorando, sabia que se tivessem chance iriam matar seu filho, então só chorava e pedia a Deus que o livrasse daqueles inimigos, Neguinho da Mancha na Mão pegou a pistola 380 Imbel e verificou se estava travada, não estava, enquanto isso todos que estavam no carro começaram a também verificar as armas, Régis estava com uma SIG Sauer carregada, Celso Capeta puxou a 9 mm modelo GC MD1 A2, também de fabricação da Imbel, enquanto Aninha verificava se sua pistola Taurus modelo PT-92 CD estava também destravada, em poucos minutos tudo estava checado, Mágico saiu do primeiro carro e foi até o segundo, pediu que Régis esperasse nele pois iria até o portão chamar Modelo para conversar, Régis fingiu que não gostou da atitude do parceiro, mas ficou quieto no carro, Mágico continuou a fazer o que haviam combinado em sua casa, tentar a troca dos familiares sem mais desavenças.

Mágico chegou ao portão da casa e tocou o interfone, logo alguém atendeu do outro lado e perguntou quem era, ele disse que desejava falar com Modelo, nisso o portão foi acionado e o mecanismo começou a levantá-lo, Mágico levou um susto e chegou a pôr a mão na arma, mas viu que Modelo estava na garagem, sem camisa e sentado num banco, logo que o portão se abriu por completo ele pediu que Mágico entrasse e o fechou.

Régis esperava e aparentava uma angústia indescritível, movimentava as pernas e as mãos com uma grande rapidez, a ansiedade era visível, sabia que Modelo podia ficar fora de controle a qualquer hora, àquela altura do jogo não podia dizer se dominava algumas peças, nem sabia se estava no mesmo tabuleiro que todos ali, começou a pensar que não fora tão produtivo tudo aquilo que fez, que o risco era maior que todo o resto, mas agora já era tarde para voltar, o rastro de sangue que havia deixado era sinal de traição, ou ia adiante ou certamente seria morto em questão de dias, Régis sabia que estava bem próximo de uma grande bomba, esperava por tudo, menos pelas batidas no vidro do carro, se assustou e puxou a arma, olhou através da janela e viu um menino, abaixou o vidro e se lembrou do pequeno, era Dinoitinha, o menino disse um olá e falou para Régis que na rua de trás estavam paradas duas viaturas da Polícia Militar.

Régis olhou para o banco traseiro e percebeu que Celso Capeta havia ouvido a conversa, isso não lhe trouxe dúvida, o plano estava fadado ao fracasso, se Dinoitinha não tivesse aparecido tudo estaria resolvido em poucos segundos, mas o destino jogou contra ele nesse dia, apesar de Mágico ter entrado na casa de Modelo, o aviso do garoto acabou com todo o resto, não seria nesse dia, agradeceu ao menino e deu um sinal com o farol para o carro à frente, Neguinho da Mancha na Mão ligou o carro e começou a descer, três ruas depois, em frente a uma praça, Régis saiu do carro e foi falar com Neguinho.

— A fita é essa, jão, vamu descê todo mundo e fazê uma reunião.

— E a dona aqui? — Neguinho apontou para a mãe de Modelo.

— Deixa ela aí, tá amarrada mesmo, e avisa ela que se tentar algo, nós atira nas pernas.

Aninha, Celso Capeta, Neguinho da Mancha na Mão e Régis deixaram os carros e foram para um bar em frente ao local, dali observavam a mãe de Modelo, pediram duas cervejas e foram para o lado esquerdo do bar, onde era mais difícil o dono eventualmente ouvir o que falariam.

Régis iniciou a conversa.

— A fita tá toda estranha, num tá?

Neguinho, Celso e Aninha concordaram, e Régis prosseguiu.

— Faz mó cota que tô com umas desconfianças e hoje tá sendo a comprovação.

— Do quê? — pergunta Aninha.

— Das ideia do Mágico.

— Como assim? — pergunta Celso.

— Cê vê, o Lúcio foi morto, a parte do dinheiro dele ninguém viu, daí o Mazinho, depois a mulher do Paulo que é parente do Neguinho, tem muito corpo pra um maluco que nem gostava tanto assim do tal de Guile.

— É, isso tem lógica, o barato tá estranho mesmo — disse Neguinho da Mancha na Mão.

— E o pior agora, jão, é minha família, sem falar que o Mágico entrou de boa na casa do Modelo.

Aninha pede a palavra e expõe um detalhe que observou desde o começo.

— Se você for ver mesmo, ninguém sabe onde você morava, Régis, só quem sabe é o Mágico.

— É, isso é verdade, mas é o seguinte, vamos parar de ficar jogando conversa fora, alguém vai querer entrar lá para tirar o Mágico?

Ninguém respondeu, todos ficaram pensativos, no ar a mesma pergunta, e se fosse uma armadilha? Régis vendo o silêncio encerrou a conversa.

— Então é o seguinte, cada um pra sua quebrada, e eu vou levar a mãe do Modelo, quem vai resolver a fita sou eu agora.

Celso tentou intervir, mas nem conseguiu falar, Régis puxou uma nota, deu para o balconista, chamou Aninha e entraram no carro onde a mãe de Modelo permanecia quieta, Régis abaixou o vidro e completou.

— Agora é tudo comigo, podem ficar a pampa que vou resolver a fita com o Modelo.

Saiu em alta velocidade, Neguinho da Mancha na Mão e Celso Capeta terminaram de beber as cervejas e minutos depois entraram no carro, apesar de acharem arriscada tanta demora em livrar a família de Régis, concordaram que ele deveria decidir a fita, era ele que estava responsável pela vida da própria família.

Aninha mostrou o caminho, e Régis a deixou em frente ao hotel em que estava morando, ligou o carro e andou mais cem metros, parou o carro novamente e olhou para a mãe de Modelo no banco de trás, então a desamarrou, parou um táxi, pediu que ela entrasse e informou o endereço ao taxista, colocou uma nota de cinquenta reais nas mãos da senhora que não entendeu nada, mas chorou de felicidade.

Régis andou na avenida João Dias em alta velocidade, entrou na estrada de Itapecerica e em poucos minutos estava no Morumbi Sul, parou o carro e olhou para a casa de Mágico, sabia que ali ele não colocaria mais os pés, agora Régis tinha a situação em suas mãos, o carro do ex-parceiro era seu, não andaria mais a pé, já que não podia comprar outro carro para não chamar a atenção de outros ladrões, tocou a campainha várias vezes até que Priscila atendeu, Régis pegou a esposa de seu ex-parceiro pelo pescoço, a empurrou para dentro do quintal da casa, jogou-a no chão e começou a chutá-la violentamente no estômago.

Pegou a parte do assalto que era do Mágico de dentro de um cofre, a mulher toda ensanguentada só pedia para não machucar as filhas, Régis ficou com raiva, deu um murro no nariz de Priscila e disse:

— Que porra de homem você acha que eu sou, hein? Acha que vou zuar suas filhas, porra?

Modelo já estava ficando nervoso, a faca não era afiada o suficiente para cortar o osso, pediu para o primo tentar achar uma serrinha, daquelas de cortar cano, o chão estava todo ensanguentado, começou a bater com a faca em vez de cortar, mas mesmo assim não conseguiu romper o osso, quando seu primo chegou com a serrinha, disse:

— Nossa, Modelo, tá aprendendo isso onde? Com Jack, o Estripador?

Modelo deu uma grande risada e respondeu:

— Que nada, aquele ali é primário, eu tô fazendo um show, agora sim, a maior mágica do arrombado aí, ó!, a separação do corpo e da cabeça.

— Nossa! E agora como vamos desovar o homem?

— Que desovar o que, tru, tá tirando? O show começou agora, pega lá a churrasqueira e me traz aqui.

— Peraí.

O primo de Modelo subiu as escadas, perguntou para o irmão onde estava a churrasqueira da casa e a pegou, também trouxe um saco de carvão, se bem conhecia o primo, a maldade teria a ver com fogo, enquanto descia com a churrasqueira, gritou para o irmão trazer o álcool e o isqueiro.

Alguns minutos depois o fogo já estava alto, os dois irmãos abanavam a churrasqueira e olhavam o que o primo fazia com o corpo decapitado, Modelo continuava a serrar e dessa vez tirou o braço esquerdo do corpo do Mágico, após terminar de cortar, pegou o braço e o jogou na churrasqueira, pediu o álcool e jogou todo o litro sobre o carvão, o fogo aumentou muito e começou a queimar o braço.

— Modelo, o que vai acontecer aí, cê vai deixar o trouxa aí só no osso?

— Que nada, tru, vai observando aí, daqui a pouco o bicho se mexe.

— Quem se mexe?

— O braço, né, seu burro.

Os músculos começaram a queimar, e em alguns segundos fizeram a flexão do braço, para o espanto dos primos de Modelo, os músculos puxaram o braço para a posição de pugilista.

A tarde começou a chegar, o céu escurecia rapidamente, o movimento no sobrado era intenso, sacos plásticos foram usados, o corpo mutilado foi embalado, o carro do Nado foi acionado por Modelo, colocaram os sacos no porta-malas e foram para o Jardim Aracati, lá tinha um canto muito usado por Modelo, já devia ter uns quinze corpos no local que ficava embaixo de uma árvore, o buraco foi cavado, o corpo jogado e depois enterrado, Modelo olhava os primos trabalhando com as pás e pensava que vida de ladrão também não era nada fácil, mas com a união dele com o delegado Mendonça as coisas tendiam a melhorar, afinal, polícia, apesar de ser tudo judas, tinha sempre os melhores contatos.

Se o corpo ficasse exposto, as varejeiras chegariam nele, colocariam ovos, e duas horas depois as larvas se ergueriam e virariam novas varejeiras, como o corpo foi enterrado foram as chamadas moscas de caixão que ganharam o alimento.

Aninha sonhou por toda a noite, acordou suada, segurando o estômago, era claro para ela que aquilo era um aviso, a barriga doía muito, foi até o frigobar, vários litros de leite fechados, abriu um e começou a tomar, ainda bem que comprou na noite anterior, pois a gastrite sempre a pegava desprevenida, principalmente nos momentos de expectativa.
O telefone tocou, ela atendeu, a telefonista lhe transferiu a ligação, era Neguinho da Mancha na Mão, disse apressadamente que queria falar com ela urgente, Aninha perguntou o que aconteceu, ele disse que em meia hora estaria em Santo Amaro, era para ela ir para a praça dos desempregados, lá se encontrariam e conversariam com calma, depois desligou, Aninha ficou pensativa, não gostava nada dessas coisas de última hora, a situação estava toda complexa demais, a família de Régis sequestrada, o Mágico que não deu mais notícias e agora o Neguinho com essa reunião só deles, e se ele fosse o que estava por trás de tudo, o que será que tava acontecendo?, foi ao banheiro, tirou a calça de moletom cinza que costumava usar para dormir, retirou a camisa branca, ligou o chuveiro e entrou debaixo da água fria, sempre que tomava banho gelado pensava estar numa cachoeira, Aninha sentia que no fundo de tudo não queria mais nada, somente voltar a sua terra natal e tomar um delicioso banho de cachoeira, mas infelizmente era o dinheiro versus tudo que já tinha, um quarto miserável às vezes sem nem o café, não tinha ganância por dinheiro, mas sabia que sem ele não era nada, não representava nada onde vivia.
Saiu do chuveiro e se enxugou, resolveu pôr o sutiã, fazia tempo que não usava um, seus pequenos seios na verdade nem

precisavam, mas colocando se sentia mais feminina, pegou o batom na gaveta e passou levemente nos lábios, cor suave, para não chamar a atenção, odiava olhares indiscretos, vestiu a calcinha e resolveu usar novamente o vestido azul, só tinha um problema, onde colocaria sua arma, resolveu levar a bolsa embora odiasse, mas do jeito que estava a situação não podia cochilar no barulho de ninguém, pegou o elevador, desceu, cumprimentou o porteiro do hotel, foi para a calçada e começou a caminhar em sentido à praça, estava com sede, lembrou que agora tinha dinheiro, foi para o bar, pediu um Red Bull, agora seria assim, ela só tomaria energético, a mistura há algum tempo fazia ela passar muito mal, decidiu que após o encontro com Neguinho iria fazer compras, sandálias, vestidos e talvez até um estojo de maquiagem, por que não?, estava gostando da nova Aninha e achava que era algum tipo de evolução, não ficaria mais dias sem escovar os dentes, dias sem usar um perfume, agora seria uma linda garota novamente, começaria se cuidando e quem sabe em algum tempo teria até um namorado, iriam ao cinema juntos, se beijariam em frente a velhos casais já exterminados pela rotina, fariam inveja a todos, se amariam até amanhecer, dariam banho um no outro e em pouco tempo teriam uma bela casa e muitas crianças correndo por um jardim grande e variado, rosas, várias cores de rosas, Aninha as pegaria a todo momento, cheiraria as flores demoradamente, sentiria o aroma que só elas têm, não haveria mais espinhos, não haveria mais tanto desacerto e tanta desvantagem.

Chegou à praça, Neguinho da Mancha na Mão estava sentado perto de uma barraca de cachorro-quente, acenou para ela e em seguida comprou um refrigerante, Aninha se aproximou, cumprimentou, se sentou ao seu lado e disse não querer refrigerante, havia bebido um energético, logo Neguinho, entre uma golada e outra, começou a lhe contar o acontecido, Aninha não demorou a pôr a mão na cabeça e chorar, Neguinho a abraçou e disse que de agora em diante era tudo ou nada, ou eles se uniam e faziam a ação ou esperariam para serem os próximos, afinal Celso Capeta havia morrido.

O cavanhaque tinha ficado um pouco torto, estava de saco cheio de ficar arrumando aquilo a cada dois dias, tinha que sair logo, a fome o estava consumindo, não tinha mais nada em casa, a correria dos últimos dias havia lhe tomado todo o tempo, jogou o barbeador na pia, lavou as mãos, olhou para a casa e viu que estava uma bagunça fenomenal, abriu a porta, o sol estava forte, resolveu ir à padaria onde havia matado o segurança, comprou pão e notou que o balconista não parava de tremer, olhou em seus olhos e disse:
— Cê me deve?
O balconista deixou cair o saco com os pães e não conseguiu responder, Celso Capeta repetiu a pergunta, e vendo que o balconista balançou a cabeça respondendo que não, completou:
— Então não tem o que temer, me dá os pães aí, porra.
O rapaz colocou os cinco pães novamente no saco e lhe entregou, Celso lhe deu uma nota, o balconista tentou lhe dar o troco, mas Celso já havia saído, deu de frente com a viatura, ouviram-se os disparos, a viatura parou em frente ao corpo, os dois policiais desceram, ninguém entendeu quando Aires se aproximou e deu mais três tiros no peito de Celso Capeta, mas entenderam quando ele retirou a arma da cintura de Celso e a colocou na mão do rapaz.
Aninha secou as lágrimas após alguns minutos, a multidão não parava de transitar, isso a irritava, ela decidiu chamar Neguinho para ir até onde estava morando, se Celso colou com Neguinho, ela também podia colar, foram para o apartamento e co-

meçaram a preparar uma ofensiva contra a situação atual, pois Celso Capeta havia morrido naquela madrugada, segundo Neguinho ele havia trocado tiro com os homens, mas estava tudo estranho, pois sabia que Celso não era nenhum otário, agora estava quase convicto do envolvimento de Mágico naquela situação, pois minutos depois a casa de Celso foi toda revirada e sua parte no dinheiro sumiu.

    Régis acordou logo depois de Eliana, sentiu o cheiro do café e pensou em tomar puro, mas ao ir para a cozinha se decidiu por leite, pois a gastrite mais tarde iria atormentá-lo, foi até o fogão e deu um beijo em sua esposa, Eliana durante a noite se virou várias vezes, não acreditou no marido, não sabia viver sem seu filho, estava tão feliz por ele estar ali com ela, há tanto tempo armazenando saudades do marido, mas a preocupação com o filho nem os calmantes tiravam, há tantos dias não tinha sua companhia, teve vontade de abraçar o pequeno, teve vontade de amar Régis novamente, como há muito tempo não faziam, mas era muito tímida, virou-se para o lado e esperou o dia amanhecer, os olhos não fechavam, seus pensamentos a atormentavam, não podia largar Régis, mas também não poderia levar aquela vida por muito tempo, os calmantes naturais que tomava não surtiam mais efeito, primeiro eram dois comprimidos, agora nem cinco por noite a faziam fechar os olhos.
    Régis sentou-se e pediu a faca para cortar o pão, Eliana pegou e perguntou se ele queria que fritasse ovos, ele disse que era melhor comer com manteiga, e dizendo isso apontou para o estômago, Eliana entendeu o gesto e pegou a manteiga na geladeira, naquele dia estava toda de branco, o avental era bordado, um desenho simples, um casal de mãos dadas.

Tomou o café com leite depressa e mastigou o pão, começou a pensar nos próximos passos de seu plano, sabia que estava tudo na fase final, pois Lúcio Fé e Celso Capeta haviam morrido, a parte do dinheiro deles foi pega, e certamente Modelo já havia matado Mágico, se lembrou do jeito que bateu em Priscila, nunca gostou de bater em mulher, mas precisava pegar a parte do Mágico, tentou se convencer de que o espancamento foi necessário, após pegar o dinheiro lhe avisou que se dissesse alguma coisa para a polícia mataria suas duas filhas, também não gostava de ameaçar a família de ninguém, mas aprendeu os métodos do medo com Modelo, tinha que ligar para ele dali a pouco, faltava pegar a parte de Aninha e Neguinho da Mancha da Mão, Régis se odiava pelo maldito plano que seguia, mas foi tudo orquestrado pelo destino, ele sabia quem havia criado a música, mas sua tarefa era executá-la.

Régis havia avisado para que não gastassem o dinheiro por enquanto, principalmente com carros e motos, a denúncia por ali era uma coisa certa e delator era o que mais tinha no bairro, mas mesmo assim Celso Capeta gastava muito, e não se contentou em comprar vários tênis caríssimos, comprou uma moto que ninguém havia visto igual na quebrada, foi essa a deixa definitiva para que Modelo tivesse certeza de que foram eles os autores do assalto ao banco, a partir desse dia a vida de Régis havia se modificado drasticamente, pego pelos policiais, foi levado à delegacia e teve que ir para a sala do delegado, o que houve a seguir nem toda sua experiência na vida criminal havia lhe ensinado, foi nessa sala que descobriu o poder de Modelo, aquele que todos, inclusive ele, acreditavam ser apenas um menino que gostava de matar para provar que era homem, Régis nunca vai esquecer o rosto de Modelo, sentado em cima da mesa, conversando intimamente com o delegado, na hora em que viu aquela cena, pressentiu uma grande reviravolta, foi ali naquela sala que se determinou que todos deviam morrer para que o dinheiro viesse para o bolso do delegado e de Modelo, Régis tinha nojo daquele homem gordo, sempre coçando o saco e fumando, Mendonça era assim, quando falava cuspia, enquanto fumava tentava falar, Régis sabia que seu destino estava selado, diria o que fosse preciso naquela reunião, aceitaria o pacto que fosse, quando saísse juntaria todo mundo da sua banca e mataria um por um, o delegado Mendonça deixou claro o acordo, Régis ajudaria a recuperar o dinheiro, mas em troca ficaria com sua parte e ganharia a vida em liberdade, não assumiria o B.O. pela morte de Adilsão, Régis se espantou um pouco pela informação precisa do delegado sobre a morte de Adilsão, mas olhando para Modelo naquele momento soube que ele deixava o delegado sempre bem informado, o delegado olhou de soslaio para Régis e disse que seria bem mais fácil com alguém do lado de dentro, Modelo relutou um pouco, queria toda a soma do assalto, mas depois de algum tempo aceitou, Régis estava dentro de toda a estrutura, seria mais fácil para localizar os outros membros da banca, Régis fingiu aceitar, mas quando estava saindo teve a última pancada da noite e essa havia doído muito, a frase que o delegado lhe falou ao ouvido o fez pegar o celular e ligar para Eliana, quando a escutou chorando desligou e nem precisou confirmar, Régis estava na mão deles definitivamente, pois para garantir o plano haviam sequestrado seu único filho.

Régis saiu da delegacia com uma grande dor de cabeça, não acreditava que tinha negociado com um policial, mas sabia que era o único jeito de ver seu filho vivo, faria um teatro total dizendo que sua esposa havia sido sequestrada com o filho, Modelo tinha tudo em mente, Mágico deveria entrar para negociar, Régis ficaria com o resto da banca do lado de fora, os policiais chegariam, pegariam todo mundo em flagrante, só seriam mortos antes de chegar à delegacia, jogados no morro da rua 12 e Régis deveria chamar outra viatura denunciando um tiroteio próximo ao morro, assim ficaria resolvida toda a fita de uma só vez, só que ninguém previu o menino que chegou no carro de Régis e disse ter visto as viaturas, ele tentou pensar em algo na hora, mas Celso Capeta já havia escutado o garoto, então a situação melhor foi sair do local.

Eliana tocou em seu ombro, ele se assustou, ela tentou lhe dar um beijo, Régis recuou a cabeça e disse que precisava fazer umas ligações primeiro, Eliana abaixou a cabeça e voltou para a pia, Régis pegou o celular e foi para a garagem, lá discou o número de Modelo, e lhe informou onde estava morando Aninha, de Neguinho da Mancha na Mão ele mesmo cuidaria, Modelo riu muito pelo celular e disse que seria um prazer matar a vagabunda.

Desligou, na verdade queria exterminar Modelo, sabia que não era digno, pois afinal pensava mais em sangue do que em dinheiro, tinha amigos policiais que não acabavam, e só matava por prazer, Régis não sabia mais o que pensar de Modelo, se era louco, se era ganso, se era inteligente, mas sabia de uma coisa com certeza, um dia os dois bateriam de frente.

Juliana havia acabado de beber o último gole de refrigerante que restara na geladeira, jogou a garrafa no saco de lixo em frente à mesa de jantar, puxou o tapete e se sentou nele, colocou os pés no primeiro degrau da porta e resolveu descansar um pouco, não aguentava mais tantos afazeres domésticos, quando terminava um cômodo da casa o outro já estava completamente sujo, as crianças faziam sua parte, os poucos brinquedos se multiplicavam pela casa, dona Maria Luiza estava sendo um anjo, imagina abrigar uma família inteira, José Antônio passava o dia construindo a casa com a ajuda dos irmãos da igreja, assim que terminasse o primeiro cômodo, levaria a família para lá, Juliana iria somente relaxar e descansar quando isso acontecesse, há algum tempo havia notado o jeito que seu marido a estava tratando, mas não ligava, sabia quais os motivos e também tinha os seus próprios, como José Antônio podia querer que ela se cuidasse, se ele mesmo negava o dinheiro quando ela pedia, sendo assim como faria a unha, como faria o pé e sem o mínimo, como pintaria o cabelo?, mas não, ele só fazia olhar, olhar e cuidar daquela maldita igreja, pelo menos na hora do sufoco os irmãos foram lá ajudar, certo que na igreja tinha dezenas, mas os três que ajudavam na casa já eram grande coisa, Juliana reclamou durante anos do pouco que tinha que era dividido com aquele bando de vagabundos, se sentia roubada, afinal o pastor era um boa-vida, sempre de carro, sempre alegre, e o pior era a desculpa que o canalha sempre dava: "Isso é a maior prova da glória de Jesus".

    José Antônio também tinha suas qualidades, lembrou a primeira vez que o tinha visto, de jeans e camisa branca, bota de couro e sempre com a carteira na mão, lembrou o primeiro beijo, o primeiro dia de casados e o dia em que José Antônio entrou na Metal Leve, como a vida deles havia mudado.

    Aninha se sentia muito mal, algo lhe causava fortes dores no peito, sabia que o procedimento que adotava não era correto, mas não podia ficar ali e morrer, sabia que aquela guerra não era sua, queria ter ligado para Neguinho e avisado que estava fora do jogo, mas ele não entenderia, estava cego pela vingança, queria matar Modelo pelo que fizera com Auxiliadora, mas Aninha estava determinada, pegou as malas e parou aquele táxi, o interior da Bahia de onde tinha vindo não era tão ruim para ela agora, estava desistindo de tudo ou de nada, não sentia que deixava nada para trás que valesse ser visto de novo quando lhe veio a imagem do seu pequeno primo, se arrumasse alguma confusão teria que se virar, Aninha sabia que o dinheiro certamente daria para o que planejava, vida nova, sem maldade, encrenca, queria encostar em um balcão novamente e não ter medo de ser baleada enquanto tomasse um refrigerante, entrou no automóvel e pediu para o motorista ir para a rodoviária.

Eduarda chorou muito, os pais a seguraram para que não caísse, o caixão estava muito bonito, flores de todas as cores, o enterro de Windsor estava cheio, todos comentando que Neguinho da Mancha na Mão era uma pessoa muito boa, que apesar de fazer o que fazia, de correr atrás de uma vida de ilusões, era um ser humano dos mais raros, educado e cavalheiro, o pai de Eduarda estava indignado, falava a todo momento no ouvido de sua esposa: "Um vagabundo, muié, nós quase deixamos nossa filha ficar com um vagabundo, eu nunca gostei desse cara", a mulher ouvia tudo calada, sabia que o marido também havia gostado de Neguinho, sabia que até um jogo eles haviam marcado, mas olhava o rosto de Neguinho pelo vidro do caixão e achava injusto um menino tão novo estar com tantos pontos na face.

Dona Ana olhou bem de perto e se lembrou do pequeno menino que ia buscar leite para ela todas as manhãs, as moedas do troco animavam o pequeno que saía correndo pela rua em direção à padaria, lá compraria um sonho, e foi atrás disso que Neguinho da Mancha na Mão passou a vida inteira, atrás de um sonho.

Andando pelo asfalto empoeirado, passa pela esquina onde mora Dinoitinha, o menino acena para Régis com entusiasmo, certamente lembrando os pães, doces e refrigerantes que ele sempre lhe pagava, algumas luzes acesas dentro das casas, o calor era o motivo para as portas abertas, Régis via os homens e as mulheres sentados no sofá, os flashes do monitor, rostos sofridos e concentrados na imagem da TV.

A maioria das casas daquela rua não tinha quintal, a sala ficava de frente para a rua, fazia muito tempo que ele não passava por ali a pé, olhou para o tênis e o viu todo empoeirado, observava cada detalhe em cima das telhas, canos de ferro apoiavam rodas de bicicletas ou bacias de alumínio, logo começaram a pingar forte gotas de chuva, as gotas grossas agora já caíam em demasia, as portas e janelas se fechando, as crianças abandonando as brincadeiras, Régis continuou andando calmamente, estava com o pensamento livre, notou a criançada olhando as portas, outras subindo nas lajes para recolher as roupas do varal, a chuva molhava a pele de Régis, que começou a pensar no que se transformara sua vida, uma reprise de traições onde o ator principal era ele e, apesar da boa representação, havia fracassado no teste da vida, a chuva molhou todo o seu corpo, os bueiros começaram a entupir, logo as casas encheriam novamente, o córrego já estava transbordando, Régis caminhava numa direção que não convinha pensar agora onde daria, com sincronismo perfeito, um passo após o outro, as mãos no bolso, começou a pensar sobre a quantia que o delegado e Modelo haviam pego, não achava justo, não fizeram nada e ficaram com a parte de seus ex-parceiros, deu um leve sorriso quando lembrou que não acharam Aninha no hotel naquela tarde, no fundo sabia que ela havia feito o certo, viu que o cerco estava se fechando e decidiu abandonar o barco que certamente se afundaria, começou a se lembrar do sorriso dela naquelas tardes onde o churrasco e a bebida na casa do Mágico eram o que menos interessava, a conversa era o mais precioso naqueles encontros, onde sempre notava quando Aninha começava a beber, certamente ela sentia falta de uma família, de alguém que se importasse com ela, Régis entendia esse sentimento, pois Eliana, quando entrou em sua vida, o preencheu, lembrou-se de Neguinho da Mancha na Mão e de sua namorada que ele ultimamente dizia a todo momento que era sua salvação, e devia ser, afinal, ele largou a vida bandida, não teve coragem de matar o parceiro, deixou Aires fazer o serviço, segundo testemunhas, Neguinho da Mancha na Mão nem viu o que acertou seu rosto e seu peito, Régis chegava ao raciocínio que no final os pecados eram cobrados, lembrou-se de Lúcio Fé e das suas observações sempre oportunas, pensou no sorriso sincero de Celso Capeta, durante o torneio de bilhar no qual Régis perdeu para ele e Celso lhe deu a taça, e por último pensou no Mágico, que além de ficar fazendo aqueles truques a todo momento, como dobraduras com dinheiro, mágicas com caixas de fósforo, lhe ensinou muito mais do que devia ter ensinado, que a vida é um funil e só quem passa é quem se adapta a cada nova situação.

Régis continuava se sentindo muito estranho, o carro ficou em frente ao bar do Marrocus, não sabia mais por que decidiu descer toda aquela rua a pé, não sabia nem por que a menina que tentou namorar muito tempo atrás naquele instante lhe vinha à memória, nunca conheceu alguém como ela, nem Eliana era tão firme, só que a menina lhe passou algo estranho, era uma coisa diferente, quando Régis tentou passar a mão nos seios dela, ela segurou sua mão e disse olhando em seus olhos, "Peraí meu, o barato não é bagunçado assim, não", mas Régis era insistente e após um longo período de beijos e carinhos colocou a mão por baixo de sua saia, se surpreendeu mais ainda quando ela retirou sua mão e disse, "Ei, o barato é lacrado, não vai metendo a mão aí, não", Régis soltou um pequeno sorriso ao se lembrar do fato, a menina era muito diferente de todas as outras que ele havia namorado pela vida, eram muito fáceis, um rolê de carro, algumas cervejas, e aí era só aproveitar o sexo, uma delas era Vânia, como conseguia chupar tanto, gostava do que fazia, ele tinha certeza de que cada um tem seu dom, e o de Vânia era chupar, mas essa outra menina não durou em sua mão, começou a se envolver com cocaína e acabou presa, o primeiro homem que teve foi seu padrasto, diziam que havia sido à força, a menina começou a dar pra todo mundo, Régis agora via Eliana, quanto tempo sem a beijar, quanto tempo sem sentir seu corpo, fazer amor com ela era como mergulhar num jardim calmo e prazeroso, um jardim diferente a cada vez que deitavam, Eliana era assim, em tantos anos de casamento ainda um eterno mistério, Régis ergueu o braço esquerdo e tocou com as pontas dos dedos o pingente na corrente de ouro que sempre trazia no pescoço, a imagem de Jesus Cristo, um presente da esposa que ele nunca havia tirado desde que ganhou.

A chuva caía impiedosamente, Régis continuava a caminhar, e apesar de estar todo molhado tirou a camisa para voltar a ser aquele menino que a qualquer relampear corria para tomar banho de chuva com os outros meninos da favela.

Chegou em casa exausto, foi para o quarto dar o dinheiro da vendagem das rosas para sua mãe, para seu espanto ela não estava sozinha, as vizinhas a consolavam na cama, estava apoiada sobre os joelhos, chorava muito, Dinoitinha não entendeu quando uma delas disse, "É melhor levar ele também, leva lá para a casa da Maria Luiza", mas não demorou a entender quando saiu apressado, seguro pelo braço, e viu o carro funerário chegando, sabia que seu pai já não estava suportando o que a pinga lhe fazia em tanto tempo, ultimamente não comia, ficava caído quase o dia inteiro e os lábios viviam rachados e sangrando, ficou na vizinha por duas horas, depois sua mãe veio lhe buscar, perguntou o que tinha ganhado, ele pegou no pequeno bolso do short e entregou as notas e moedas, ela disse para Maria Luiza que não tinha dinheiro para o enterro, que não sabia mais o que fazer, Dinoitinha sabia que tinha que fazer algo, pediu para a mãe pegar na gaveta da cozinha um cartão que ele ganhou no farol, a mãe pediu uma explicação e ele contou a história, "Vai saber se ela nos ajuda mesmo, né, fio?", foram para o barraco, os irmãos continuaram dormindo na casa da vizinha, depois de pegarem o cartão foram para o orelhão, o jeito seria ligar a cobrar mesmo, "Tá chamando, fio, fala você primeiro, cê já conhece a moça".

— Alô?
— Tá, é o Dinoitinha.
— Quê?
— É o Dinoitinha.
— Está querendo falar com quem, por favor?
— Com a dona do carro.
— Que carro?
— A dona do carro que me deu esse cartão.
— Ah!, mas quem é você?
— Eu sou o menino que vende rosa.
— Certo, estou lembrando, o que você quer?
— Eu liguei porque o meu pai morreu e...
— Ó, menino, vamo pará de papo furado, cê tá querendo a merda do dinheiro, não é?
— Não, moça, é que meu pai...
— É fogo, por isso não gosto de nada de graça, uma merda de uma rosa e...
— Moça, é que meu pai morreu e...
— Vai pra puta que te pariu, menino, cê num tem o que fazer, não? Seu trombadinha.
— Mas moça...
— Ah!, vai pro inferno, não tenho tempo pra isso não.

O telefone foi desligado, Dinoitinha ficou com ele por alguns segundos no ouvido, sua mãe perguntava a todo momento o que estava acontecendo, ele largou o aparelho, "Ela tá nervosa mãe, depois a gente liga".

Ambos entraram no barraco, não sabiam o que fazer, o carro funerário ainda estava na porta, Dinoitinha saiu logo depois, não aguentava mais aquela choradeira, seu pai não era um homem tão bom, tantas vezes bateu neles e em sua mãe, só vivia bêbado ultimamente, chegou à conclusão de que todos deviam estar chorando pela falta de dinheiro para o enterro, se sentou em frente ao sacolão do Igor e tirou com a ponta do dedo a lágrima que descia por seu rosto, foi quando viu José Antônio, ele se sentou ao seu lado e perguntou o que estava acontecendo: "Meu pai morreu, moço, e não temos dinheiro", José Antônio começou a gostar muito daquele menino desde o dia em que ele o ajudou a reconstruir a casa, na verdade, o trabalho do menino foi mínimo, mas a sua vontade de ajudar era uma coisa muito preciosa, pensou e chegou à conclusão de que não tinha dinheiro para dar ao menino, mas lembrou-se do dinheiro da igreja, viu o rosto de Jesus e esse lhe dava um grande sorriso, na igreja tinha um desenho, Jesus abraçando as crianças, pegou o pequeno pelo braço, "Vamos ali, meu amigo, vamos arrumar um pouco de dinheiro para sua mãe", depois de entrar na igreja, pegou o molho de chaves e entrou na sala do dízimo, pegou todas as notas que estavam na caixa de sapatos e deu para o pequeno, Dinoitinha havia pegado uma boa quantia, agradeceu a José Antônio por todo aquele esforço e disse que Deus iria lhe dar um lindo lugar lá em cima no céu, José nunca ficou tão feliz, se lembrou das palavras do pastor que diziam que as crianças eram sempre sinceras, deu um abraço no pequeno e foi para casa.

Dinoitinha chegou, abriu a porta do barraco e foi logo dando o dinheiro que José Antônio havia pegado da igreja para sua mãe, ela contou rapidamente e viu que não dava para todo o enterro, mas já ajudava bastante, perguntou onde havia arrumado e ele explicou a ajuda de José Antônio, sua mãe prometeu fazer um bolo para aquele homem, Dinoitinha trocou a camisa, o tempo começava a esfriar, pegou uma camisa de manga comprida e se sentou em frente à TV, estava começando a ficar impaciente, olhava para sua mãe, os olhos fixos na televisão, nenhum detalhe da novela poderia ser perdido, ela não iria fazer nada para comer naquela noite, olhou para seus irmãos, as cabeças apoiadas num tijolo baiano, as pernas cruzadas, percebeu então que estaria fadado a dormir com fome de novo, se levantou lentamente da cadeira, abriu a porta com delicadeza e colocou a cabeça para fora, logo gotas grossas caíram em sua cabeça, olhou para o teto do barraco, percebeu que o parapeito era curto, não protegia ninguém da chuva, resolveu sair, encostou a porta devagar e pulou por cima de uma poça d'água, não sabia bem aonde ia, ainda mais naquele temporal todo, mas sabia de uma coisa, não queria ficar vendo aquela novela chata dos italianos, não entendia tudo aquilo, não entendia como uma pessoa como sua mãe podia assistir a um negócio que todo mundo já sabia que era mentira, também não queria esperar o irmão acordar, o máximo que ganharia, se pedisse algo para comer, era um tapa na cabeça, a chuva caía pesada, seus olhos resistiam aos pingos, queriam estar abertos por todo o tempo, após alguns metros começou a olhar para o asfalto, era engraçado ver as gotas batendo com força, olhou os bueiros, sabia que se continuasse chovendo muito logo teria novidade na favela, certamente alguém morto de novo por deslizamento, pelo menos ia quebrar aquele silêncio todo dentro de sua casa, já estava todo molhado e não acreditou quando viu aquele objeto no chão, se abaixou e o pegou rapidamente, aproximou-o dos olhos e confirmou, era uma linda corrente dourada, passou os dedos por todo o comprimento da corrente e notou que nela havia um pingente, passou os dedos pequenos pela imagem de Jesus Cristo e começou a andar mais rápido.

O sentido que Régis tomou foi decidido enquanto caminhava na chuva, iria ao encontro de Modelo para finalmente buscar Ricardo, rezava todos os dias desde que o pequeno fora sequestrado, levaria sua parte do dinheiro no lugar da parte de Aninha, eles não aceitariam o fato de ela ter fugido, mesmo assim estaria no lucro, pois Modelo não mencionou as joias para o delegado nem foram noticiadas pela imprensa, o banco tinha que manter seu status, denunciou somente o roubo do dinheiro, as joias que pegou na casa do Mágico com certeza dariam para comprar um belo sítio, na terceira gaveta da mesinha de cabeceira, ao lado de sua cama, estava o futuro da família, Régis sabia que o jogo estava todo contra ele, mas sentia que o delegado Mendonça só queria mesmo o dinheiro, ao contrário de Modelo, que além de matá-lo, seria capaz de matar seu filho.

José Antônio não estava acreditando, depois de tanta procura o emprego estava bem no seu nariz, Igor, que trabalhava no sacolão, deu somente um telefonema, e no outro dia lá estava ele, Ceagesp, o lugar era imenso e totalmente diferente, vários boxes separavam as categorias de frutas, verduras e legumes, o apelido dos carregadores era sempre o mesmo, Piauí, porque a maioria das pessoas que trabalhavam de carregador era daquele estado, o trabalho era pesado, arrastar aquelas velhas carroças cheias de caixas não era fácil, mas fazia isso com alegria, há muito não tinha a sensação de segurança, no final do mês o salário estaria lá, José Antônio se sentia um homem novamente.

Chegou em casa cansado, não disse à esposa nem aos filhos que tinha desmaiado dentro do ônibus, logo teria algum dinheiro para o pão novamente, Juliana perguntou se não tinha nada que ela pudesse fazer lá também, José se esforçou e se lembrou das senhoras pegando resto de frutas e legumes nas gôndolas, resolveu levar Juliana no outro dia, a ferramenta de trabalho seria somente um carrinho de feira.

Régis confirmava no calendário do celular, o dia estava certo, quinta-feira, 19 de agosto, estava ansioso, o calibre .38 que comprou há tantos anos estava no porta-luvas do carro do Mágico, a SIG Sauer estava na cintura, quando marcou com Modelo não conseguiu raciocinar, o lugar neutro nem lhe passou pela cabeça, a rua marcada era em frente à padaria Rainha, com certeza um shopping ou um lugar mais movimentado seria o correto, mas quando pensava em Ricardo não lhe interessava mais nada, no banco de trás do carro estavam as partes do dinheiro dos amigos falecidos, estava tudo lá, a parte do Lúcio Fé e do Mágico, a parte de Celso Capeta o policial Aires já havia pegado quando o matou, e a sua, que deveria cobrir a de Aninha, queria somente pegar seu filho no colo e voltar para casa, dirigia em alta velocidade, em vinte minutos completou o percurso, tentou tocar a imagem de Jesus que trazia na corrente e nada, passou a mão pelo pescoço e entendeu que devia ter perdido, provavelmente durante sua caminhada na chuva.

Assim que chegou, avistou Modelo, estava sozinho como o combinado, Régis desceu do carro, atravessou a rua e logo perguntou por Ricardo, Modelo respondeu calmamente que o menino estava num carro ali perto, Régis olhou para trás e viu vários carros estacionados, Modelo disse que estava tudo certo e perguntou pelo dinheiro, Régis virou as costas e pegou a bolsa, voltou e disse que estava tudo ali dentro, Modelo apontou para um dos carros e falou que o menino estava no Santana vinho, ambos foram em direção ao carro, Modelo tentou pegar a bolsa, mas Régis puxou e disse que só quando pegasse seu filho, Modelo abriu a porta do carona e indicou para Régis se sentar, a raiva que tinha o fazia imaginar a cena, daria vários tiros na cara de Modelo se seu filho tivesse um arranhão, mas por hora tinha que aceitar, se sentou, colocou a mochila em cima das pernas, tirou a SIG Sauer da cintura e a colocou por baixo da mochila apontando para o banco do motorista, Modelo retirou o menino do porta-malas e o fez se sentar no banco traseiro, Régis não acreditou quando viu o filho, os cabelos levemente loiros, os olhos castanhos lhe perfuraram a alma, Régis não resistiu e esticou o braço esquerdo para abraçá-lo, os filmes a que assistiu por toda a sua vida eram assim, os momentos de poesia eram em câmera lenta, mas antes de encostar no menino sentiu algo estranho ardendo no peito, tinha ouvido um barulho forte, mas os olhos de Ricardo o tinham distraído demais, a forte ardência no peito estava insuportável, virou para Modelo e viu que a ponta do revólver do rapaz estava quase encostada em seu peito, sentiu o disparo e o impulso que teve foi automático, puxou o gatilho da SIG Sauer que ele segurava embaixo da bolsa com o dinheiro, Modelo caiu pela porta alvejado várias vezes, nem chegou a efetuar o segundo disparo, Régis estava com uma dor quase insuportável, mesmo assim pegou Ricardo e o abraçou com muita força, em seguida, sob o olhar de curiosos saiu do carro e entrou no carro do Mágico, olhou para o buraco em seu peito, pouco sangue saía, andou mais alguns quilômetros e parou numa farmácia, comprou água oxigenada e um anti-inflamatório, entrou no carro novamente e colocou a mão nas costas tentando achar o buraco, nada encontrou, a bala não havia varado, Ricardo olhava tudo do banco do passageiro totalmente atônito e chorando sem parar, Régis tomou dois comprimidos e despejou a água oxigenada no buraco em seu peito.

Paulo estava voltando da padaria quando viu o rapaz caído, não acreditou que Deus havia lhe dado esse presente, Modelo ali jogado no chão ainda respirava, alguns curiosos olhavam, Paulo se aproximou, jogou os pães no chão e colocou as mãos no pescoço dele, começou a apertar, o rosto de Auxiliadora lhe vinha à mente e sorria, ele apertava e sorria, sorria muito, só terminou quando não sentiu mais a respiração de Modelo, havia vingado Auxiliadora, ela poderia descansar, se levantou, as pessoas em volta começaram a cochichar, Paulo andou curvado até a esquina, parecia que trazia todo o peso do mundo em suas costas, abaixou-se e vomitou.

A polícia não demorou a chegar, Aires vasculhou todo o carro e informou ao delegado Mendonça que a bolsa não se encontrava no veículo, a ordem foi para irem à casa de Régis, Aires tentou argumentar que os policiais da outra jurisdição podiam interferir, Mendonça mandou irem à paisana e não darem nenhum motivo para desconfiança, quando chegassem lá deveriam matar Régis e todos que estivessem na casa, pegar a bolsa e trazer para a delegacia, Aires pensou em retrucar, sabia que Régis tinha mulher e filho, mas resolveu deixar quieto, achava que o preço da vida bandida Régis já sabia quando entrou nela, Aires disse que iriam para lá imediatamente e desligou.

Chegou em casa, quando viu Eliana, lhe disse que precisavam sair dali urgentemente, ela não ouviu, notou o sangue em seu peito e tentou tocá-lo, Régis desviou e lhe mostrou Ricardo, se sentou no sofá, Eliana não acreditava que estava abraçando seu filho, parecia um milagre, Régis começou a deslizar pelo sofá, o coração estava totalmente acelerado, viu o rosto de Vânia logo abaixo de sua barriga, viu suas mãos desabotoando suas calças e fechou os olhos, logo depois viu o carrinho que ganhou de sua mãe no chão, o carrinho de metal era quase redondo, como era fã dos Chips adorou a novidade, estava sentindo muito calor e isso era um péssimo sinal, brincava com ele todos os dias, até que começou a enferrujar, havia guardado por muito tempo, tinha vontade de passar para seu primeiro filho, quando Ricardo nasceu, ele ficou bobo, dois dias sem dormir e por fim descansou olhando aquelas bochechas enormes, cara de joelho o caralho, aquela criança era a coisa mais meiga que já tinha visto, jurou aquele dia, perante o pequeno e sua mãe, que dali em diante faria tudo para dar o melhor para ele, que esqueceria de si próprio e de suas vontades, somente iria interessar seu filho, também já havia bagunçado muito, vivido demais, transou até não aguentar mais, bebeu até cair por incontáveis dias, finalmente suas farras teriam acabado, os olhos do menino ainda estavam fechados, mas Régis podia sentir que Ricardo entendia tudo, Eliana lhe deu um longo beijo aquele dia na maternidade, e hoje ele a via de longe na cozinha, abraçando Ricardo e chorando, sua pressão devia estar baixa, ele já sabia o sintoma, os olhos de Régis estavam pesados, continuava a deslizar pelo sofá, percebeu que estava transpirando quando uma gota de suor caiu no seu olho esquerdo, o leve vento que passava pelos seus olhos durante a fuga na brincadeira de esconde-esconde o fez pensar em pôr a grade na janela, seu filho poderia cair dali, e eles nem chegaram a brincar de Motorama, o vizinho tinha ganho do pai, Régis não era amigo, olhou as crianças brincando de longe, na televisão o caminhão do B.J. McKay o fazia pegar a lata de sardinha vazia do lixo, furar a tampa e pôr areia, amarrar uma linha e sair arrastando pela rua, sua carreta estava a todo o vapor, suas pernas estavam cada vez mais moles, tentou apoiar os cotovelos no braço do sofá, os membros não obedeciam, a vidente lhe disse uma vez que talvez fosse castigo de vidas passadas, mas se ele fracassasse todos os inimigos iam adorar velar seu corpo, achou estranha a fisgada que sentiu no osso esterno quando saiu do carro, a bala devia estar andando e, se atingisse o coração, já era, quando pequeno adorava Bruce Lee, tinha o sonho de aprender caratê, mas seu pai nunca pôde pagar uma escola para ele, tentava deixar os olhos abertos, o mal iria sair ganhando se ele desistisse e isso era um luxo que não daria, agora olhava ela beijando seu filho, vindo direto da guerra, sempre depois da lição de casa, saía do barraco e ia para um pequeno morro, os braços formigavam, as pernas ele não sentia mais, da posição que estava dava para ver uma de suas mãos, totalmente pálida e sem movimento, levava o Playmobil, punha ele no cavalo, cavalgava e fingia que estava conquistando uma cidade inteira, o menino não cresceu, só mudou os brinquedos, seu revólver era sua espada, sua moto seu cavalo, o que tentava conquistar agora era a vida, as pálpebras estavam ficando pesadas, há dias sentindo-se magoado, Vânia era gostosa demais, seus seios eram firmes, nossa, precisava avisar Eliana que as joias estavam na gaveta, precisava avisar para saírem dali com urgência, quanto tempo fazia, as brincadeiras com a irmã, ela em uma ponta da cama e ele na outra, as pernas no alto, colados, e a brincadeira se chamava pedalar, pareciam andar numa bicicleta, a janela de compensado assim como todo o barraco, a colcha de retalhos, a pequena imagem de Nossa Senhora Aparecida em cima da cômoda, o cheiro maravilhoso do café de sua mãe, via novamente o forro do sofá, era a lona da barraca de um tio seu, sua irmã ria, ria muito, as lembranças eram retratos tirados por ele mesmo, os inimigos estavam vindo com certeza, tinha medo da maldade do delegado, o dinheiro estava acima de tudo, com os primos de Modelo ele não se preocupava, eram todos paus-mandados, não conseguia movimentar nem um dedo, Nado também não o preocupava, precisava pegar na arma, logo chegariam, a dor agora era constante, o dinheiro estava na bolsa, precisava dizer para Eliana sair dali, precisava avisá-la de que quebrara o acordo quando matou Modelo, uma vez seu pai mandou comprar cigarro, ele correu pelas vielas, entrou num pequeno bar, jogou Double Dragon, perdeu todas as fichas no video game, apanhou de cinta mas não se arrependeu, o seriado de que nunca perdeu um capítulo era o *Supermáquina*, sua mãe lhe trazia um copo grande de café com leite, o pai sempre lhe dava um beijo antes de ir trabalhar, o hálito era uma mistura forte de café e cigarro, olhou pelo buraco novamente, o sangue descia, Eliana era uma mulher dessas que não existiam mais, pena que nunca lhe disse isso, fez um ótimo trabalho com Ricardo, o menino era muito educado, Eliana fazia amor baixinho, nem gemia, só respirava forte, outro seriado preferido era o *Trovão Azul*, o helicóptero o deixava bobo, uma vez levou uma surra de chinelo, havia cabulado aula para assistir ao episódio, mas isso não foi só uma vez, levou outra depois de dias, o menino da rua de cima era muito trouxa para ter um Aquaplay tão da hora, viveu entre pega-pega e polícia e ladrão, o sonho de ter um canivete do MacGyver ou de brincar de Pula Pirata foi esquecido, os brinquedos que comprava para Ricardo sempre foram os melhores, os olhos ficavam mais pesados, sua irmã, como estaria sua pobre irmã, sempre isolada de todos os membros da família, sempre procurando caminhos alternativos para ser feliz, os pais severos — diferença não, isso é doença —, Régis entendia, mas que diferença isso fazia, ela saiu tão nova de casa, era tão delicada e precisava de um apoio, tentava olhar para o furo, de vez em quando conseguia e estranhava que Eliana não tivesse desmaiado quando viu o sangue, precisava avisar que as joias estavam na terceira gaveta ao lado da cama, olhava a cozinha e ela estava incrivelmente clara, Eliana continuava a beijar o filho, Régis não tinha noção do tempo que se passava, segundos, minutos ou horas, estava quase com os joelhos no chão quando Eliana se virou para vê-lo, ela veio em sua direção, mas deixar os olhos abertos estava ficando quase impossível, tentou dizer que não adiantava mais, mas não conseguiu pronunciar nenhuma palavra, o sangue não saía mais pelo buraco, luz é o que saía pelo buraco, os sintomas ele não conhecia mais, talvez uma parada cardíaca, fechou os olhos, a luz estava forte demais, sentiu que ia se afastar e sua tentativa de sorrir estilhaçou como um copo de cristal arremessado com força contra uma parede.

Posfácio
A questão agora é outra

Heloisa Teixeira

Ferréz está na guerra há um bom tempo. Acredito que ele vem atuando desde quando o hip-hop começou a ganhar essa voz rouca e forte que ecoa na marra e com garra na cena cultural brasileira.

Nessa época, também se evidenciava, de maneira mais explícita, o interesse das classes médias na intensificação da violência e dos confrontos policiais que se multiplicavam nas periferias urbanas. Alguns eventos emblemáticos, como a chacina da Candelária, no Rio de Janeiro, na qual oito crianças, dentre as cinquenta que dormiam nas escadarias da igreja, foram brutalmente assassinadas por policiais; e o massacre não menos traumático de Vigário Geral, que resultou na morte de vinte e um inocentes também causada pela polícia.

Resumidamente, o tema da violência, da insegurança e do medo, que antes era logo associado aos guetos distantes e invisíveis do outro lado da cidade, passou a se concretizar nas áreas de condomínios de alta renda, tornando-se pauta frequente nos jornais e objeto de pesquisa acadêmica a partir da transição dos anos 1980 para os anos 1990.

Nesse contexto, o romance *Cidade de Deus*, escrito por Paulo Lins e originado de uma pesquisa antropológica sobre violência, alcançou grande sucesso ao se tornar um best-seller, ocupando extensas páginas de jornais e suplementos literários, sendo elogiado pela crítica e despertando interesse no meio acadêmico, além de ter sido adaptado em um bem-sucedido filme que chegou a ser indicado ao Oscar.

Não tiro, em hipótese alguma, o valor e o talento de Paulo Lins como escritor e, de certa forma, como fundador de um formato narrativo-descritivo de ação que vai marcar a estética do final do século na literatura, no cinema e na TV. O mercado editorial e o audiovisual, esperto, percebeu e começou a se interessar por esses relatos que respondiam ao crescente interesse da classe média em saber mais sobre *o lado de lá*.

Eu poderia me estender longamente sobre indícios, pequenos movimentos, cisões, negociações, buscas por novas formas de conexão entre intelectuais e artistas, centro e periferias, entre dicções até então dissonantes, enfim, entre alemães e sangues bom. É um momento bonito, ainda incipiente e indeciso, registrado com acuidade em 1994, pouco depois do massacre de Vigário Geral, por Zuenir Ventura, num dos livros mais emblemáticos dessa virada: o *Cidade partida*.

O quadro era mais ou menos assim durante a segunda metade dos anos 1990, já de olho na virada do milênio: de um lado, o hip-hop aumenta seu som e sua ressonância em territórios inexplorados, de outro, alguns cruzamentos político-conjunturais começam a promover conexões inesperadas.

A essa altura, nas comunidades e nas favelas, o hip-hop já havia conquistado prestígio local e se constituído como a elite intelectual das quebradas. De natureza transnacional, representava um grande fórum mundial de jovens pretos e pobres que buscavam alternativas culturais para enfrentar os efeitos da globalização neoliberal. O hip-hop entre nós sempre teve características próprias.

Em primeiríssima instância, afirma-se como uma forma de ativismo cultural, propondo uma postura política não apenas reativa ou de resistência, mas visceralmente proativa, compromissada em dar visibilidade e promover a transformação das condições de vida de suas comunidades de origem. Considero o hip-hop hoje, como praticado nas periferias dos grandes centros urbanos brasileiros, uma das formas mais criativas e eficazes de utilizar a cultura como recurso inclusivo, de geração de renda, de promoção de conhecimento, de estímulo à educação formal e, portanto, de autoestima. Também não vou me estender neste espaço sobre o hip-hop no Brasil, mencionei-o aqui para destacar as duas linhas de força que me parecem constitutivas desse contexto (tendência?) cultural conhecido, especialmente em São Paulo, como literatura marginal, termo ao que tudo indica cunhado e defendido por nosso autor, o Ferréz.

A literatura marginal, como é hoje conhecida nas quebradas, tem a ver diretamente com a pegada pop urbana e política do hip-hop. Como professora que sou, até definiria essa literatura não como marginal, mas como literatura hip-hop.

"Literatura marginal", "periférica", "divergente", e alguns outros termos pelos quais é conhecida, é considerada uma nomenclatura adequada na medida em que, sem sombra de dúvida, essa literatura representa uma parte da cidade até hoje praticamente desconhecida pelo que tradicionalmente chamamos de *centro*. No entanto, esse conceito de centro está sendo desestabilizado pela crescente visibilidade e força simbólica que emergem das periferias. Contudo, acredito que o termo "marginal" ainda é insuficiente, pois não aborda plenamente os compromissos que essa literatura assume como agente de transformação social. Ela vai muito além das funções sociais atribuídas à literatura canônica ou de entretenimento. É uma literatura de compromisso.

Ferréz começou sua carreira de escritor desde cedo e chegou a publicar em 1997. No entanto, foi com *Capão Pecado*, lançado em 2000, que ele se consolidou como escritor e liderança cultural. A obra traz um tão refinado quanto impactante retrato do Capão Redondo, um dos bairros de maior índice de violência, tráfico de drogas e criminalidade de São Paulo, onde Ferréz cresceu e morou por quarenta anos.

Aqui, já se pode perceber uma certa diferença de projeto literário com seu antecessor, *Cidade de Deus*. Não estou, nesse caso, discutindo critérios de qualidade nem valorizando um em detrimento do outro. Apenas acredito que marcar a distinção entre dois dos livros mais importantes da literatura brasileira sobre a vida nas periferias urbanas nos ajuda a entender um pouco melhor o que seria a literatura marginal, tão em foco hoje em dia, até nos meios acadêmicos mais resistentes.

Cidade de Deus é um livro belo, denso, literário, com estruturas heroicas definidas. Revela, sem piedade, o universo da violência no conjunto habitacional carioca que leva o mesmo nome. Tornou-se um best-seller exatamente porque descreve com maestria para o resto do mundo aquele pedaço esquecido da sociedade. Já em *Capão Pecado*, que, em princípio, se proporia a mesma proeza, a abordagem é bem diferente. Em primeiro lugar, seu público-alvo parece não ser tão amplo. Ainda que como toda boa literatura, o texto de *Capão* se abra para qualquer leitor, algo nos diz que esse livro sobre a comunidade foi escrito especialmente para ser lido pela própria comunidade. Outro ponto de distinção em relação a *Cidade de Deus* é *Capão* tomar como ponto de partida um viés diverso do cânone letrado, ao contrário, parece procurar uma sintonia fina com o universo do hip-hop.

Quando menciono o universo do hip-hop, não estou me referindo somente a uma estrutura rítmica e musical organizada, como encontramos na poesia falada pelos rappers. Trata-se de um éthos mais geral, uma levada de encadeamentos, de associações recorrentes, o pacto com a crônica do gueto e com convocação dos manos para a ação. No livro, temos a presença de Mano Brown, do grupo de rap Racionais MC's, também residente do Capão Redondo, comandando as epígrafes de cada capítulo. Sintoma. Sintoma de uma dicção coletiva como é a dicção hip-hop. Sintoma de uma militância cultural inseparável da criação literária.

Ferréz cria o movimento 1daSul, uma usina cultural que, entre outras atividades, tem um selo musical próprio e uma grife de moda do mesmo nome, um conceito fundamental da cultura hip-hop. Essas iniciativas agora desdobram-se em empregos, produtos e pontos de venda. São inúmeras as atividades políticas e educacionais de Ferréz no Capão indissoluvelmente ligadas ao sentido de sua atividade como escritor.

Na área literária propriamente dita, Ferréz organizou três números especiais da revista *Caros Amigos* chamados "Literatura marginal", que reúnem e divulgam escritores da periferia, abrindo espaço para os talentos locais. Essas edições antológicas foram, a meu ver, fundamentais para o nascimento e a construção da noção de literatura marginal como uma nova expressão literária das periferias. Isso porque a *Caros Amigos* tem uma circulação mais ampla e diversificada, atraindo a atenção dos antenados e tendo uma boa distribuição.

Com o surgimento e a consolidação de autores — como Sérgio Vaz, Alessandro Buzo, Sacolinha, Allan da Rosa e tantos outros —, essa expressão, muitas vezes chamada também de literatura periférica, ganha corpo, fazendo com que a prática dos saraus se dissemine e chegue a reunir mais de quatrocentas pessoas comungando literatura.

A força estética — e política — da palavra é descoberta pela periferia. A palavra poética encanta, mas também revela o poder daqueles que dominam com destreza e segurança a prática da palavra cotidiana e a eficácia socioeconômica dos muitos usos da palavra. Nitroglicerina pura.

Mas volto a Ferréz e à sua obstinação em formar leitores, reunir escritores que vêm da periferia, disseminar e dar visibilidade à nova literatura marginal. E é aí que começa nossa novela. Tudo indica que a literatura marginal e seus autores, além de procurarem uma escrita de denúncia, de resistência, de compromisso com a transformação social, honrando suas raízes hip-hop, buscam também um lugar na série literária.

Enquanto fenômeno social, expressão de guetos, escrita do "outro", denúncia, a literatura marginal é toda aplausos. Enquanto objeto de estudos e teses de sociologia, antropologia, história e mesmo geografia social, estamos diante da criação de uma discursividade nova e interessante. Não há mais dúvida, o pobre tomou a palavra e ganhou voz ativa, dispensando intermediações e criando dicções próprias.

Mas minha questão agora é outra. Eu sou profissional da área de Letras desde 1965. Ferréz é escritor. Como Ferréz, outros escritores estão envolvidos num movimento vindo das periferias, chamado literatura marginal.

Pergunta: esse é apenas um fenômeno sociológico no qual um grupo marginalizado tomou a palavra? Essa literatura é considerada (ou tolerada) apenas porque vem das margens? Ou estamos diante de um fenômeno novo de cunho realmente literário? No meio acadêmico, essa questão ou é descartada como irrelevante ou sinaliza encrenca.

Primeiro argumento desqualificante: a norma culta. Esses autores escrevem errado, não apresentam um trabalho pertinente com a linguagem por falta de domínio da língua, portanto, não fazem literatura. Esses escritores não têm formação literária, ou seja, não conhecem os grandes autores. Esses escritores não apresentam nenhuma filiação na série literária, o que os elimina de uma possível candidatura à sua inserção a médio prazo no cânone literário. Resumindo: para grande parte da academia e, mesmo da crítica, a literatura marginal não pode criar no trabalho com a linguagem aquilo que é conhecido como o específico literário.

Esse veredicto não é final nem muito interessante enquanto debate. Nem essa procura obstinada pelo chamado específico literário nos levaria muito longe. Por isso, sugiro dar uma olhada neste livro de Ferréz, o *Manual prático do ódio*.

Antes de mais nada, é muito bem escrito. Quando digo muito bem escrito, quero dizer que é muito cuidado do ponto de vista do trabalho com palavra propriamente dita, tem uma evidente sofisticação no trato com a oralidade, uma linguagem econômica e forte, uma levada voraz e uma estrutura narrativa bastante complexa. Vamos por partes.

A primeira e mais óbvia é que, assim como *Capão Pecado*, o livro faz o retrato de um território humano — como diria Milton Santos — bastante definido. De um território circunscrito a algumas quadras, de um CEP no máximo. Mesmo que geograficamente eu não esteja correta quanto à extensão do local onde se passa a ação, o sentimento que recebi como leitora era de extrema proximidade entre espaços, pessoas, reações.

O narrador, por sua vez, me parecia tão comprometido com o local de sua fala que esta, de certa forma, se torna porosa e, portanto, excessivamente receptiva e aberta à dicção local. Como se o autor dividisse a autoria da obra com o território da ação. Muitas vezes, temos a sensação de que aquela quebrada *fala* por meio do autor de seu relato. É um caso bem novo e interessante de autoria que, por se querer hiperlocalizada, traz em sua construção uma estratégia expressiva que começa a ser desenvolvida pelas culturas locais em tempos de globalização. O verbo "glocalize" já entrou para o léxico do mercado cultural destes últimos anos.

É importante ainda observar que o eu-coletivo sempre foi uma alternativa eficaz de empoderamento das dicções literárias das minorias de gênero e etnia. Mas não penso ser essa a opção de Ferréz. Mesmo que traga consigo tal tradição narrativa, Ferréz parece mais interessado na marcação pesada do local, do território como personagem, do que como voz coletiva, como ocorre na literatura feita por mulheres ou negros. Voltarei mais tarde a esse tema, ainda que sob um ponto de vista bastante diverso. No momento, porém, me interessa refletir sobre a inserção literária do romance de Ferréz para além de seus aspectos sociais e ativistas.

De forma simplificada, o livro aborda um assalto planejado e executado por um grupo de amigos. No entanto, o que salta aos olhos é que o assalto em si possui um papel secundário na trama. A real trama é a aprendizagem do ódio, do medo e do amor. A violência, um segundo tema também previsível como o forte do livro, existe, é verdade, mas não protagoniza a narrativa, como ocorre na literatura de Rubem Fonseca e de tantos outros que se destacaram especialmente nas últimas décadas. É uma violência muitas vezes explosiva, mas nunca espetacular. Muito pelo contrário, o que surpreende é o lugar dessa violência como condição de um contexto, como entorno da vida de personagens comuns que, como todos nós, têm emoções, prezam a família, amam, têm ciúmes, fazem sexo e sonham com um futuro mais tranquilo. Isso é um choque para o leitor que não vive nos cenários do crime e termina promovendo uma forma de identificação ou, pelo menos, *compreensão*, do personagem agressor, ainda não conhecida na nossa literatura.

Indo mais fundo, essa é a expertise que assusta em Ferréz. Ele detém o entendimento das razões do ódio e da violência, e as relata para quem também sabe essas razões. Relata para seus parceiros. Não são necessárias grandes explicações nem descrições sensacionais. A violência nunca se tornará um espetáculo nesse quadro. Entre o narrar e o descrever, a solução de continuidade é mínima.

Posto isso, o resultado é que *Manual prático do ódio* elabora uma forma bastante especial de contar a preparação de um assalto. Cada personagem entra em cena com tudo, como se uma câmera escondida lesse os pensamentos e as razões de cada um dos retratados em pequenos gestos, lembranças, fatos e até momentos de pequenos deslizes líricos. O primeiro é Régis, possivelmente o personagem central da história, menos por sua importância na trama do que por conduzir, de certa forma, a leitura e os exercícios previstos nas instruções desse manual prático.

Pelo menos é Régis o escolhido para abrir o primeiro capítulo, não à toa intitulado "Os inimigos são mais confiáveis". Em seguida, Lucio Fé, Celso Capeta, Neguinho da Mancha na Mão, Aninha e, talvez, até Mágico vêm, na mesma pista, sendo apresentados dentro e fora, no pensamento e na ação, na lembrança e na reação. O olhar de Ferréz insistindo renitente na tomada, nas descrições em campo e contracampo. Nada se fixa. O terreno da quebrada não é firme.

O texto de Ferréz vem em vertigem, encadeado, muitas vezes aflito, procurando onde é possível colocar um ponto. Parágrafos longos como grandes travellings. Um romance de busca, diria eu.

A arquitetura dos capítulos é um caso à parte. Continuo na ideia da procura. Como flagrar o momento do ódio? Ferréz capricha na construção de um grande mosaico de pequenos abismos, de vidas que não conseguem se fechar numa coerência qualquer, seja pública ou privada.

Lembro de mim, quando jovem, estudando, encantada, a teoria marxista do herói burguês no romance oitocentista. Um herói que, por sua trajetória individualista, estava fatalmente destinado a um final de fracasso, um desfecho trágico. Penso nos pequenos heróis de Ferréz, bem mais reais, porque na realidade não são heróis, são representantes de sentimentos e sentidos profundamente identificados entre si. Refugiam-se na semelhança de uma falta difícil de definir, da dor, "o mundão lá fora, a mágoa ali dentro". Pura literatura.

E aqui abro um parêntese para a reclamação recorrente da crítica mais reativa ao estatuto literário da literatura marginal, que é o português fora da norma-padrão. Esse certamente não é o caso de Ferréz nem ninguém o acusou disso. Mas é o caso de alguns dos escritores da literatura marginal ou mesmo da reprodução de "erros" quando o texto ou o desenho de um personagem pede coloquialidade. Pessoalmente, acho esse um debate interessante porque fala do direito ao livre uso da língua, de preconceitos linguísticos e de muito mais do que o simples assunto gramatical pode sugerir. Atraída pela questão, fui procurar com lente de aumento, na escrita e na fala marginais, quais seriam esses erros tão agressivos à norma culta do português brasileiro. E, para meu espanto, o mais frequente, o grande e, talvez, o único problema gramatical "marginal" é a concordância verbal. Ou seja, o "nós troca ideia". Assustei-me. Esse é o nó da questão. Esse é um nó dessa estética. O eu e o nós embaralhados, identificados, numa referência bem mais forte do que a ação que se segue.

Não o "erro", mas a questão epistemológica de fundo que a indecisão na concordância verbal traz provavelmente sugere e até mesmo define a opção estrutural de *Manual prático do ódio*. O texto corre embolado, nítido, cheio de perspectivas prismáticas, tentando registrar ora o sentimento, ora a agressividade, ora a nostalgia, ora a gratuidade explosiva, enfim, as várias faces e dimensões dessas vidas visceralmente ligadas entre si.

O mosaico tão delicado quanto violento de Ferréz é uma das tapeçarias mais belas sobre a natureza daquilo que foi referido de forma brutal num documento da ONU como a humanidade excedente. O título do último capítulo coloca uma pergunta interessante: "Onde tem ar por aqui?". A essa pergunta, Régis, nosso personagem inicial, baleado, responde com uma última tentativa de sorrir que se estilhaça como um copo de cristal arremessado com força contra a parede. Firmeza.

Ferréz faz grande literatura. Alguma dúvida?

ESTA OBRA FOI COMPOSTA PELO ACQUA ESTÚDIO EM ELECTRA
E IMPRESSA EM OFSETE PELA GRÁFICA PAYM SOBRE PAPEL PÓLEN NATURAL
DA SUZANO S.A. PARA A EDITORA SCHWARCZ EM JANEIRO DE 2024

A marca FSC® é a garantia de que a madeira utilizada na fabricação do papel deste livro provém de florestas que foram gerenciadas de maneira ambientalmente correta, socialmente justa e economicamente viável, além de outras fontes de origem controlada.